だからその依頼は、治の事情を知ってなお
彼女が口にした、切なる願いごとで。
かつて他人のために腕を振るって生きてきた
男の心が、大きく揺さぶられることになる。

セレーネ椎《しい》竹《たけ》

「この前弟者が作ったヤツ、エゴーが塗った。
どぅるどぅるどぅるどぅる、だぁん
……ゲーミングパルテノン神殿」

「焦ってもいいことはないからな。しが《σιγά》、しが《σιγά》。
ゆっくり、のんびり、
一番いい色を探していくのだ」

のんびり屋さんで
マウントとりたがりな
ギリシャ系美少女。
天才的な色彩のセンスを持っており、
自称《色神》。

古《こ》和《わ》かぐや

「あ、そうそう。春休み中に
チャンネル登録者数一〇万人突破したよー。
ああー、これはいよいよ、あたしのイラストが
評価されてきたってことかぁー!?」

オタクに優しいギャル、
ではなくオタクなギャル。
イラストレーターを目指しながら
Vtuber活動をしている幼馴染。

「プロのイラストレーター志望ですけど、何か?
ゲームのイラストとか、ラノベの挿絵とか描くヤツ!」

「私の子供を作ってよ、黒松《くろまつ》くん」

黒《くろ》松《まつ》治《おさむ》

美少女フィギュアの
お医者さんは
青春を治せるか

BISHOJO FIGURE NO
OISHASAN HA
SEISHUN WO
NAOSERU KA

芝宮青十

ILLUST.
万冬しま

「私の子供を作ってよ、黒松《くろまつ》くん」

春夕焼《はるゆうやけ》の茜色《あかねいろ》で包まれた、進級したばかりの教室で、黒松治《くろまつおさむ》は懇願される。

クラスメイトによる昼間の喧騒《けんそう》は、いまはない。

二人きり。静やかなる空間に放たれた少女の声は、間違いなく治《おさむ》に向けられたもので。

鼓膜が揺れ、脳が揺れ。なんてことを自分に頼むのだろうと、心が揺れる。

「黒松《くろまつ》くんにはその力がある。だから、お願い」

頼られるのは嫌いではなかった。自分が持ち合わせた小さな才芸で誰かに喜んでもらえるのならばと、かつては幾度となく精を出した。

……けれど、いまとなっては、もう。

「お礼だって、当然するよ」

上目遣い気味に乞う少女の顔を、治《おさむ》は見つめる。見つめ続けるしかなかった。

視線を外してしまえば、また瞳に映してしまうから。

白衣に袖を通したかのように白い少女の素肌と、僅かにその身体《からだ》を隠す白い布地を。

男として素直にこの状況を楽しめたならどれほど楽か。

自分はそういう人間なのだと、自ら周囲に示してきたというのに。

学校一の美少女の下着姿での願いごとに、ただ首から上を茹《ゆ》で蛸《だこ》のようにするばかりで。

「私の病気を治せるのは、きっと黒松《くろまつ》くんしかいないんだよ」

一方、少女の表情は羞恥からは程遠く。

同級生の男子に半裸を晒《さら》して平然としているなど、確かに普通ではないと思った。

「……いい加減、服を着ろよ。じゃないと……違う子作りをしたくなっちまうだろ」

平静を取り戻すべく、治《おさむ》は下品なことを口にする。いつものように。

この少女にも軽蔑されてしまえば、厄介事から逃れられると踏んで。

「大体、病気を治すってなんだよ。俺は医者じゃねーよ。それは未来のお前だろ、院長」

「なら、黒松《くろまつ》くんが作ってくれるフィギュアが、私のお医者さんだよ」

目論見《もくろみ》は外れた。まるで理解できない理論を展開し、少女の口元に笑みが広がっていく。

いま目の前にいるのは本当に、全校生徒の憧れの的、あの今上月子《いまがみつきこ》だというのか。

失望感で眩暈《めまい》がしてくる。同時に——心臓が懐《なつ》かしい拍動を刻み出した気がした。

否応《いやおう》なく激しくなる脈。原因は月子《つきこ》の身体《からだ》を見たからだと、そう思い込むことにした。


月はいつでも、誰に対しても、同じ面を向けている。

その裏側を地球の民に見せることは、決してない。

秘められし裏の姿を知っているのは、世界を創作した神様くらいだろう。——が。

黒松治《くろまつおさむ》は、今日、初めて今上月子《いまがみつきこ》の裏面を知る人間となる。

第一章 医者はどこだ！

ブレザーのポケットからスマホを取り出すと、桜の花びらが一枚画面に張り付いていた。

歩きスマホをしながら登校した記憶はない。であれば、風に煽《あお》られて東京の空を舞った春の風物詩が、最後の輝きを見せつけたあと、治《おさむ》の制服へと迷い込んだのだろうか。

摘《つま》み上《あ》げ、しげしげと眺めてみれば、それはハートマークにも似た形を成していた。

色は当然、桜色。しかし、桜色とは随分曖昧な色合いだと治《おさむ》は思った。

たとえば、小学生のときの図工の時間。桜の絵を描きましょうという課題に、子供達は皆画用紙をピンクで塗りたくった。治《おさむ》もまた然《しか》り。それがほとんどの人間のイメージだった。

だが、こうして花片《かへん》を観察してみると、その色は白に近い。

ならば、あの課題は白く塗るのが正しかったのか。……それも、正解ではない気がして。

視線を窓の外へと向け、三階の教室から正門付近に並び立つ桜の木々を見下ろす。

咲き誇る桜花《おうか》は、白い花びらの集合体であるはずなのに。不思議なことに、その色合いはやはり、イメージ通りのピンク色に染まっているように見えた。

（お前、本当は白いのに、ピンクを演じてたのか？　人間達の期待に応えようとして、さ）

治《おさむ》は椅子を引いて立ち上がり、近くにある窓を開ける。仲間の元へ帰してやろうと、指に乗せたはぐれ桜を差し出せば、柔らかな春風に掬《すく》われたハートマークは再び空を舞っていき、

「久方の　光のどけき　春の日に　静心《しづごころ》なく　花の散るらむ……か」

ついに見失った少年が、ぼそりと三十一文字《みそひともじ》を呟《つぶや》いた。直後、ふと我に返る。

「……俺は、ピンクより白のほうが好きだよ。だって、ピンクは淫乱って言うじゃん」

いいい、らしくない言動を恥じた治《おさむ》は、自嘲するように普段通りの下品なことを口にした。

窓を閉めて席へと戻り、登校前にコンビニで買ったパンを取り出す。スマホをいじりながら、一人で昼食を食《は》む。それが、この一年間ほぼ変わらない治《おさむ》の昼休みのルーティーン。

気まぐれに食堂に誘ってくる知り合いがいないこともないのだが、今日その姿はない。

窓際《まどぎわ》の最後列。背景と同化するには絶好の定位置で、いつも通り腹を満たしていく――

「治殿《おさむどの》おおおおぉぉぉ！　お助けくだされえええぇぇ！」

そんな日常は、突如聞こえてきた悲痛な叫び声によって崩されることとなった。

中秋《ちゅうしゅう》高校《こうこう》二年一組の教室に、恰幅《かっぷく》の良《い》い男子が駆け込んできた。彼はこのクラスの生徒ではない。土下座をするかのように頭を下げる男、萩《はぎ》の姿に、治《おさむ》は呆気《あっけ》にとられた。

「せ、拙者の明離《あかり》たんを……昨日、妹が……！」

言葉を詰まらせ、涙を滲《にじ》ませながら、萩《はぎ》は懐《ふところ》からエアークッション袋を取り出す。

袋の中から治《おさむ》の机に置かれていくものを見て、思わず眉をひそめた。

萩《はぎ》の様子に興味を惹《ひ》かれたのか、「なーに騒いでんだお前ら」と数人の男子が近づいてくる。

「……なんだこれ？　壊れた人形か？」

置かれた物体は、一〇代の少女を象《かたど》ったポリ塩化ビニルの塊。俗に言う、美少女フィギュア。

だが、目の前のそれは無残なことに、左腕と左脚、頭部が欠損してしまっている。

失われた腕と脚、可愛《かわい》らしい笑みを浮かべている少女の生首が、胴体の隣に並べられた。

もしも本物の人体であったのなら、このような惨状を目にして平静を保っていられる者はまずいないだろう。しかし、それは人の形を精巧に模した作り物にすぎず。

結果、萩《はぎ》の哀傷など理解できない連中の冷めた視線が注がれていった。

「月光戦士《げっこうせんし》マジカルムーンの主人公、十五夜《じゅうごや》明離《あかり》たんのプライズフィギュアでござる。つまり、非売品で……」「あーはいはい。大事な彼女が壊れちまって残念だったな」

萩《はぎ》の解説は軽くあしらわれる。その手の人種とわかり合うつもりはないのだろう。

「その壊れたお人形さんを、なんで黒松《くろまつ》に見せてんだよ」

「無論、治殿《おさむどの》に治していただきたくお願い申し上げ奉《たてまつ》り候！」

「え？　黒松《くろまつ》、これ直せんのか？」

「治せるも何も、治殿《おさむどの》はフィギュア作りの達人でござるよ！」

誇るように胸を張る萩《はぎ》に、驚きの表情を浮かべる男子達。

「中学時代は、拙者のようなオタク達の願いを見事叶《かな》えてくれたのでござる」

「同中なのか、お前ら」

ぺらぺらと人の過去を明かすなよ、と治《おさむ》は心の中で舌打ちした。治《おさむ》はもう新しい自分を生きている。己の技能が周囲に知られた結果、また誰かに頼られるような事態は避けたかった。

だから当然、いまの自分と結び付ける逃げ道は用意してある。

「達人なんてほどじゃねーよ。美術部だったから、課題代わりに粘土こねてやっただけだ」

まず、謙遜する。立体物など普通の人間は作らない。美術部だからできただけ、と。

「へえ、美術部。いまは？」

「一応、高校でも所属してるよ」と正直に答える。もはや幽霊部員と表現して差し支えない立場だが、高校生の黒松治《くろまつおさむ》しか知らない人間を納得させられる、最強の言い訳が使える。

「高校の美術部ともなれば、ヌードデッサンくらいやるのかと思ったんだけどな」

初めて会話した新しいクラスメイトが「……はあ？」と首を傾《かし》げた。

「男子部員のために女子部員が脱ぐとか、顧問の美人教師が身体《からだ》を張ってくれるとか、そんな毎日を期待してたのに、うちの顧問ジジイだったしさぁ」

「はは、そんなんあるわけねーだろ」

「……え、黒松《くろまつ》ってそういうキャラなん？」

「そうだぞ。一見真面目くんっぽく見えて、こいつは《エロス大魔神》だぜ」

二年連続で同じ組となった男子が治《おさむ》の頭を小突いた。

「入学初日の自己紹介とか、ヤバかったぜ。『好きなものは歴史と巨乳です。胸が大きい女子はぜひ俺と仲良くしてください』とか言って、教室を凍り付かせたからな」

その過去なら明かされても問題ない。補足するように、治《おさむ》は己の性質を喧伝《けんでん》する。

「俺は正直になっているだけだ。男子高校生として、当然の欲求にな」

これで今年も、黒松治《くろまつおさむ》のキャラは確立されただろう。

それでいい。下品なことばかり考えている、エロス大魔神。そう思ってもらえれば。

「中学までの治殿《おさむどの》は、そんな人間ではなかったのでござるが……」

またも萩《はぎ》が余計なことを言った。いらぬフォローをすぐさま否定する。

「擬態してただけで、俺はずっとそういう人間だよ。リクエストに応えていた理由もいたってシンプルだ。美少女フィギュアがどんなものか、見りゃわかるだろ？」

十五夜《じゅうごや》明離《あかり》の人形を持ち上げ、掲げた。

「エロいよなぁ。太ももとかマジで柔らかそうじゃん。この衣装もちょっと動いたらズレておっぱい丸見えになりそう。いやぁ、これ作ったヤツは相当の変態だよな」

ありのままの事実を、極力下品に聞こえるように述べていく。

「だから俺も、リビドーをぶつけるように粘土をこねて女体を作った。それだけだよ」

エロス大魔神の自供に、クラスメイト達は呆《あき》れ半分、憐《あわ》れみ半分の表情になった。

「……女子からの、動物フィギュアの依頼なども受けていたではござらんか」

「それは……好感度を上げてモテたかったからに決まってんだろ」

手にしたものを机に戻し、治《おさむ》は会話をまとめるように両手をパンと打ち鳴らす。

「そういうわけだから、俺と猥談《わいだん》をしたいヤツがいたら、いつでも声をかけてくれ」

「や、お前と関わってたら、女子達に俺らも同類なのかと思われちまうだろうが」

こちらから友好を求めてみれば、後ろに下がって距離を置かれる。狙い通りに。

治《おさむ》から目を逸《そ》らした一人の男子が、そのままくるりと教室を一望し、小声で呟《つぶや》いた。

「まあでも……たとえ話だけど、このクラスだったらお前ら、誰派よ？」

ピクリと男達の肩が跳ねる。「黒松《くろまつ》じゃねーけどさ」と言い訳するように付け加えられた。

「佐藤《さとう》は外せないよな、あの胸だぜ」「吉田《よしだ》の尻もなかなかだろ」「高山《たかやま》の笑顔には誰も勝てん」

焚《た》きつけてしまったのは、おそらく治《おさむ》なのだろう。彼らは普段ひた隠しにしている欲望をひそひそと打ち明け、男の勝手な視点で身近な少女達を好き放題評価し合っていく。

頭上から次々と降り注いでくる下卑た会話に、治《おさむ》は目を閉じて細い息を吐いた。

（エロス大魔神とは、果たして俺だけなのかね）

「――《院長》は、どうだ？」

品評の矛先がとある女子に向けられた、その瞬間。お構いなしに動き続けていた男達の舌端がぴたりと止まった。つられて治《おさむ》の瞼《まぶた》が開き、視線が最前列中央の席へと吸い寄せられていく。

院長——今上月子《いまがみつきこ》は、今日もそこで分厚い本を読んでいた。

彼女に関しては今更品評など必要ないだろう。今年初めて同じ組になった治《おさむ》でさえも、それを理解していた。あの高嶺《たかね》の花は、いくら褒《ほ》め称《たた》えても褒め足りないのだから。

まず、容姿。美を司《つかさど》る女神の恩寵《おんちょう》を全て賜ったかのような相貌。

綺麗《きれい》な二重の目から伸びるまつ毛は長く、歪《ゆが》みのない鼻と口が絶妙なバランスで整っている。

小顔に流れるセミショートは深黒に艶めき、対照的に肌は真っ白い輝きを放つ。

やや高めの身長と、華奢《きゃしゃ》で細い手足。どこを取っても女子としての魅力が詰まっている。

抜きん出ているのは見てくれだけではない。その頭脳もまた常人離れしており。昨年度の定期試験はぶっちぎりで学年一位。主要五教科に関しては全て満点という。

才色兼備。今上月子《いまがみつきこ》という美少女を形容するのに、これ以上相応《ふさわ》しい言葉はない。

「今日も勉強してるぜ。やっぱり医学部に行って医者になるんだろうな」

「俺ら下々の者じゃ見向きもされねーよ。ああ、将来院長の御眼鏡《おめがね》に適《かな》う男が羨ましい……」

勝手に諦め、勝手に羨む男達。なんでいまフリー前提なんだ、と治《おさむ》は内心突っ込んだ。

とはいえ、あのガリ勉少女が色恋に現《うつつ》を抜かしている光景など全く想像できない。

いま月子《つきこ》が熟読している本。それは教科書や参考書ではない。漫画や小説、女性誌といった娯楽の類《たぐい》でもない。一般的な高校生が読むには全く分不相応なもの——医学書だ。

月子《つきこ》の名字、『今上《いまがみ》』という文字列から、多くの人が真っ先に連想するものがある。

今上《いまがみ》総合病院。誰もが知る日本一の大病院である。

年々健康志向が高まる中、テレビや雑誌に健康アドバイザーとして医師が露出することも多くなった。結果、今上《いまがみ》病院の名も、その院長の名も、もはや世間が周知するところとなり。

だから、生徒達も皆知っているのだ。今上月子《いまがみつきこ》が、今上《いまがみ》病院現院長の娘であることを。

そして遠い未来の先に、彼女がその座に就くのであろうことを。

もちろん月子《つきこ》はまだ院長でも医者でもない。抜群の成績でクラス委員長を務める、一介の女子高生に過ぎない。けれど、同級生達は尊敬と称賛の念を込めて、彼女のことを院長と呼ぶ。

委員長を、たった一文字だけ略して。

「——あの、院長。いまちょっといい？」

そのとき、一人の女子が月子《つきこ》の机に近づき、声をかけた。

月子《つきこ》は医学書から顔を上げ、じっと少女を見つめる。五秒ほど経過してから口を開いた。

「……どうしたの？　若田《わかた》さん？」

「え？　あ、その……私、野口《のぐち》だよ」

名前を間違えられ、野口《のぐち》は苦笑いを浮かべながら訂正した。月子《つきこ》の目が大きく開く。

「……ごめん、若田《わかた》さんの声に似てたから」

「声……そ、そうだよね。院長が私の顔なんて、覚えてないよね」

自分が月子《つきこ》の眼中にない存在であることを突き付けられ、野口《のぐち》の表情に影が差した。

「ああ、ええと……なるべく早く覚えるよ。一年間よろしくお願いします」

高嶺《たかね》の花が下々の者と会話をする機会は珍しく、教室中の視線が集まっていく。

「院長、私バスケ部なんだけど、春休みの試合で相手と接触しちゃって……」

「怪我《けが》をしたのなら、私じゃなくてお医者さんのところに行きなさい」

間髪を入れず、月子《つきこ》はぴしゃりと言い放った。

「も、もちろんもう行ったよ。処置もしてもらったし。すねの打撲だって」

「そう。軽くてよかったね。しばらく安静にしていれば、すぐにプレーに復帰できるよ」

「ていうか、もう復帰してる。それとは別の問題が起きちゃって……院長に何かアドバイスもらえないかなぁって」

「別の問題って？」

問われた野口《のぐち》は両手の人差し指を合わせ、頬を赤らめていく。

「だ、男バスの毛利《もうり》くんにね、週末遊びに行かないかって誘われたの」

「おおー、青春だ。でも、それには私はなんの助言もできないよ」

「できるよ！　だからその……痣《あざ》を早く治す方法があったら、教えてほしいの」

野口《のぐち》の願いに、月子《つきこ》は合点《がてん》がいったような表情を浮かべた。

「できればスカートをはいて、女の子っぽいところを見せてやりたいのよ」

「それは悩ましいね。……とりあえず、ちょっと見せてみて」

軽く頷《うなず》いた月子《つきこ》が隣の席を指差す。野口《のぐち》は腰を下ろし、おずおずと右脚を伸ばした。長めの靴下を脱いで露《あら》わになったのは、皮膚の下で血管が損傷し、内出血を起こしたことによる打撲創。女子高生の身体《からだ》にはあってほしくない紫斑が、痛々しく存在していた。

「ご、ごめん、グロいよね」

頭を下げた野口《のぐち》だが、月子《つきこ》は「ううん、まったく」と首を振り、受傷箇所を視診していく。

「ＰＲＩＣＥはちゃんとしたの？」

「ぷらいす？」

「Ｐｒｏｔｅｃｔｉｏｎ《保護》、Ｒｅｓｔ《安静》、Ｉｃｅ《冷却》、Ｃｏｍｐｒｅｓｓｉｏｎ《圧迫》、Ｅｌｅｖａｔｉｏｎ《挙上》」

「あ、うん。コーチがしてくれた」

「痛みはまだある？」

本物のスポーツドクターがするかのような問診に、野口《のぐち》は答えていく。

「もうないよ。でも一応、家ではなるべく冷やすようにしてる」

「……それ、もうやめたほうがいいね。むしろ温めたほうがいい」

「え？」

一日でも早く痣《あざ》を消そうとケアを続けていた野口《のぐち》は、真逆のことを言われて唖然《あぜん》とした。

「この痣《あざ》、うっすらと黄色が混じってきてるでしょ。これはもう治りかけの段階なの。こうなったら患部を温めて血行をよくして、内出血が身体《からだ》に吸収されるのを促してあげて」

「そ、そうなの？　私てっきり、冷やしたほうがいいのかと……」

「最初のうちはね。……これくらい、スポーツのコーチならみんな勉強してることなんだから、ちゃんと教えてあげてほしいよね。特に女の子相手には」

淡々と、医者の卵は続ける。

「お風呂《ふろ》に入って、シャワーを優しくマッサージするように当てたり、タオルを巻いた使い捨てカイロで温めてあげたり、あとはヘパリン類似物質含有クリームを塗ってあげるとか」

野口《のぐち》は慌ててスマホを取り出し、アドバイスをメモしていった。

「ありがとう院長！　私、頑張って治すから！」

「お大事に。……でも、もし週末までに治らなかったとしても、隠す必要はないと思うよ？」

月子《つきこ》の主張に、痣《あざ》を気にする少女は目をぱちくりと瞬《しばた》かせる。

「それは野口《のぐち》さんが青春をバスケットボールに打ち込んでいる証《あかし》だもの。相手も同じ競技に熱を上げているのなら、そういうの、ちゃんと伝わるんじゃない？」

「そ、そういうものかな？」

「じゃあ、痣《あざ》のせいで今回大変な思いをしたから、もうスポーツはやらないって思った？」

「……ううん、私、バスケ大好きだから。何回怪我《けが》しても、やめたりしない」

「その気持ちを伝えてあげるほうが、痣《あざ》を治すよりよっぽど魅力的に映りますぜ？」

少なくとも私には、と締めくくり、月子《つきこ》は野口《のぐち》の診察を終えた。

「……すげぇな。心理カウンセラーとかにもなれるんじゃねーか？」

治《おさむ》の近くで一部始終を見守っていた男子が感服の声をあげる。

「絆創膏《ばんそうこう》貼られてー」「俺は薬飲ませてほしい」「将来は絶対白衣が似合うスーパードクターになるよな」

雨あられの如《ごと》く降り注ぐ称賛の声に、治《おさむ》も内心で同調せざるを得なかった。

彼女は決して医療行為をしたわけではないだろう。医師免許を持たない者にそれが許されないことは、治《おさむ》でも知っている常識だ。

法には触れない、家庭の医学の範疇《はんちゅう》で、彼女は一人の人間を健康に導く助言をしたのだ。

痣《あざ》程度、放っておいても治るものだが、それでも悩める少女を月子《つきこ》は前向きにさせていた。

「……あのう、治殿《おさむどの》。院長殿《どの》が妙々たる女子であることは拙者にもわかったので……治殿《おさむどの》も、明離《あかり》たんのこと、治していただけませぬか？」

呼びかける萩《はぎ》の声が聞こえ、治《おさむ》は彼がなぜこの場にいるのかを思い出した。……けれど。

「……治すって、俺は医者じゃねーよ」

そもそも人形は生き物ではない。漢字を当てるなら、〝直す〟が正しい。

治《おさむ》はひらひらやる気なく手を振り、「悪いけど、パス」と旧友からの依頼を拒絶した。

「そ、そんなぁ！　そこをなんとか、お願いするでござるよ！」

何度頼まれようと、関わるつもりはない。

「治療にかかる費用は当然お支払いいたしますから！　謝礼もするでござる！」

「もっと有効な金の使い方があるだろ。プライズってことは、これゲーセンで獲《と》ったんだろ？　なら、同じものをオークションで探してみろ。新品未開封がゴロゴロ出品されてるよ」

「それではダメなのでござるよ！　拙者はこの明離《あかり》たんを治していただきたいのでござる！」

新品を拒む萩《はぎ》。壊れたものにこだわる彼の思考回路が、治《おさむ》には理解できなかった。

「とにかく、これは持ち帰ってくれ。昼飯の邪魔だ。スマホでセクシー女優の写真集をおかずにしながら焼きうどんパンを食うのが俺のライフワークなんだよ」

「それ、おかずの意味間違ってねーか黒松《くろまつ》」

「治殿《おさむどの》のライフワークは、そんなことでは絶対にござらん！」

萩《はぎ》は真剣な眼差《まなざ》しで治《おさむ》を凝視する。

「思い出すのでござる治殿《おさむどの》！　中学の美術の時間、みんながお喋《しゃべ》りをしながら適当に課題をこなす中、治殿《おさむどの》は一人あんなにも熱心に粘土と向き合っていたではござらんか!!」

（……ああ、もう、やめてくれよ）

大声を出すなと思った。同級生達に、過去の熱情を知られてしまうのが怖かった。

近距離で叫ばれ、耳がキーンとする。痛い。耳が痛い。両手で塞いで、遮音しなければ。

「……いいから、早く片付けてくれよ。フィギュアなんて、もう俺に持ってくるな」

耳だけでなく、心にも蓋をする。いまの自分はただのエロス大魔神。利他的な行動などするわけがない。萩《はぎ》がどかさないのであれば、いっそ払《はら》い除《の》けてしまおうか。

そう思って、腕を机の上に乗せた、そのとき。

「――あれぇ？　十五夜《じゅうごや》明離《あかり》じゃん！」

街でばったり知り合いと出会ったような驚き声が聞こえた。

反射的に顔を向けると、教室の後方出入口から一人の女子生徒がこちらに駆けてきていた。

「え、やば！　なんでこんなところに明離《あかり》ちゃんフィギュアが⁉」

「せ、拙者が持って参ったのでござる」

「おー、萩《はぎ》っちのだったか！　相変わらずのオタっぷりだな、この～！」

肘の先で萩《はぎ》の腕をぐりぐり突《つつ》きながら、少女は好奇心に満ちた瞳で壊れた人形を眺める。

「明離《あかり》ちゃん、いいよね。可愛《かわい》さと微エロさがマッチした神デザだよね」

「さすが古和殿《こわどの》、お目が高い……！」

「でも、壊れちゃってるから……治《おさむ》に治してもらいに来たってところ？」

少女の視線が治《おさむ》へと移った。付けまつ毛で強調された両目は一段と大きく見えて。

古和《こわ》かぐや。その瞳を向けられた治《おさむ》は、どきりとして背筋が伸びた。

「ちょっと、いきなり走り出さないでよ、かぐや」「誰だし、明離《あかり》って」

遅れて入室してきたクラスメイトの女子達がかぐやの側《そば》に集まっていく。

「そういや《姫》を忘れてたな」「姫なら軽そうだし、俺らでもワンチャンあるかも……」

またしても治《おさむ》の頭上から男共のひそひそ声が聞こえてくる。矛先が月子《つきこ》や他の女子に向けられていたときとは比べ物にならないほど、治《おさむ》は彼らに強い不快感を抱いた。

月子《つきこ》が高嶺《たかね》の花であるならば、かぐやは誰もがその姿を楽しめる花園の大輪だ。

秋の名月のような輝く金色に染められた巻き髪は、竹製の髪飾りと共に、見る者を惹《ひ》きつけてやまない。整った顔立ちはばっちりと決めたメイクによって一層引き立てられている。

陽気なテンションで男女問わず打ち解けることができ、既に新クラスの中心人物。

早速女子のグループを形成し、食堂でランチタイムを共にしてきたのだろう。

そんな彼女を、一部の男子はこっそり姫と呼ぶ。由来はもちろん、かぐや姫。

「おおー、フリルの造形細かーい。ポーズも決まってる。あ、顔の表情もいい、かわいー」

かぐやはネイルが煌《きら》めく手で人形を持ち上げ、じっくり観察していく。

「……かぐやって、そういうものが好きなの？　その、オタク的な……」

「だってあたし、オタクだし。オタクに優しいギャルじゃなくて、オタクなギャルだし」

「……噂《うわさ》、ほんとだったんだ」

「なにー、引いた？　せっかく仲良くなったけど、エンガチョする？」

少女達は慌てて首を横に振るが、かぐやを見つめる目は気まずそうなままだ。

「うーん、総じて良き出来かな。――じゃあ最後に、肝心なところを……」

破損したパーツまで味わい尽くしたかぐやは、人形をぐるりと天地逆転させた。

「ちょっ、かぐや⁉」

人の形を象《かたど》ったものを逆さにすれば、当然上に来るのは脚部であり。

その角度から覗《のぞ》き込《こ》めば、見えてしまうのだ。衣服の裏側、スカートの中の構造が。

「なーる、明離《あかり》ちゃんの変身体はこうなってたのか。これはいい資料だなー」

「や、やめなって、はしたないよ！」「そんなとこまで見たら、人形だって可哀想《かわいそう》じゃん！」

咎《とが》める友人の声に、かぐやはふるふると首を振り返し、

「ノンノン。そんなところまで見てこそ、この子の魅力を完璧に理解できるのだ」

人形の秘めたる場所をガン見していく。

「ふもふも、ごっつぁんでごんす」

「や、やっぱりそういうところまで作ってあるんだ？」

「当たり前じゃん。何もはいてないほうがおかしいし、問題でしょ。むしろここを見たいがために買うまである。立体物だからこその場所だし」

女子達は吃驚《きっきょう》と羞恥を隠せない様子だったが、治《おさむ》は知っている。かぐやだろうと誰だろうと、美少女フィギュアを手にした人間は、例外なくその場所を目視することを。

衝動のままに速攻でひっくり返す者もいれば、懸命に己を律する者もいるかもしれない。

だが、そんな聖人気取りであっても、いずれ必ず、ひっくり返すときがくる。

なぜなら、美少女フィギュアとは、そ、う、い、う、も、の、だから。

その前提があるからこそ、見えない部分まで作り込んであるのだから。

全人類をエロス大魔神と化させる、悪魔のような偶像なのだから。

「パンツ見られるより、手足や頭が取れちゃってるほうがよっぽど可哀想《かわいそう》じゃん」

ようやくスカートの中から視線を外したかぐやは、破損パーツを拾い、くっつけと念じるように胴体に押し付ける。ポリ塩化ビニルの塊は、粘土のようにはくっつかない。

「ダメだー、素人《しろうと》には瞬間接着剤しか思いつかん。治《おさむ》、これどうやって治すの？」

「……別に俺だって玄人《くろうと》じゃねぇ」と、治《おさむ》はそっぽを向いてぶっきらぼうに答えた。

「治《おさむ》が治してあげるんでしょ？」

「新しいのを買えって、さっき萩《はぎ》にアドバイスしたところだ」

「……フィギュアが安くないの、知ってるくせに。萩《はぎ》っち、これいくらした？」

「それはプライズ品でござる」

「えっ、ゲーセンで獲《と》ったん⁉　わー、最近のプライズも侮《あなど》れんわ」

感心した様子で、かぐやは再度人形を見やった。

「それなら尚更《なおさら》この明離《あかり》ちゃんに思い入れがあるよね。萩《はぎ》っちが自力で獲《と》ったんだし」

「無論、その気持ちも少なからずあるのでござるが……」

萩《はぎ》は俯《うつむ》き加減《かげん》に、壊れた人形にこだわる理由を語っていく。

「明離《あかり》たんを壊してしまったのは、拙者の妹なのでござる。一人で人形遊びをしていた妹が、突然わんわん泣き出して、『お兄ちゃんごめんなさい』と何度も謝ってきて……」

治《おさむ》には、彼の話に耳を傾ける必要はなかった。

「気にするなと言ってもずっと謝り続けてくるのでござる。きっと、罪悪感でいっぱいなのでござる。拙者と、それ以上に明離《あかり》たんに対して」

けれど、間近で話をされれば、嫌でも聞こえてきてしまう。

「去年マジカルムーンを一緒に見て以来、妹は明離《あかり》たんのことが大好きなのでござる。明離《あかり》たんは二次元世界の住人でござるが、やっと小学一年生になったばかりの妹にとっては、このフィギュアは三次元世界にやってきてくれた、明離《あかり》たん本人そのものなのでござる」

治《おさむ》の脳裏に、会ったこともない萩《はぎ》の妹の姿と、自身の幼少の頃の記憶がちらついてきて。

「だから、このフィギュアでないとダメなのでござる。完全に元に戻らなくとも、傷痕が残ろうとも、妹にとって明離《あかり》たんは世界でこの一体──いや、一人だけなのでござる。入院して、怪我《けが》を治して、元気になって戻ってきたよと、拙者は妹にそう言ってあげたいのでござる」

「な、泣かせる話じゃねーか、萩《はぎ》っちぃ……」

目頭を押さえたかぐやが、身体《からだ》を震わせていた。

女子生徒達の瞳も若干潤みを増し、治《おさむ》の頭上からは男子連中が鼻をすする音。

「ですから治殿《おさむどの》！　この明離《あかり》たんを、どうか治してくだされ！　後生でござる！」

同情は、した。けれど、旧友が深く頭を下げる様を見ても、まだ治《おさむ》の心は拒んでいて。

「……そんなの、俺じゃなくたって……」

「あんたしかいないんだよ、治《おさむ》！」

目を背けて逃げ出そうとする少年の首根っこを、かぐやの鋭い声が鷲掴《わしづか》みにした。

「治《おさむ》が、このフィギュアのお医者さんになるの！　わかった⁉」

「そうだぞ黒松《くろまつ》！　いまの話聞いてやらなかったら、男じゃねーぞ！」

「普段下品なことばっかり考えてんだから、たまには人の役にたちなさいよ、エロ松《まつ》！」

ついにはクラスメイトの男女達からも次々とけしかけられていき。

窓際《まどぎわ》最後列の席で取り囲まれた治《おさむ》に、逃げる場所はもうなくなっていた。

「このまま治らなかったら、萩《はぎ》っちの妹ちゃん、悲しむだろうなー」

「………わかったよ。直せば……治せば、いいんだろ」

肺の空気を全て吐き出し、治《おさむ》は観念する。人形の修復依頼が、受諾された瞬間だった。

「か、かたじけのうござる治殿《おさむどの》！」

「ただし、治療費は一千万円だ。びた一文まけないからな」

「へあっ⁉　いっせんまんえん⁉」

「……あ、悪い、言い間違った。千円な、千円」

日常生活で通常使用する桁数を思い出し、すぐに訂正する。

「あっはっはー、闇医者気取りかよ」

ケラケラと笑う少女におちょくられ、誰のせいだよ、と心の中で強く抗議した。

「つか、金取るん？　そういうの、タダでやってあげれば格好つくのになー」「所詮はエロ松《まつ》かぁ」

無責任に治《おさむ》を持ち上げた女子達は、身勝手にも治《おさむ》に失望していく。不条理なその反応のほうが治《おさむ》にはありがたかった。が、今度はかぐやがフォローの言葉を発してしまう。

「治すのだって材料費がかかるんだから、お金取るのは当然っしょ。あの明離《あかり》ちゃん、新品で買ったら二千ま……二千円以上はかかるよ。ね、治《おさむ》？」

美談に仕立て上げようとする声に、返す言葉は何もなかった。

萩《はぎ》は人形を袋に回収し、「治殿《おさむどの》、よろしくお頼み申し候！」と頭《こうべ》を垂れながら差し出す。

（……ただ、修復するだけだ。俺が一から作るわけじゃない）

決して昔に戻るわけではないのだと己に言い聞かせ、治《おさむ》は袋を受け取った。

用件を果たした萩《はぎ》は自分の教室に帰ろうとする。と、その背中をかぐやが引き留め、

「萩《はぎ》っち、この前の新人賞、結果どうだったん？」

「うぐっ！　……無念なことに、今回も落選だったでござる」

「そっかー。じゃあ、またあたしが残念賞でヒロインのイラスト描いてあげっから」

その申し出に、萩《はぎ》は「真《まこと》でござるか!?」と顔を輝かせる。

「萩《はぎ》っちなら絶対大人気ラノベ作家になれるよ！　次こそ受かる！　頑張ってこー！」

声援を受け、決意を新たにした作家志望者は、床を踏み鳴らしながら去っていった。

「かぐや、絵とか描けるん？」

「プロのイラストレーター志望ですけど、何か？」と横ピースを決めながら宣するかぐや。

「えっ、すごーい！　オリンピックのロゴとかデザインしちゃうヤツでしょ？」

「……や、違う。ゲームのイラストとか、ラノベの挿絵とか描くヤツ！」

一般人のイラストレーターに対する認識に、オタク少女はショックを受けたように首を振った。

肩を落としながら、とぼとぼと自分の席へと歩いていく。

彼女の定位置は治《おさむ》の真横。椅子を引き、腰を下ろそうと座面を見下ろした、その瞬間。

「ん……？　――きゃあああああぁぁぁあああああぁぁぁ!!」

絹を裂くような悲鳴があがった。何事かと顔を向けた治《おさむ》だが、

「ちょ――!?」突如、上半身に衝撃を感じた。

飛びのくように自席を離れたかぐやが、そのまま治《おさむ》の胸に全身を預けてきた。

「お、おい！　かぐやお前、離れろって！」

「いやあ！　虫！　蜘蛛《くも》がいる！」

かぐやは少しでも虫から離れようと身体《からだ》を押し付けてくる。引きはがそうとしてもびくともも

せず、逆に治《おさむ》が抱き締めているかのような体勢になってしまう。

密着すればするほど、弾力性のある何かを胸で感じてしまい。

震える金色の髪から香る柑橘系《かんきつけい》の香りが、嗅覚を支配していく。

「治《おさむ》、なんとかして！　早く仕留めて！」

「お前がそこにいたら無理だろうが！」

「いーやー！　早くなんとかしてよー！」

助けを求めて周囲を見回す。が、その先に救いの手はなかった。女子達は当然のこと、男子連中までもがかぐやの机から距離を置き、椅子を這《は》い回《まわ》る一センチ超の恐怖から逃れていた。

（……これも、俺がやるしかないのか）

覚悟を決め、身体《からだ》を捻《ひね》ってかぐやと場所を入れ替えようと、彼女の細腰《ほそごし》に手を伸ばした。

「──随分と物騒な言い方だね」

そのとき聞こえてきた声は、静やかなれど、明瞭と耳の奥まで届く不思議なものだった。

教室のざわめきがぴたりと止《や》む。その中を、一人の少女がゆっくりと歩み寄ってきて。

彼女が通過した道には、朧《おぼろ》な月光が残されていく。そんな幻想すら抱かせた。

「古和《こわ》さん、だよね。仕留めてって、この蜘蛛《くも》が古和《こわ》さんに何かしたの？」

かぐやの机に近づいた月子《つきこ》が、椅子の上の闖入者《ちんにゅうしゃ》を確認しながら問う。

「よく言うでしょ。ミミズだってオケラだって、生きているんだって」

「無理無理無理！　あたしほんとに虫とかダメなの！」

「……そう。苦手なものを受け入れるのは、難しいだろうけどね」

月子《つきこ》は一つ小さな息を漏らしたあと、人差し指を蜘蛛《くも》に向けて差し出していく。

ひっ、とクラス中の女子が寒気立つのも厭《いと》わず、指の腹に迎え入れた。

そのまま指を見つめる。少しだけ口元を綻ばせ、窓に向かって歩き出した。

「でも、覚えていてほしいな。古和《こわ》さんに宿る命も、この蜘蛛《くも》に宿る命も、等しく世界に一つしかない大切なものなんだって」

治《おさむ》の机のすぐ後ろに立ち、左手で窓を開く。

「虫ってね、いまを必死になって生きている生き物の代表なの。何かに熱中することを、なんとかの虫って言うでしょ」

外に出した指に吐息を吹きかけた。風圧に流され、蜘蛛《くも》の姿は一瞬で見えなくなる。

「あの桜だって、生きてるんだ。いずれ花散るそのときまで、全力で咲き誇っているんだよ。だから、あんなにも色鮮やかで……綺麗《きれい》なんだよ」

遠くを見据える月子《つきこ》の横顔を、治《おさむ》は至近距離から見上げることになり。

「いつか終わりがくる人生を私達も過ごしてる。趣味でもスポーツでも恋愛でも、いまこのときの青春を何かの虫になっている人間は、きっと何よりも美しい虫——そう思いますぜ？」

春風になびく彼女の美しい黒髪が、懸命に何かを伝えようとしているように思えた。

「じゃ、じゃあ、院長はGとかも退治しないの？」

「んん、そう言い返されると困っちゃうね。害虫ってのは確かにいるし、私だってお魚やお肉を食べて命を繋《つな》いでいるわけだしね。……でも、無駄な殺生《せっしょう》をしないに越したことはないでしょ」

月子《つきこ》はかぐやの机に戻ると、スティックタイプの手指消毒液を取り出し、ティッシュに含ませて丹念に椅子を拭いていった。

「これで気持ち的にも大丈夫かな、古和《こわ》さん」

「う、うん、ありがとう。院長も、エンガチョする？」

「しないよ。蜘蛛《くも》は益虫だから」

平然としている同い年の女子を、やはりかぐやは理解できない様子だった。

「それにしても……黒松《くろまつ》くん、だよね？」

唐突に呼びかけられ、治《おさむ》は「ん？」と月子《つきこ》を見やる。

「青春だね」

ただ一言。初めて交わす院長様との会話で、そんな言葉をかけられた。どういう意味だと訊《き》き返《かえ》そうとした瞬間。吸い込んだ息に含まれた芳《かぐわ》しき香りで、その意図を察した。

「お、おい！　いつまでくっついてんだよ！　もう離れろ！」

「あー、やっぱりあの椅子、まだちょっと気持ち悪いかも。このまま授業受けよっかな」

「ふざけんな！　とっとと月へ帰れ！」

抗議の声を意に介さず、かぐやは治《おさむ》の足を椅子にし続ける。

「……なあ、早くどいてくれよ」

「怖くて腰が抜けちゃった。治《おさむ》、立たせてくれない？」

茶化すように手を上下させる少女から目を逸《そ》らし、「……どいてくれ、頼むから」と願った。

脳内を無にして、かぐやが自ら腰を上げるまでじっと耐え続ける。

「うわぁ、エロ松《まつ》、かぐやにセクハラし放題だよ」「結局巨乳じゃなくても見境なしじゃん」

「殺す。黒松《くろまつ》絶対殺す」「俺らもエロス大魔神になったほうがいいのか……？」

人気者の女子と密着し続けるエロス大魔神には、ひそひそとヘイトが向けられていく。

「……さて！　おふざけはこれくらいにして、午後の授業も頑張っていこー！」

いまはとて　天《あま》の羽衣《はごろも》　着る折ぞ。

教室中に宣言するように声をあげたお姫様は、ようやくいるべき月の都へと戻っていった。

席を立っていた生徒達もつられて着席していき、騒がしかった昼休みが終わりを迎える。

「――随分な言われようだね」

黒板へ向き直った治《おさむ》の隣から、かぐやの囁《ささや》く声がする。

「悪く言われるようなことをしてるんだから、当然の評価だろ」

「なら、褒められるようなことをして取り返せばいいじゃん」

そのロジックは単純明快で、誰にも否定されるものでもない。治《おさむ》当人を除いては。

「治《おさむ》、明離《あかり》ちゃんを、ちゃんと治してあげるんだよ？」

念を押すように。有無を言わせぬように。首を傾ける隣人に返すのは、溜息《ためいき》一つ。

煩わしさの象徴たるその反応も、旧知の仲である少女には違う意味に捉えられてしまい。

口角を上げたかぐやが、「頑張れ」とエールを送った。

治《おさむ》はもう一度心に刻み込む。

――これは、ただの修復作業にすぎない。

☽

「おお、黒松《くろまつ》くんじゃないか！」

二年生になってから初めて美術室の扉を開けると、久々に見る二人の先輩の顔があった。

眼鏡の男子は美術部部長の葛《くず》。隣の細い目の女子は副部長の尾花《おばな》だ。

「久しぶりね。バレンタイン以来かしら」

バレンタインチョコを恵んでもらえないかと、二月一四日に訪ねてみたのは覚えている。

だが、そこから先は記憶がなかった。春休みも当然全休。不真面目の鑑《かがみ》である。

「二年生になって心機一転、部活を真剣にやる気になったか！」

「残念ながら違いますよ、クズ部長」

「いまちゃんと漢字で言ったよな？　カタカナじゃないよな？」

「漢字に決まってるじゃないですか、俺達のクズ新部長」

「新って、部長になって半年経《た》つんだが……」

光陰矢の如《ごと》し。ときの流れは早いものだ。幽霊部員だけに余計にそう感じる。

「もう仮入部の一年だって来てるんだ。先輩として、少しは真面目なところを見せてくれよ」

「なら丁度いいや。今日来たのは、知り合いから人形の修復を頼まれたからなんですけど、ここでやっても構いませんよね？　活動として」

スクールバッグから患者が入院している袋を取り出す。

「おいおい、美少女フィギュアってヤツじゃないか。神聖な美術室にそんなものを……」

「あら可愛《かわい》い子じゃない。全然問題ないわよ」

咎《とが》めようとした葛《くず》を遮り、尾花《おばな》があっさりと許可してくれた。

「お、尾花《おばな》くん、甘やかしては困るよ」

「うちも半分オタクの集まりみたいな部だし。漫画ばっかり描いてる子もいるしね」

部長副部長とは名ばかりで、二人のパワーバランスは相変わらずのようだった。

「ぐぅ……ぼ、僕は認めないぞ。そんな大衆娯楽のサブカル文化」

「じゃあ極力視界に入らないように隅っこで作業しますね、クズ部長」

「アクセントォ！　いま絶対カタカナで言っただろ！」

（ま、俺のほうがよっぽどクズだよな）

葛《くず》は画家志望で、美大進学を目指している男だ。先刻の月子《つきこ》の言葉を借りれば、青春を美術の虫となって生きている。

そんな先輩からしたら、半端者《はんぱもの》の自分は心底不愉快に映っていることだろう。

とはいえ今日は曲がりなりにも活動に取り組む一部員だ。治《おさむ》は美術準備室に入って、作業に必要な道具を探し始めた。浦島太郎状態で棚をあちこち引《ひ》っ掻《か》き回《まわ》していると、

「――弟者《おとじゃ》」

その独特な二人称に、手が止まる。じんわりと、胸の奥が温かくなった気がした。

首を向けると、棚の陰からひょっこりと顔を覗《のぞ》かせている一人の女子。

セレーネ・ヒポクラテス・椎竹《しいたけ》。

ギリシャ人の父と日本人の母を持つ、美術部所属の二年生だ。ミドルネームに相当する箇所は彼女の父親の名前があてがわれているため、セレーネ椎竹《しいたけ》というのが本人の名前になる。

「……久しぶり、セレーネ」

挨拶を返すと、口元を綻ばせたセレーネがぱたぱたとこちらへ歩み寄ってきて、

「どーん」「いってぇ！」

無防備な治《おさむ》の脇腹に指を突き立ててきた。地味な痛みが治《おさむ》を苛《さいな》む。

「何すんだよ!」

「スィモース《θυμός》」

「一体何に怒った⁉」

「全然部活に来なかった。それと、今年エゴー《わたし》と違うクラスになった。弟者《おとじゃ》の不始末を戒めるのは姉者《あねじゃ》たるエゴー《εγώ》の務め」

「クラスは学校が決めたことだろうが! お前と家族になった覚えもねぇ!」

「そうよね、家族になるなら姉じゃなくて嫁よね、セレーネちゃん」

「横から会話に押し入って話を混沌《こんとん》に導くのやめてください、尾花《おばな》先輩」

「エゴー、カオス好き。エロース大魔神たる弟者《おとじゃ》は、カオスの子供」

「俺の親は人間だよ……」

女子二人の絡《から》みに頭が痛くなってきた治《おさむ》。

その隣で、セレーネは自分の頭に手を乗せ、治《おさむ》の頂上と比べていく。

「やはり、エゴーのほうが高い。大きくなれよ、竹のようにニョキニョキと」

「始業式のあとの健診で測ったら、167になってたけど?」

「……測り間違えじゃないのか? どう見てもエゴーのほうが上。今年もお前は弟者《おとじゃ》」

セレーネの身長が不自然に伸びた気がしたが、別に張り合う気もないのでどうでもよかった。

ギリシャ人女性の平均身長は、出典にもよるが、概《おおむ》ね165~6センチ。半分ではあるがギリシャの血を受け継ぐ彼女の風貌は、日本人のみの遺伝子にはないものを持っていて。

欧州風の彫りの深い顔立ちの中に、丸みを帯びた大和撫子《やまとなでしこ》さが混在している。

セミロングの髪はあまり整えられてはいないが、瞳はエメラルドのように輝く緑色。

絶世の美女と謳《うた》われたクレオパトラは、実はエジプト人ではなくギリシャ人だという。

和洋折衷の美少女を、男子達は密《ひそ》かに中秋高校《ちゅうしゅうこうこう》の《クレオパトラ》と囁《ささや》いていた。

だがそれは、セレーネの外見のみによって築かれたイメージにすぎない。実際は、いまこうして唸《うな》りながら身長マウントをとってくるような残念系少女なのだと、治《おさむ》は知っている。

そもそも一年前、二人が交流を持った切っ掛けからして異常だった。

己の性質を誘導するため、クラス中がドン引きする下品な自己紹介をかましたのちに、

『……Dカップは巨乳に入りますか？』

想定外にも、治《おさむ》の求めに応じて仲良くしようとする女子生徒が出現してしまったのだ。

色白の頬をうっすらと赤らめ、もじもじと両手を擦《こす》り合《あ》わせながら交友を乞う隣の席のハーフ女子。口にしてしまった以上、贖罪《しょくざい》のつもりで治《おさむ》はセレーネの手を握ることにした。

帰宅部を決め込むつもりだった放課後を、美術部を志望した彼女と共にする選択をしたのだ。

だから、脇腹を攻められたくらいで、クラスが分かれてしまったくらいで、彼女との縁を切ったりはしない。もしも今年も昼食の誘いに来たときは、応じるつもりだ。

「セレーネ、ポリパテどこにあるか知らないか？」

「あっちの引き出し」

「ん。……お、あった。サンキュー。ついでにピンバイスは？」

求める道具を、セレーネの案内に従って回収していく。

結局幽霊部員と化してしまった治《おさむ》とは違い、セレーネは真摯に部活に取り組んでいる。彼女もまた美術の虫として青春を過ごす高校生なのだ。弟になるつもりはないが、その姿勢が姉御然としたものであることについては異論はないと、治《おさむ》は僅かに微笑《ほほえ》んだ。

「二人ともそんなに接近して、マジでキスする五秒前？　てかもうしちゃった？」

この部にはもう一人、残念な女子がいる。激しい落胆を禁じ得なかった。

美術室に戻ると、他の部員達も顔を揃《そろ》えていたが、特に挨拶などを交わすこともない。

治《おさむ》は机を窓際《まどぎわ》の壁にくっつけて作業場所を確保し、持ち出した道具を並べる。

すると、「弟者《おとじゃ》、弟者《おとじゃ》」とセレーネにエプロンの裾を引っ張られた。

彼女は左手に板を持ち、その上には不自然に膨らんだ布が被《かぶ》せられている。

「この前弟者《おとじゃ》が作ったヤツ、エゴーが塗った」

（俺、なんか作ったっけ……？）

朧《おぼろ》げな二月一四日の記憶を遡ると、確かにその日はチョコをもらって即帰宅というわけではなかった。尾花《おばな》に、チョコが欲しかったら何か課題を出せと言われたのだ。もちろん人形を作る気になどならなかったが、机に向かって何かを生み出した覚えがある。確か——

「ああ、パルテノン神殿を作ったんだっけ」

作り上げた作品は、誰もが知るであろうギリシャの世界遺産。

なんとなくセレーネが喜んでくれるかなと思い、それなりに気合を入れて粘土をこねた。

「もっと早く見せたかった」

「……悪かったな、サボり魔で」

「では――どぅるどぅるどぅる、だぁん」

布が取り払われた瞬間、治《おさむ》の口があんぐりと開いた。四六本の柱が並び立った白の神殿、その一本一本が、あろうことか虹の如《ごと》く多彩な色に染め上げられていた。

「ゲーミングパルテノン神殿」

「歴史ある大国ギリシャに謝れ！」

世界遺産を台無しにしたような暴挙を見せつけられ、即座に突っ込みを入れる。

「パパス《μπαμπάς》は笑って喜んでくれたぞ」

「無駄にいい出来に仕上がってるのが逆に腹立つんだが……」

「出来がいいのは、弟者《おとじゃ》の腕。エゴーはただ塗っただけ」

そう言うセレーネだったが、治《おさむ》が作った原型だけではここまでの完成度には到達しない。

柱の凸凹を強調する陰影や、自然風化した汚れを表現するウェザリングの表現。

セレーネの塗装技術が加わってこそ、現実にはあり得ないゲーミングパルテノン神殿が、ま

るで実際に販売されているミニチュアであるかのように存在感を放っていた。

「弟者《おとじゃ》は、神様だな」

「あ？　そこまで褒められるほど凄《すご》い出来じゃねーよ」

「出来は関係ない。何かを生み出すことができる人間は、みんな神様だ」

セレーネは美術室に飾られている生徒達の作品の数々を見比べていく。

「葛《くず》部長も神様。尾花《おばな》先輩も神様。エゴーも神様。神様は凄《すご》い。だから、偉い」

一つ一つに熱心な視線を送る翠玉《すいぎょく》の目は、無垢《むく》な子供のように煌《きら》めいていて。

セレーネとは創作というものを心から愛する少女なのだと、ありありと知らしめてくれた。

そんな彼女に褒《ほ》め称《たた》えてもらえたなんて分不相応で、猛烈に居心地が悪くなる。

なんの虫にもなることなく青春を浪費している男が、神様などであろうはずもないのに。

「……ま、エロス大魔神だからな」

治《おさむ》は下品な返しをして、現状の立ち振る舞いを正当化させた。

「神が作りて、神が塗りしパルテノン神殿。これはもはや、パルテノン神神神殿」

「お前とは絶対に入れ替わりたくないな」

「黒松《くろまつ》くん、知ってる？　パルテノンって、未婚の女性って意味らしいの。ところで、セレーネちゃんのパートナーになるのはどんな人だと思う？　いっそ立候補しちゃう？」

「クズ部長助けてェ！　学校に親戚のおばさんがいるよぉ！」

尾花《おばな》からの救済を求めて葛《くず》の姿を探したのだが、

「おいいいいい誰だよラボルトくんをレインボーに染めやがったのはあああああ⁉」

血相を変えて準備室から飛び出してきた男は、震える手でカラフルな石膏像《せっこうぞう》を掲げている。

「ラボルトはエゴーが虹の神イーリスへと昇華させたり」

「これじゃゲーミング石膏像《せっこうぞう》だよ椎竹《しいたけ》くんんんん‼」

このカオス極まりない美術部に入部届を出す一年生は、果たしているのだろうか。

そんな憂慮を抱えつつ、治《おさむ》は机に向かい、人形の破損状態を詳しく調べていく。

（頭のほうはぴったり合うな）

頭部パーツは破断面がすんなりと嚙《か》み合《あ》った。これは不幸中の幸い。

治すのに瞬間接着剤しか思い付かないとかぐやが言っていたが、実際修復に使用するのはそれだ。ただし、それだけでは済まない場合も当然あって。

（……腕と脚は欠けちまってるのか）

続いて合わせてみた手足は破断面が綺麗《きれい》にくっつかない。

こうなると、欠けが生じた箇所を肉付けして埋めてやらなければ、元には戻らない。

穴埋め自体は治《おさむ》にとって難しい作業ではないが、厄介なのはそのあと。

付け足した部分を、違和感なく周囲と一致する色に塗ってやらなければならない。

これがなかなか大変で。造形はともかく、着色にはそこまでの自信はない。

それでも、萩《はぎ》と彼の妹のために、できる限りの治療を施してあげたかった。

「セレーネ、ちょっと手伝ってくれないか？」とイーゼルを用意していた少女を手招く。

「なんだそのフィギュアは」

塗装の腕ならばセレーネは治《おさむ》の遥《はる》か上を行く。助力を願おうと、事情を説明した。

「──だから、手足を繋《つな》げたあと、この肌の部分の色を作って塗ってもらいたいんだ」

四六時中何かを染めている彼女のことだ。二つ返事で承諾してもらえると思った、のだが。

「お断る。不良部員に貸す手などない」

ぷいっと顔を背けられてしまった。

「それは事実だけど、今回は人助けなんだし、頼むよ」

「それに弟者《おとじゃ》、エゴーの施しを食い逃げした」

「食い逃げって、バレンタインチョコはあげるものだろ……」

「良識ある男子は、しかるべきときに代金を支払うものだ」

治《おさむ》は察した。施しとはいえ、もらった以上は男として三月一四日に渡すべきものがあった。

「わ、悪かった。購買で何かお菓子を買ってやるから」

「そうだな。素人《しろうと》の手作りなど、購買のお菓子でお釣りがくるな」

「よし、欲しいものを言ってみろセレーネ！」

三倍返しの範疇《はんちゅう》を越えているだろうが、遅くなってしまった分の利息も含めて身銭を切る覚

悟を決めた。セレーネは頬に指を当てながら考え込み、三〇秒後、

「火鼠《ひねずみ》の皮衣《かわごろも》」

「俺は阿倍御主人《あべのみうし》か」

「もとい、ドラチュウの着ぐるみパジャマがほしい」

大人気ゲームのキャラクターグッズをリクエストされ、治《おさむ》は合点《がてん》がいった。鼠《ねずみ》のような見た目からドラゴンの如《ごと》く火を吹くそのモンスターは、世界中のファンから愛されていた。

入部後、治《おさむ》が課題として提出した立体作品を見てその能力を知るや否《いな》や、セレーネは幾度となくゲームのキャラの造形をねだってきたものだ。

そのリクエストに応えるつもりは当初はなかったのだが、期待に満《み》ち溢《あふ》れた緑の眼《め》で何度も何度もねだられ、挙句教室でも頼まれそうになったので、ついに治《おさむ》は願いを聞き入れた。

セレーネが頼んでくるのはほとんど可愛《かわい》い系《けい》のモンスターであり、人間のキャラではない。

だから――人形作りをするわけではないのだ。

そう己の心と手に言い聞かせ、治《おさむ》は都度都度彼女の期待に応えてやった。

作り上げたものは、その後依頼者の手によって余すところなく塗装されていった。

「わかった。プレゼントするよ。じゃあ、手伝ってくれるな？」

「それはホワイトデーの分だろう。作業を手伝えと言うのなら、別途報酬をもらう」

さらにグッズを要求されるのかと溜息《ためいき》をついた治《おさむ》に、セレーネは望みを伝える。

「問《とい》、ソコラータ《σοκολάτα》の感想を述べよ」

「はあ？　そんなモンスターいたか？」

「……エゴーのチョコはどうだったのかと訊《き》いている」

味を尋ねているのだと理解し、治《おさむ》は舌の記憶を辿《たど》る。

「ああ、普通にうまかったよ。甘すぎず苦すぎずの丁度いいバランスに仕上がってたし、見た目も華やかで綺麗《きれい》だった。遅くなったけど、ありがとな」

セレーネから渡されたチョコは食用色素を用いてカラフルに彩《いろど》られていて、彼女らしいなと思いながらありがたく完食したのだった。

「そうか。……よかった」

「セレーネは料理とか得意なのか？」

「できない。だから、尾花《おばな》先輩に教えてもらいながら、頑張った」

「へえ、気合入ってたんだな。そしたら、一番渡したいと思った人には渡せたのか？」

「………………ん」俯《うつむ》くように、セレーネは頷《うなず》いた。

もじもじと両手を擦《こす》り合《あ》わせる仕草から照れている様子が伝わってくる。普段のやり取りからつい忘れそうになるが、彼女も高校生の青春を生きる女の子なのだと、治《おさむ》は再認識した。

その相手が誰なのかは、わからないが。

「……さすれば、手を貸してやろう」

「え？　追加報酬はいいのか？」

「もうもらった」と一言返されたが、治《おさむ》には意味がよくわからず、首を捻《ひね》るだけだった。

セレーネはイーゼルを片付けると、机を持ち上げて治《おさむ》の右隣に並べる。

「別に、俺がくっつけ終わるまでは自分の課題をやってていいんだぞ」

「弟者《おとじゃ》の作業、近くで見たい」

「や、何も面白いことなんてないし。それに……めちゃくちゃ臭うぞ」

「それがエゴー達の青春の香りだ」

「……俺はシンナー臭がする青春なんてごめんだよ」

セレーネには届かない程度の声量でぼやいた。決して彼女の青春は否定しないように。

治《おさむ》はワイヤレスイヤホンを耳に着け、スマホで動画サイトを開き、【十五夜《じゅうご》明離《やあかり》】と検索する。

フィギュアとは、モチーフとなったキャラクターの外見にとどまらず、性格や考え方、境遇や決意などを色濃く反映させた芸術品だ。

たとえ見てくれが一見美しくとも、顎の引き具合や腕の角度、脚の開き方など、ポーズの一つ一つがそのキャラの人物像と乖離《かいり》していれば、なんかコレジャナイ出来になってしまう。

修復を担《にな》う以上、治《おさむ》には十五夜《じゅうごや》明離《あかり》への理解をおざなりにはできなかった。

横から「エゴーにも見せろ」とせがまれたので、イヤホンの片方をセレーネに渡した。

隣人がスマホに首を伸ばすと、ふわりとココアのような香りが漂ってくる。

この優しい匂いを、有機溶剤臭で上書きしてしまうのが申し訳なくなった。

一五分ほどのシーンまとめ動画を再生する。

時間効率を考えて二倍速にしようとしたが、それはセレーネに止められた。

『こ、こんにちは。十五夜明離《じゅうごやあかり》です』と、声優によって命を吹き込まれた少女の声が流れる。

声のトーンだけで、十五夜明離《じゅうごやあかり》という少女が内向的な性格をしているのがわかった。

大した取り柄のない女子高生が、ひょんなことから月の使徒と出会い、月のパワーを源にして魔法少女として変身。平和のために戦っていくという物語だった。

何事からも逃げていた引っ込み思案の女の子が、徐々に守りたいもののために立ち上がっていく姿は、声優の演技力もあって治《おさむ》にも少々響いてくるものがあった。

「明離《あかり》、かわいい。これは弟者《おとじゃ》が惚《ほ》れ込《こ》むのもわかる」

動画を見終えてスマホをしまうと、セレーネが感想を呟《つぶや》いた。

「別に惚《ほ》れ込《こ》んじゃいねーよ。最低限のキャラ知識を得たかっただけだ」

「創作のための下準備ということだろう」

「……作るんじゃない。治すだけだ」

「弟者《おとじゃ》は、人形は作らないのか？」

その問いに、治《おさむ》は回答を拒否するかのように口にマスクを着けた。

（そんな創作、いくらお前でも、気持ち悪いって思うだろ）

両手にはゴム手袋をはめていく。パチンと裾を弾《はじ》く音を合図に、術式を開始する。

まずは頭部の処置。ピンバイスを使ってミリ単位の穴を開け、胴体の首部分を掘削していく。

接着剤だけでもくっつきはするだろうが、接着面に補強となる軸を打ってあげるのだ。

『あ、あのう……お医者様。私、治るのでしょうか……？』

そのとき、頭の中に女の子の声が響いてくる。

『別に、俺は医者じゃねーよ』

何人《なんぴと》たりとも立ち入れない、自分だけの世界の中で、治《おさむ》は十五夜《じゅうごや》明離《あかり》と会話を交わしていく。

『私、手も足も片方なくなって、頭まで取れちゃって、よくこれで生きてるなって……』

『ああ、人間だったら間違いなく死んでる。よかったな、人形に生まれて』

『人形……。そうですよね。この世界の私は、人形なのですよね』

開けた細穴に補強用の真鍮線《しんちゅうせん》を通していく。

反対側はニッパーで適切な長さに切り落とした。

『こっちには、月の使徒も魔法少女が戦うべき相手もいないんでな。だからオタク達は刺激を求めて、画面越しにあんたが大変な目に遭う様子を楽しんでるんだよ』

『うう……皆さんドSです……』

頭部パーツの破断面にも対となる穴を開ける。深さを確かめながら、慎重に掘り進める。

『でも、あんたが困難に立ち向かう姿が少なくない人の心を摑《つか》んだのも事実なんだろうよ』

『それは、二次元世界に生まれた者としては、ありがたいことなのでしょうが……』

『そこから飛び出してきた存在なんだぜ。人形としてのあんたは』

一旦真鍮線《しんちゆうせん》を抜き、開けた穴に接着剤を塗り込んでから再び差し入れる。

真鍮線《しんちゆうせん》が突き出た胴体に、同じように接着剤を塗った頭部をはめ込み、ぐっと押し付ける。

『だから、きっちりと治ってもらうよ。あんたを本人と信じて疑わない女の子が、友達の帰りを待ってるんだから』

数秒待ってやれば、頭部は何事もなかったように胴体と接着した。

次は上腕部。同様に双方の破断面に穴を開け、真鍮線《しんちゆうせん》を入れていく。

今度はそこに、欠けた部分を付け足してやる工程が必要だ。

「セレーネ、防毒マスクを着けろ」

一般的な白マスクの上に、より保護能力が高い防毒マスクを重ねた。

セレーネも同じように顔を覆う。これで二人は有害性物質から守られることになる。

さらに治《おさむ》は、背後で課題に取り組んでいる部員達への配慮をみせた。

「ポリパテ使うから、下敷きで窓に向かって扇《あお》いでくれ」

「……なんだと？　エゴーに肉体労働をさせる気か？」

治《おさむ》の隣に居座ったのが運の尽きだった。不満の声が返ってくる前に作業を再開させる。

欠けを埋める手段はいくつか考えられるが、今回はポリエステルパテを使うことにした。

机にテープを貼り、その上にチューブから主剤と硬化剤をひり出していく。

すると、直接嗅げば気分を害するほどの悪臭が発生してしまう。防毒マスクを着けるのはこのためだ。

白い主剤と橙色《だいだいいろ》の硬化剤を爪楊枝《つまようじ》で混ぜ合わせると、黄色いペースト状のパテができる。

食い付きをよくするために破断面を傷付け、適量を盛り付けて胴体と腕を接着した。

『あなたは、神様なのですか？　人形である私と言葉を交わせるなんて』

パテが硬化していくのを待つ中、再び明離《あかり》の声が聞こえてくる。

『あのなぁ。教えといてやるけど、あんたは、人形は喋《しゃべ》ったりしないんだよ』

『ええ？　では、このやりとりは一体？』

『俺が作業をしながら脳内で展開してる、気持ちの悪い妄想に決まってるだろ』

『なぜそんなことを？』

『……昔、少しでもいい出来のものを生み出してやろうと思って、手を動かしながらモチーフのキャラと対話するイメージをするようになった。そんな変人の思考回路だよ』

しばらく経《た》つと、ペースト状だったパテは掘削ができる程度まで硬くなる。

治《おさむ》はデザインナイフを握り、はみ出た余分なパテに刃を当てた。

『モノには魂が宿るなんて言うけど、俺はモノに魂を宿すつもりで粘土をこねてたんだ』

『素敵な考え方じゃないですか』

『やめろ。あんたが褒めたら、俺が自画自賛してるってことになるんだよ』

絶妙な力加減でナイフを操り、不要なパテを削り取っていく。

『そもそも俺はあんたを作ってるわけじゃない。治してるだけだ』

『そうですよね。ありがとうございます。……でも、こうして私との会話をイメージしてるってことは、修復作業であっても、創作だと認識しているってことじゃないのですか？』

その問いに、治《おさむ》が答えることはなかった。

概《おおむ》ね形を整えれば、あとはパテの硬化待ち。続いて脚部の治療へと移行する。

三度、真鍮線《しんちゅうせん》を打ち込むための穴を開けていく。……のだが。

『あっ……！　や、やっぱり見てしまうのですね……』

一〇代の少女が、治《おさむ》の脳内で顔を真っ赤にした。

足にピンバイスを当てるために天地を返せば、必然、スカートの中の白が露《あら》わとなり。

意識するな、焦点を合わせるなと抗《あらが》っても、その三角は人間の瞳を吸い寄せてしまう。

『う、ううぅ～……！　視聴者にも見せたことないのにぃ……！』

罪悪感が湧き上がる。せめて早々に終わらせせようと、治《おさむ》は処置を急いでいく。

『……あなたは、その部分を作ることに、葛藤はありましたか？』

『……そりゃ、あったさ。ないわけがないだろ。俺は男だ。女の子のそこがどうなってるのかなんて知らない。だけど、頼まれたキャラがスカートをはいていたら、作り込まないわけにはいかない。はいてないほうが問題なんだから』

『スカートごと中を埋めてしまうとか、手はあったのでは？』

『依頼してきたヤツが密《ひそ》かに何を期待してるのかくらい、俺にもわかるんだよ。その期待を、無下にはできなかった。……最高に喜んでくれる顔が見たかったからな』

開けた穴に軸を打ち、破断面にパテを盛り、欠けを埋めて胴体と脚を繋《つな》げた。

『何度脳内で、変態、セクハラ野郎とキャラクターに罵られたことか』

『……やっていることは確かに、そう言われても仕方ないでしょうが……』

『ま、それでも手を動かし続けたのは俺の意思だからな。結局、同じ穴の狢《むじな》ってことだよ』

パテが固まりだしたら、ナイフを沿わせて余計なはみ出しを除去していく。離断していた手足は接着剤とパテによって再度一体化し、それだけで一見元通りのようになった。

「よし、あとは硬化待ち。もういいぞ、セレーネ」

扇《あお》ぐ手を止めたセレーネは、防毒マスクを外し、疲労困憊《ひろうこんぱい》の様子で机に倒れ込んだ。

「お疲れさん。サーキュレーターでもあればよかったんだけどな」

「葛《くず》部長に頼んで速攻買ってもらう……」

腕や肩を撫《な》でさするセレーネの様子に、ついつい労《いたわ》ってやりたくなる。

「マッサージでもいたしましょうか、クレオパトラ様」

「なに？　……き、気軽に女子の身体《からだ》を揉《も》もうとするな、このエロース大魔神！」

伸ばした手を払われ、そっぽを向かれてしまった。無遠慮が過ぎたな、と治《おさむ》は反省する。

もっと明離《あかり》の動画が見たいというセレーネの要望を受け、再びスマホに映像を映した。

「やはり、明離《あかり》はかわいい。気に入った」

「お前、モンスターだけじゃなくて人間キャラも好きになれたんだな」

「エゴーはかわいいものが好きなだけ。明離《あかり》はかわいい、だから好き」

「セレーネが一番可愛《かわい》いよ。……って言うところよ、黒松《くろまつ》くん！」

「うわあ！　急に耳元で囁《ささや》かないでください！」

背後から尾花《おばな》の奇襲を受け、治《おさむ》は椅子から転げ落ちそうになった。

気を取り直してセレーネと一緒に画面を眺めながら、時折パテの様子に気を配り、硬さを確かめていく。数十分もすれば、次の工程に移れる程度にまで硬質化していた。

「こんなもんか。ヤスってくぞ。マスク着けろー」

再びマスクとゴム手袋を装着する。行うのはヤスリがけ。粉が飛び散る作業になる。

ビニール袋に人形を入れ、テープで封じる。さらに小さな穴を二つ開け、そこから左腕と左脚だけを露出させた。そして露出部位がズレないように穴をテープで固定する。

先程接着させた箇所から先の手足もテープで隙間なく覆い隠し、人形の保護《マスク》も完了。

「ヤスリ、４００」「はい」

執刀医が助手に向かって手を伸ばすと、その上にスポンジヤスリが乗せられた。

パテを盛った場所が自然なラインになるまで、ひたすらヤスリで磨いていく。

その過程で、パテに気泡の穴が見つかってしまうことがある。

「瞬着」「ほい」

そんなときは瞬間接着剤でしっかりと埋めてやる。固まったら、またヤスる。

「８００」「どーぞ」

徐々に表面が整ってきたら、粒度が細かいヤスリに持ち替え、より滑らかに仕上げていく。

『凄《すご》い……私の身体《からだ》、治ってきました！　まるで治癒魔法です！』

『人形作りに魔法なんて便利なものはねーんだよ。ひたすら地味で苦痛な反復作業だ』

『あ、いま人形作りって言いましたね。人形治しじゃなくて』

指摘が入り、治《おさむ》は己の発言を削り取るように黙々とヤスリを当てていった。

発生する粉を払いながら、何度も表面を確認する。目視と手触りによる感覚の荒野を行き交った末、大方整ったと判断したら、待っているのは最後の作業。

「サフ」「エンダクシ《εντάξει》」

スプレー缶タイプのサーフェイサーを吹き付ける。人形本来の肌の色とパテの黄色が等しく白に染まり、処理具合を目視しやすくなる。果たして地道なヤスリがけの成果は、

「んん……これでいいんじゃないか？」

「エゴーもいいと思う」

光にかざしてチェックし合った結果、パテは一切の違和感なく手足の一部となっていた。

「凄《すご》い。一発だ」

「捨てサフが少ないに越したことはないだろ。勿体《もったい》ないし」

ゴム手袋を外し、椅子の上で脱力する。これで治《おさむ》が担当する作業は全て完了した。

「じゃ、あとの処置は頼むよ。どうする、エアブラシを使うのか？」

「ナメるなよ、弟者《おとじゃ》。これくらい、エゴーなら筆で塗れる」

セレーネは挑発するように十指をくねらせ、準備室へと向かった。

『ありがとうございます、神様！　私、元に戻ることができました！』

明離《あかり》の弾《はじ》けるような声に、『セレーネが塗り終わったらな』と返す。

『私は、一からあなたに生み出していただいたわけではありません。それでも、言わせてください。いま私の中には間違いなく、魂というものが宿っています』

『……やめてくれ。俺にはもう、人形に傾ける情熱なんてないんだ』

『そうでしょうか？　私を治しているとき、いえ、作り治しているときのあなたは、とても活《い》き活《い》きとしているように感じられましたよ』

『……人形に、感覚なんてものは備わっちゃいねーんだよ』

『わかりませんよ？　人形だって、見るかもしれない。喋《しゃべ》ったり、考えたりするかもしれない。だって、魂が宿っていますから。神様に宿していただいたのですから』

『だとしたら、神様はあんたのほうだ。付喪神《つくもがみ》って言うんだろ、そういうの』

『ふふ、浪漫《ロマン》のある話ですね。この会話も、もしかしたら妄想なんかじゃなくて、本当に意思疎通を成しているのかもしれませんね』

浪漫《ロマン》を通り越して恐怖だろ、と治《おさむ》は突っ込みを入れた。人形に――いや、自分自身に？

「……セレーネは、人形と会話したことはあるか？」

塗料を抱えて戻ってきたセレーネに、ふとファンタジーな問いを投げかけた。

「当然だ。女子とは皆、人形やぬいぐるみと喋《しゃべ》れる生き物である」

なら、男にだって同様のことができるのかもしれない。

人形を引き渡しながら、治《おさむ》は『――お大事に』と患者を労《いたわ》る挨拶を送った。

塗装を託されたセレーネは、シアン、マゼンタ、イエローの色の三原色と、適度に薄め液も加えながら、人形本来の肌の色を再現していく。

塗料皿に色白なスキンカラーが出来上がってくると、

「……ん、エヴリカ《εὕρηκα》」

人類がまだ知り得ぬ原理を発見した学者の如《ごと》く、探していた色を見つけたようだ。

筆先を患部に向け、サーフェイサー色で染まった肌をゆっくり丁寧に塗り直していく。

塗料の乾燥を待ち、スプレー缶タイプのトップコートを吹きかける。

これで塗装工程も完了。テープで保護していた部分の肌の色と比べてみると、見事に治癒した手足は自然で美しく、一度破断したものとはまず気付けない。

「……完璧だよ、セレーネ」

治《おさむ》は思わずマスクを外し、吸い寄せられるように十五夜《じゅうごや》明離《あかり》の偶像へと顔を寄せた。

「肌の色の再現もばっちりだし、筆でここまでムラなく塗れるとは……俺には無理だ」

「エゴーは色神であるゆえ」

ぶいっとダブルピースサインを見せる少女に、感服と感謝の拍手を送る。

「手伝ってくれてありがとな。そしたら俺、依頼主がまだ帰ってないか探してくるから……」

「――待て、弟者《おとじゃ》」席を立とうとした寸前、セレーネにエプロンを摑《つか》まれて制止された。

「この明離《あかり》、全部塗り直したい」

言われたことを理解するのに数秒を要した末、「……はあ⁉」と大きな声が出た。

「最初から塗りが微妙だと思っていた。エゴーなら、もっと明離《あかり》をかわいくできる」

「い、いやいやいや！　ダメだってそれは！」

セレーネの手によって人形の塗り直し《リペイント》が施されたなら、美少女フィギュアとしての質は間違いなく向上するはず。しかし、今回求められているのはそれではない。

壊れてしまった人形を、元通りに治す。期待されているのはその一点だけだ。

依頼主が啞然《あぜん》とするような整形手術まで行う必要はない。この人形はもう、完治したのだ。

「いやだ、塗りたい。明離《あかり》をエゴー色に染め上げる」

「ゲーミング明離《あかり》になんてしやがったらぶっころがすぞ！」

人形を奪い取ろうと手を伸ばしたが、セレーネは身を盾にして離さない。

「なあ、頼むよ。元通りになった明離《あかり》の帰りを待ってる人がいるんだ」

「エゴーに明離《あかり》の動画を見せて、着色欲求を煽《あお》ったのは弟者《おとじゃ》だ」

埒《らち》が明かない。八方塞がりの治《おさむ》はがりがりと頭を搔《か》いた。

「弟者《おとじゃ》は、馬鹿なのか？」

「ああ？　馬鹿なことを言ってんのはお前だろ」

「否定はしない。でも、弟者《おとじゃ》は自分に腕が付いていることを忘れている」

何を言っているんだこいつは、と思いながらも、治《おさむ》は己の両手を見下ろす。

そこにあるのは、一六歳の男子高校生の、何の変哲もない二本の腕。

「もう一体、弟者《おとじゃ》が明離《あかり》を作ればいい」

「……なんだって？」

けれど、その腕には、常人には備わっていない力がある。

「エゴーのために、明離《あかり》のフィギュアを作ってほしい」

真っすぐな緑の瞳で治《おさむ》の顔を見つめながら、セレーネは希望を口にした。

「ふ、ふざけんな。なんで俺がそんなことしなくちゃいけねーんだ」

「エゴーが頼めば、弟者《おとじゃ》はモンスターのフィギュアを作ってくれた。弟者《おとじゃ》はエゴーに甘い。バクラヴァス《μπακλαβάς》より糖分過多。だから今回も、思いっきりエゴーは甘える。あま、あま」

人形を胸元で守りながら、セレーネはもたれかかるようにして背中を治《おさむ》の上半身へと預けてくる。その姿は姉どころか、丸っきり妹のようで。

「……いままではモンスターだから作ってやったんだ。人形なら、お断りだ」

「弟者《おとじゃ》は、人の形をしたものは頑《かたく》なに作ろうとしないな」

「人形なんて女々しいもの、興味ないからな」

「ならどうして明離《あかり》を治してやろうと思った？」

振り向き、流し目で問うてくるセレーネ。

依頼を受けるつもりなどなかった。美少女フィギュアになど、もう関わりたくなかった。

それでも、「治せばいいんだろ」と言ってしまった理由は。治療を施してやった動機は。

「……塗りたいなら、同じものを手に入れて、好き勝手すればいいだろ」

「……弟者《おとじゃ》は、ほんとに馬鹿だな」

溜息《ためいき》をついたセレーネは、がっちりとガードしていた人形を唐突に机の上に置いた。

急な反応に、治《おさむ》は目を瞬《しばたた》かせる。

「他人のものを勝手に塗ったりなんてエゴーでもしない。エゴーが塗りたいのは、弟者《おとじゃ》が作った人形。弟者《おとじゃ》がエゴーのために作ってくれた、世界で一体だけの明離《あかり》だ」

「……お前」

「久々に来て、やっと何かを作る気になったのかと思ったら、人形の修復とはどういうつもりだ。エゴーの期待を返してほしい」

クレオパトラの如《ごと》く端麗な横顔が、不満で膨らみを帯びていた。

「……悪かったよ。モンスターだったら、いまから作ってやるから」

「あ、か、り、を、ぬ、り、た、い」

「…………正直に言う。俺は、人形——特に美少女フィギュアは作りたくないんだよ」

断るために。逃げ出すために。治《おさむ》はついに偽りのない心情を打ち明けた。

「中学時代、それでトラブったことがあって」

無意識に視線が下がっていく。黒歴史、否《いな》、己が犯した罪の重みが、ずっと心を苛《さいな》んでいて。

その後悔と罪悪感と嫌悪《けんお》感《かん》が、治《おさむ》を人形作りから遠ざけている。

「弟者《おとじゃ》」

「……なんだよ」

「エゴーは、弟者《おとじゃ》が作ったものが好き」

腰を前方へと滑らせ、座高を低くしたセレーネは、反り返るようにして治《おさむ》を見上げた。

「だから、エゴーは褒めてやるぞ。弟者《おとじゃ》はそのとき、たまたま認められなかっただけだ」

重力で前髪が逆さに流れ、稀有《けう》な緑眼が普段よりずっと大きく感じられる。

「悩める神様よ。エゴーと一緒に、生みの苦しみを乗り越えよう」

見つめる二つの宝石の輝きは、美しい以外の言葉ではとても形容できそうになくて。

分不相応にも彼女に一目置かれている自分は、間違いなく贅沢《ぜいたく》なのだと思った。

……だけど、それでも。校内で唯一心を許せる女友達に諭されたいまでも。

「…………ごめん、セレーネ。俺は……人形は、作れない」

治《おさむ》は、粘土を人の形に形成することを拒み続ける。

ふぅー、と長息を吐いたセレーネが身を起こし、隣の席に戻った。

「仕方ない。さすれば、この明離《あかり》のフィギュア、しばらくエゴーに貸せ」

「……は？　まさかそれを塗る気か？」

「違う。いまからエゴーが自分で明離《あかり》を作るから、その資料にさせてもらう」

予想だにしない宣言に、治《おさむ》は驚きで目を見張った。

「エゴーが自由に作って、自由に塗るのだ。何か問題あるか？」

「べ、別にそれなら、俺がどうこう言うことじゃないけど……お前、造形できんのか？」

「粘土遊びくらい誰でもしたことがあるだろう」

技術の程度が透けて見える返答だった。もちろん創作とは自由なものだが、セレーネが「かわいい」と評した明離《あかり》を、自身が納得できる出来で生み出せるとは到底思えない。

「では、エポパテとスパチュラセットを取ってくるとするか」

「……初心者は樹脂粘土にしとけ。……アルミ線も忘れるなよ」

準備室に向かうセレーネの背中に、つい伝える必要のないことを言ってしまった。

フィギュア作りの最初のステップは、出来上がりの大まかなイメージを紙に描き起こすこと。

だが、今回は目の前にある萩《はぎ》の人形をそのまま複製するつもりで作っていくようだ。

戻ってきたセレーネはアルミ線を捻《ひね》り、頭や胴体、手足の骨組みを制作する。

棒人間のような骨子に、ひたすら粘土を盛っては削り、盛っては削り。

地道な反復作業の末に、人の形は出来上がっていく。

樹脂粘土の袋が開かれると、特有の酸《す》っぱい匂いが鼻腔《びこう》を刺激した。

「……なあ、本当に作るのか？」

「エゴーは色神であるが、実はピュグマリオーンでもあるかもしれない」

「誰だよそれ」

「エラダ《Ελλάδα》の民が幾千年語り継いできたフィギュアマニアだが」

「知らねーよ。とりあえず、いつまでかかるのかだけ教えろ」

時刻は一六時半を過ぎ、部活動終了時刻まで一時間を切っている。

「さあ？　今日かもしれないし、明日かもしれない。一週間後かもしれない」

「そんなに待ってられるか。さっさと依頼者に引き渡したいんだよ」

今日中に治療を終わらせると言ったわけではないが、萩《はぎ》は明離《あかり》の退院をいまかいまかと待っているはずだ。長々とセレーネのお遊びに付き合わせるわけにはいかない。

「最終的に納品すれば問題ない話だろう」

「この国で何よりも大事なのは期限と納期と締め切りと五分前行動なんだよ」

「日本人は焦《あせ》りすぎ。エラダの民はいつものんびり。財政破綻してものんびり」

普段握っている筆やエアブラシをスパチュラに持ち替えて、セレーネは人形作りに没頭していく。そんな彼女の姿を、治《おさむ》は言葉を発することもなく、ただ瞳に映した。

その初心者然とした拙い技術に、むずむずと手本を示したくなるような思いを静めながら。

粘土が人の形に近づいていくにつれ、拍動のリズムが時折にわかに跳ねるのを感じながら。

部活動終了時刻のチャイムが鳴るまで、治《おさむ》はセレーネの隣に座り続けていた。


一七時半を過ぎ、葛《くず》の挨拶をもって本日の活動は終了となった。

部員達は各々《おのおの》片付けを済ませ、談笑しながら美術室を去っていく。

「ん……これはいい。弥生《やよい》時代の魔法少女という気がしないか」

「暗黒時代の間違いだろ」

一時間の成果を掲げてみせる少女に、治《おさむ》は冷静な評を返した。

お世辞にも美少女フィギュアからは程遠い人形。しかしセレーネは嬉《うれ》しそうに己の作品を眺めている。誰だって、自分の手で作り上げたものは愛《いと》おしいものだ。

「とはいえ、さすがのエゴーでもこの明離《あかり》を塗ってかわいくするのは難題だな。もっともっと原型の完成度を高める必要がある。なあ、弟者《おとじゃ》？」

「……まだ造形を続けたいから、明日も資料用に明離《あかり》の人形を貸せってか」

「エゴーがピュグマリオーンになるには、いましばらくときがかかる」

治《おさむ》は溜息《ためいき》をつく。既に治療は済ませたというのに、萩《はぎ》に渡せない状況になってしまった。

セレーネは丸板に串を立てて自身の作品を保持し、ビニール袋を被《かぶ》せて埃《ほこり》と乾燥から守る。

「では、これは弟者《おとじゃ》が保管しておいてほしい」

「は？　なんで俺が？　自分の教室のロッカーに入れとけよ」

「女子のロッカーに、粘土を置けというのか？」

真顔で問われ、一瞬の逡巡《しゅんじゅん》のあと、治《おさむ》は渋々差し出されたものを受け取った。

セレーネとはいえ、女子高生のロッカーを粘土臭くするわけにはいかない。

「明日弟者《おとじゃ》がそれを持ってきたら、エゴーは続きを作るとしよう」

「……いつも通り、俺がサボったらどうするんだ」

「別の課題をやる。そして明後日《あさって》来るのを待つ。明後日《あさって》来なくても、エゴーはずっと待ってる」

途方もないことを口にしながら、セレーネはねだるように首を傾《かし》げていく。

「エゴー、今年は弟者《おとじゃ》と違うクラスになった。だからその分、たくさん部活に来てほしい」

「……そんな期待、持つだけ無駄だ」

もう二度と、人形作りの虫となっていた日々は訪れない。たとえ、旧友の人形を治してやったとしても。学校で唯一の女友達が造形に挑戦する様に指が疼《うず》いたとしても。

「エゴーが一番期待しているのは、弟者《おとじゃ》がこっそり添削してくれることだ」

「……するわけ、ねーだろ」

この青春に、色が戻ることはないのだ。

治《おさむ》はスクールバッグを首から掛け、右手に萩《はぎ》の、左手にセレーネの人形を持って立ち上がる。

「お互い、悩み多き年頃だな、弟者《おとじゃ》よ」

「お前に悩みなんかあるようには見えないけどな」

「色神だって悩むことはある。求める色が見つからないときもある。だが、焦《あせ》ってもいいことはないからな。シガ《σιγά》、シガ《σιγά》。ゆっくり、のんびり、一番いい色を探していくのだ」

幾百幾千の色を見分ける二つの翠玉《すいぎょく》が、語りかけるように治《おさむ》を見つめる。

「だから弟者《おとじゃ》も、ゆっくりいこう。しが、しが」

「……生憎《あいにく》、俺は塗装には自信ねーんだよ」

「案ずるな、エゴーが一緒だ。エゴーは色神であるゆえ」

ドヤ顔でダブルピースを掲げる少女が眩《まぶ》しくて、治《おさむ》は顔を逸《そ》らして美術室を後にした。

セレーネに塗ってもらうものは、粘土の塊だけでいい。色がないこの高校生活まで、彩《いろど》り鮮やかに染め上げてもらう必要はない。自分にそんな価値などないのだから。

……けれど、もし。治《おさむ》の青春に色が差すのなら。それは一体、何色なのだろうか。

いつの日か、色付く自分を求めるようになるときが来るのだろうか。

「……桜の花みたいに、ピンクを演じるつもりはねーよ」

独《ひと》り言《ご》ちながら、夕陽《ゆうひ》が差し込む廊下を歩いていく。完全下校時刻まであと二〇分。部活時間を過ぎた校舎に残る生徒の姿はもうない。三階に辿《たど》り着《つ》き、二年一組の教室が見えてくる。両手が塞がっているため、生徒用ロッカーに近い後方扉を足で開けた。

「――――え？」

その瞬間、目に入ってきた光景に絶句した。

誰もいないと思っていた教室の中に、一人の女子の姿があって。

学校一の優等生、今上月子《いまがみつきこ》が、治《おさむ》の机の上に座っていた。

制服を全て脱ぎ捨てた、白の下着姿で。

第二章 君をあはれと思ひ出でける

むき出しになった今上月子《いまがみつきこ》は、白かった。

窓際《まどぎわ》で夕陽《ゆうひ》を反射させる素肌は白磁のように輝いていて。

その華奢《きゃしゃ》な身体《からだ》が描くなだらかな曲線に、美を感じない者などいないだろう——

「……えっと、ごめん、驚かせちゃったね」

立ち尽くす治《おさむ》に、少女が口を開いた。瞬間、止まっていたときが流れ出す。

「あ……わ、悪い‼」

独楽《こま》の如《ごと》く身体《からだ》を捻《ひね》って教室を出、蹴り上げるようにして扉を閉めた。

突如として呼吸が乱れる。心音が響き渡り、頬が燃えるように熱くなっていく。

……見て、しまった。男子が決して知り得ない月子《つきこ》の姿を、この目で見てしまった。

ブラジャーに収まる膨らみは、高校二年生とは思えないほど薄く控えめで。

ほっそりした腰回りを包み込んだパンツが、直接治《おさむ》の机に触れていた。

「……ッ……や、やば……！」

なんの心構えもなく、不意打ちで与えられた光景は、思春期を生きる少年には目の毒すぎた。

身体《からだ》に異変を感じてしまった治《おさむ》は、必死で抗《あらが》おうとその場にしゃがみ込む。

だが、パテが硬化するより遥《はる》かに早く、それは完全硬化を終えてしまった。

セクシー女優の写真集を見ても、美少女フィギュアのスカートの中を見ても、そんなふうにはならないのに。身近にいて身近でない高嶺《たかね》の花の色香は、破壊力が違った。

クラスメイトに劣情を抱いてしまい、罪悪感に苛《さいな》まれる。一方で、別の思いも紛れてきて。

月子《つきこ》の下着が簡素な白なのはイメージ通りだと。控えめな胸が、より彼女の魅力を際立《きわだ》たせていると。……そんな感想が浮かぶエロス大魔神の頭が、心底気持ち悪いと感じた。

「ごめんごめん、もう服着たから。入っても大丈夫だよ……あれ？」

扉が開かれ、制服で身を覆った月子《つきこ》が顔を覗《のぞ》かせた。すぐさま脚を組む。

「……多分、同じクラスの人だよね？　どうしたの、座り込んで。気分でも悪い？」

体調不良には違いないが、一部は最高のコンディションである。

「大丈夫かな。立ち上がれる？」

オールレディースタンダップである。手を差し伸べてくる少女から壁沿いに距離を取った。

「お、俺に構うな」

「いや、構うよ。私にできることがあったら……」「いいからほっといてくれ！　頼む！」

近寄るなと言わんばかりに手を振り、精一杯ごまかす。しかし、人体への理解に長《た》ける医者

の卵は、首を傾《かし》げながら、やがて一つの可能性に辿《たど》り着《つ》き、

「あー、もしかして……えっと……知られたくないヤツ、かな」

把握されてしまった。治《おさむ》の頬が爆発し、羞恥で泣き出したいくらいだった。

「そう。それは確かに、私にはどうしようもないね」

「……だから、一人にしてくれないか」

縋《すが》るような願いに、月子《つきこ》は「うん、じゃあ中で待ってるから」と教室に踵《きびす》を返した。

いっそ走り去ってしまいたかった。が、手元にある人形をロッカーに収めなければ下校はできない。治《おさむ》は先程の月子《つきこ》と同じ格好をした葛《くず》の姿を思い浮かべ、懸命に昂《たかぶ》りを静めていった。

ようやっと平時の自分を取り戻すと、絶望級の気まずさを抱きながら教室に足を踏み入れる。

刹那、「もう大丈夫？」と問われ、無言の頷《うなず》きを返した。

「……本当にすまなかった」

人形を手近な机に置き、頭を地に付ける勢いで腰を曲げる。

「あなたに非は何もないと思うんだけど、一体何を謝ってるの？」

「院長の……身体《からだ》を見た」

「どう考えてもこんなところで裸になってた私が悪いよね」

「それから……そういう反応をしてしまった」

「それはまあ、仕方ないいんじゃない？　半不随意運動みたいなものなんだし」

「本音を隠さなくたっていい。気持ち悪いでも変態でもエロス大魔神でも、自由に罵ってくれて構わない。引っぱたかれようが蹴り飛ばされようが、どんな罰も受け入れる」

最悪、同級生へのセクハラで停学まではあると思った。が、月子《つきこ》は小さく息をつき、

「あのねぇ。私、これでも医者の娘なんだよ？」

「知ってるけど」

「他人の身体《からだ》の状態のことで、医者が気持ち悪いとか思うわけないでしょ」

それは、医療従事者が持つ当たり前の職業倫理なのかもしれない。けれど、一介の女子高生がさも当然と言わんばかりに断言したのを聞いて、治《おさむ》は思わず顔を上げてしまった。

「むしろそれは、あなたが男の子として健康だって証《あかし》だから。私は嬉《うれ》しいよ」

「……女の子がそんなことを嬉《うれ》しいとか言ったらダメだ」

「まあ、私なんかに需要を感じてくれたのは、さすがに驚いたけど」

得心がいかないといった様子で肩をすくめる月子《つきこ》。

この子は自分の価値に気付いていないのかと治《おさむ》は愕然《がくぜん》とした。

「……院長に恥ずかしい思いをさせて、謝らないわけにはいかないだろ」

「気遣ってくれるんだ。ありがとう。でも、全然平気だから」

平気なわけがない。男に下着姿を見られて恥ずかしくない女子などいるものか。

全校生徒の憧れの的は、決して露出狂や痴女と呼ばれる人種ではないはずで。

「身体《からだ》を見られて恥ずかしいって思う気持ちが、私にはわからないんだよね」

「……え？」

「だって、人間の身体《からだ》なんてみんな、裏側は血と肉と骨と脂でできてるんだし。誰かに見られたり、逆に見たりしたところで……ねえ？」

幸いにして月子《つきこ》は露出狂でも痴女でもなく。しかし医者の娘で、医者の卵だった。

「……冗談だよな？」

「本心だよ。実際に、この目で見てきたんだし。あなただって、一〇人も身体《からだ》の裏側を覗《のぞ》いてみたら、私と同じことを思うようになるんじゃないかな」

月子《つきこ》の言葉がうまく認識できず、治《おさむ》の耳を通り抜けていく。

裏側とはきっと、人間の外見ではなく内面、心や人格のことを指しているのだろう。

だって、彼女はまだ普通の少女であるはずだ。成績が抜群にいいだけで、医者の家に生まれただけで、治《おさむ》と同じ学校に通っている、ただの高校生であるはずなのだ。

「……あはは。ごめん、真に受けないでね。だからもう謝らないでってことだから」

「……は、はは、なんだ、やっぱり冗談かよ」

月子《つきこ》が僅かに口元を緩めたことで、治《おさむ》もつられ笑いを返した。

脳裏によぎった常識外れの想像を、どこかへと笑い飛ばすように。

「ところで――さっきから気になってたんだけど」

月子《つきこ》が歩み寄る。その視線は、机に置かれたものへと向けられた。

「これ、昼休みに萩《はぎ》くんが黒松《くろまつ》くんに直してほしいって言ってた人形だよね？」

萩《はぎ》の懇願の声は大きく、同じ教室にいた月子《つきこ》の耳にまで届いていたことに不思議はなかった。

けれど、彼女が興味を惹《ひ》かれるような話題だとは到底思えず、治《おさむ》は眉をひそめる。

「ということは、あなたは黒松《くろまつ》くんか」

「か、って……昼に一瞬会話しただろうが」

振り返った月子《つきこ》に、さらに渋い表情を返した。

「……ごめん、まだそんなに声を聴けてなくて」

「声？」

「ああ、えっと……なんでもないよ。とにかく黒松《くろまつ》くんのことはしっかりと覚えたいって思ってるから」

「……いや、別に俺のことなんか覚えなくたっていいけどよ」

身の程は弁《わきま》えている。治如《おさむごと》き下々の存在を、高嶺《たかね》の花がわざわざ記憶する必要はないのだ。

……それでも、数時間で顔を忘れ去られていたのは、少しだけショックだった。

「それで、人形はもう直せたの？」

なぜか依頼の進捗を問われ、「一応、部活中に終わらせた」と答える。

「へえー、凄《すご》いね！　黒松《くろまつ》くん、そういうの得意なんだ！」

途端、驚きと感心が混じった声音で月子《つきこ》が称賛を送ってくれた。

学校一の美少女に上目遣い気味に褒められ、うっと身じろいでしまう。

「べ、別に、美術部だからできるだけだ」

謙遜を返したが、月子《つきこ》から敬意の色が消えることはない。人形、それも美少女フィギュアが
そんなに気になるのだろうか。ガリ勉少女からしたら縁遠い珍品かもしれないが……。

「それからさ」月子《つきこ》の視線が机へと戻る。「もう一体、同じようなポーズの人形があるけど、
こっちも黒松《くろまつ》くんが作ったの？」

「は？　ちげーよ。それはセレーネが……美術部のヤツが勝手に作り出したんだよ」

「セレーネって、椎竹《しいたけ》さん？」

「ああ。俺が作ったんなら、そんな埴輪《はにわ》みたいのよりはずっとマシな――！」

そこまで言った瞬間、しまったと思った。そして、俺は馬鹿かと自身の口を呪った。

愚かにも自ら人形作りの腕を暴露した阿呆《あほう》の顔を、月子《つきこ》は再び振り返って見上げ、

「へええ！　一から作ったりもできちゃうんだ！　凄《すご》いよ、黒松《くろまつ》くん！」

夜空に浮かぶ満月のような輝く瞳で、ありったけの感情を込めて褒めちぎってくれた。

下着姿を見られても変わらなかった少女の頰が、若干の紅潮を見せている。

わからない。今上月子《いまがみつきこ》という女の子のことがわからない。

だが、彼女への理解よりも、特技を自白してしまったこの状況にどう始末をつけるのかをま

ず考えなければならない。

なぜか妙に感動を覚えている様子の月子《つきこ》が、治《おさむ》の技能を周囲に触れ回ってしまったら。

きっと、少なくない生徒達が噂《うわさ》を聞きつけ、治《おさむ》の元へ依頼にやってくるだろう。

そんな学校生活は、絶対に避けなければならない。――となれば、逃げ道は一つ。

いつものように、他人から軽蔑されることだ。

黒松治《くろまつおさむ》など意識するのも憚《はばか》られるような存在でいればいい。すなわち、下品なことばかり考えている、エロス大魔神。トラブルの火種を消すためならば、治《おさむ》は評判など質に入れる。

「どこが壊れてたのか全然わからないくらい、見事な再接合術だね。黒松《くろまつ》くんの凄《すご》さが伝わってくるよ。なんだか、憧れるな」

「そりゃどーも。ほら、そのキャラってエロいだろ？　だから萩《はぎ》に見せられたときにムラっときて、治しながら色々と堪能させてもらおうと思ってさ」

月子《つきこ》が上げた株を、全力で引き下げにかかった。

「しっかし、セレーネもわかってないなぁ。俺ならもっと胸とかバインバインにするのに」

この言い回しであれば、依頼を受けた根底にあったものが邪《よこしま》な欲求だと思わせられる。

そして月子《つきこ》は治《おさむ》に失望し、他人との会話に治《おさむ》を登場させることもなくなるはず。

唯一にして最強の言い訳だった、のだが。

「黒松《くろまつ》くんは、どこがエロいって思うの？」

「……は？」

「この人形——フィギュアっていうんだっけ？　どの辺がエロくて、ムラっときたの？」

質問が理解できなかった。あの今上月子《いまがみつきこ》が、一体何を訊《き》いている？

「……俺が言ってることに引かないのか、院長」

「男の子がえっちなことに興味津々《きょうみしんしん》なのは当たり前のことだよ。テストステロンがそうさせてるんだから。あ、男性ホルモンの一種のことね」

「お、俺はエロス大魔神だぞ⁉」

「テストステロンの分泌が正常なら、世の中の男性は皆同じですぜ？」

最強の言い訳が、医学的知見から正論化されてしまった。

「えっちなのが悪いわけじゃなくて、性衝動を抑制できず他人に迷惑をかけるのが問題なんだよ。黒松《くろまつ》くんは別に、女性に変なことをしたりはしてないでしょ？　だから君は普通の男の子」

その解説を、絶対にクラスの連中に聞かせたりしないでほしいと思った。

除《の》け者《もの》でいるために積み上げ続けてきた己の悪評が、無に帰すことになるから。

「あはは、黒松《くろまつ》くん、ヒョウタンツギみたいになってる！」

ニコニコと笑う月子《つきこ》。高嶺《たかね》の花が楽しそうに口を緩めているその様は、初めて見るもので。

笑った顔も当然のように抜群に可愛《かわい》いものなのだと、治《おさむ》はわからされてしまった。

「で、どこがいいの？　詳しく教えてよ。参考資料にするから」

「なんだその世界一役に立たない資料は」

「そんなことないよ。私にはあると凄《すご》くありがたいな」

「男の性衝動についての医学論文でも書くつもりかよ」

「論文はまだ書かないけど、小説は書いてるから」

「……え？」

さらりと放たれた言葉に、猛烈な違和感を覚えた。

「小、説？」

「うん、小説」

「英語で言えばノベル？」

「ドイツ語で言えばロマン」

「ギリシャ語で言えば？」

「それは椎竹《しいたけ》さんに訊《き》かないとわからないかな」

「書いてるって、誰が？」

人差し指で自身の顔を示し、「私、私」と言う月子《つきこ》。

「……ああ、あれか。趣味で書いてネットとかで公開してるっていう」

「違うよ。一か月前、三月に本を出版させていただいたばかりの新人作家です。……ぜ！」

にっ、と月子《つきこ》は白い歯を覗《のぞ》かせた。医学の道を歩むため、勉学に勤《いそ》しむ姿を目にしてきたクラスメイトが密《ひそ》かに文学者であったと知り、治《おさむ》は驚きを禁じ得なかった。

「……マジかよ。院長、医者になるんじゃなかったのか」

「それとこれとは別かな。作家になりたいと思って書き始めたわけじゃないし」

「だったらなんで書き始めたんだよ」

「んん……強いて言うなら……」

月子《つきこ》は軽く首を捻《ひね》って言葉を探す。

「——青春を感じてみたかったから、かな」

「……青春」

それは、治《おさむ》が人形作りと共に捨てた、身近にあって疎遠な概念だった。

「でね、書いてみたら、なんだかとっても楽しくなってきちゃって！　話を考えるのは大変だったけどわくわくしたし、キャラクターはみんな私の子供みたいに可愛《かわい》く思えてさ！」

語る口調は、普段の院長様からは想像できないほど饒舌《じょうぜつ》で、軽やかで。

「この小説の中の物事は全部私が作ったんだって、神様になった気分になれたんだ！」

神様。その単語は先刻セレーネからも聞いた。媒体は異なれど、月子《つきこ》も創作することに魅力を見出《みいだ》した一人なのだろう。治《おさむ》にもかつてそんな思いを抱いたことがあるように。

「だから、男の子の心理を取材させてよ。この人形のどこに、どんなムラムラを抱いたの？」

「その言い方だと俺が美少女フィギュアに欲情したみたいじゃねーか」

「さっき自分でそう言ったじゃない」

……そうだった。失言をごまかすため、下品なヤツだと思わせようとしたのだった。

だが、期待したような成果には及ばず。作戦は月子《つきこ》には通用しなかった。

そもそも、彼女が小説を書いているとか実は作家だとか、いまはそんなのどうでもよくて。

いかにして月子《つきこ》の口を封じ、己の秘密を守るか。それが最重要事項だった。

「……院長、すまない。俺は嘘《うそ》をついた」

「嘘《うそ》？」

「人形を治してやったのは、そのキャラに欲情したからってわけじゃない。萩《はぎ》の妹が、大事なものを壊して悲しんでるっていうから、それで……仕方なく」

欲情ではなく同情。行動に至った動機を正直に告白していく。

「他人のために行動できるのって、立派なことだと思うよ」

「そんな大それたことじゃない。そもそも俺は断りたかったんだよ」

「どうして？」

「……昔、人形作りの依頼を受けて、トラブルになったことがあったんだ」

きょとんと首を傾《かし》げる月子《つきこ》に、己の過去の一端を打ち明ける。

「俺はもう人形に関わる依頼は受けたくない。作ったり治したりできるってこと自体、知られたくないんだ。だから、今日見たことは誰にも言わないでほしい。頼む」

包み隠さず心情を伝え、頭を下げる。

「……黙っててほしいのなら、もちろん誰にも言わないけど」

幸いにして、真面目なクラス委員長は人の秘密を吹聴するつもりはないようで。

「でも、嘘《うそ》をつかれたのは、ショックだったな」

しかし少しだけ不満の色も感じ取った治《おさむ》は、もう一度「すまなかった」と頭《こうべ》を垂れた。

「反省してるんだったら、口止め料代わりにさっきの質問に答えてよ」

「質問って、だから美少女フィギュアにムラっときたってのは嘘《うそ》なんだよ」

表現された女性的な魅力を全く感じ取れないとは言わないが、性的興奮には程遠い。

「じゃあ、黒松《くろまつ》くんは生身の人間のほうがいいんだ?」

「誰だってそうだろ。院長は違うってのか?」

「こうして見てみると、その辺について思うことがあってね」

「はあ?」

「人形だったら、身体《からだ》の裏側を連想しちゃうこともないんだなって」

そう言いながら魔法少女の偶像に向ける月子《つきこ》の眼差《まなざ》しは、妙に真剣なもので。

一瞬訪れた静寂が、治《おさむ》にはやけに不気味に感じられた。

「……そろそろ、俺の用事を済ませたいんだが」

「あ、ごめんね。どうぞどうぞ」

身を引いた月子《つきこ》の横を通り抜け、治《おさむ》はロッカーに二体の人形を収納する。

「俺はこれをしまいに来ただけだから。……もう帰ってもいいか？」

「え、もう少し取材させてよ。人形にムラムラしないのなら、生身の女の子の魅力は？」

「エグすぎる質問はやめろ！」

「どういう瞬間に女の子に恋に落ちる？」

「語れるほど俺は経験豊富じゃねーよ」

「もう、ちゃんと答えてくれないと取材にならないよ」

「ていうか、そもそもなんで俺が取材対象になってんだよ」

「私が書いてるのは恋愛小説だから、男の子の本音が知りたいんだ」

「だったら取材する男を間違えてるだろ。クラスの陽キャ連中にでもあたれよ」

恋愛小説に活《い》かすのなら、治《おさむ》のような日陰者よりずっと適しているはずだ。

望む回答を得られない月子《つきこ》は、唇を尖《とが》らせながら長い息に不満を乗せた。

「取材受けてくれないんだったら、別のことを手伝ってよ」

簡潔なリクエストに、治《おさむ》は「何をだよ」と首を捻《ひね》る。

「黒松《くろまつ》くん、さっき私が服を脱いでたのはどうしてだと思う？」

「え？　そ、そりゃ……着替えでもしてたんだろ」

記憶を遡れば否《いや》が応《おう》でも鮮烈な情景が蘇《よみがえ》り、頬が熱を帯びていく。

「外れ。それなら更衣室に行くよ」

「だったらアレだ、日々の勉強のストレスでおかしくなった」

「……ええ?」

「一度、何もかも投げ出してスッキリしたかった。解放感を味わいたかったんだろ」

「……私ってそんなに勉強の虫に見える?」

「めっちゃ見える」

「……まあ、否定はしないけどね」

「でも露出に走るのはダメだ。そういうときは丸一日パーッと遊び倒せ」

月子《つきこ》が歪《ゆが》んだ性癖に目覚めないよう、息抜きを促すアドバイスをした。

「心配してくれてありがとう。でも、それも外れ。正解はね、シーン再現をしてたんだ」

「再現?」

「いま書いてる二巻で、ヒロインの子が下着姿になって、夕方の教室で男の子とイチャイチャするってシーンを考えてるんだけど、実際に体験してみたら描写に活《い》かせると思って」

優等生が肌を晒《さら》していた理由を知り、作家として殊勝な振る舞いだなと治《おさむ》は感心する。

同時に、そこまで身体《からだ》を張らなくてもいいのでは……と突っ込みたくもなった。

「この時間ならもう教室には誰も来ないだろうって思ったんだけど、制服脱いだ途端に黒松《くろまつ》くんが来ちゃったから、結局まだ何も感じ取れてないんだよ」

「それは邪魔して悪かったな。そしたら俺はもう消えるから……」

「させないよー」

瞬間、月子《つきこ》が飛ぶようにして治《おさむ》の背後へと回り、出入口までの道を塞いだ。そして、

「んなっ……⁉」

自らブレザーのボタンに手をかけ、外していく。女子の信じられない行動に身体《からだ》を硬直させる治《おさむ》を尻目に、月子《つきこ》はリボンとブラウスも同様に身体《からだ》から剝ぎ取っていく。

ローファーとソックスを脱ぎ捨てると、最後の砦《とりで》のスカートもすとんと床に落とした。

僅か二〇秒で、月子《つきこ》の身を守るものは胸回りと腰回りを覆う白布だけとなっていた。

「なんでまた脱ぐの⁉」

「だから、シーン再現したいんだってば」

こともなげに答えた月子《つきこ》は、歩み寄って両腕を治《おさむ》の右手に絡《から》め、ぐいぐいと窓際《まどぎわ》へ引っ張っていく。月子《つきこ》の奇行と、上腕に感じるほんの僅かな弾力に、治《おさむ》は狼狽《ろうばい》した。

「二、三分でいいからさ。黒松《くろまつ》くんも手伝ってよ、シーン再現」

「いや、もう、それだったら取材のほうがいい！　取材受けさせてください！」

「取材も受けてくれるの？　やった！」

必死の願いも届かず、ついに治《おさむ》は自席の椅子に座らされ、月子《つきこ》は机の上に腰を下ろした。

治《おさむ》の双眸《そうぼう》が再び下着姿のクラスメイトを捉えた瞬間、理性と欲求の壮絶なせめぎ合いが始まる。治《おさむ》は懸命に目を逸《そ》らして道徳心を保とうとしたのだが、

「ほら、ヒロインのことをちゃんと見てよ。恋人役の黒松《くろまつ》くん」

頬に細い指が当てられ、くいっと真正面を向かされてしまった。

目前五〇センチにある素肌を直視すれば、治《おさむ》の中の生物的本能が一斉に襲い掛かってくる。

もう、目を閉じることも逸《そ》らすこともできず。未完成ながらもほのかな艶美《えんび》を醸《かも》し出《だ》す月子《つきこ》の華奢《きゃしゃ》な肢体の魅力に、ただ釘付《くぎづ》けになるだけで。

「どう？　ちょっとくらいはえっちな気分になったかな？」

男心など露程も知らない新人作家の問いに、喉を鳴らしながら首肯させられてしまった。

「そっかそっか。じゃあヒロインの狙いは成功だね」

「……そのヒロイン、欲求不満なのか」

「違うよ。恋心が本当に永遠のものなのか不安で、相手に求めてほしいって思ってるの」

「襲われたいってことか？」

「んん、そこまではどうだろう。触れてほしいとは思ってる、かな」

月子《つきこ》は顎に手を当てつつ、作中のキャラクターの感情を探った。

「男の子的には、そういう状況って嬉《うれ》しいもの？」

「普通なら嬉《うれ》しくないわけがない。……けど、恋人が突拍子もなくこんな行動をとったりした

ら、まず心配すると思う」

「ふむふむ。じゃあそこは気遣いを見せて、お互いの心情を打ち明け合う展開にしようかな」

取材の成果を原稿に反映させようとするのは作家の鑑《かがみ》かもしれない。

しかし、執筆のための行動とはいえ、治《おさむ》にはどうしても理解できなかった。手を伸ばせば触れてしまえるような距離で男子に肌と下着を晒《さら》して、なぜ平然としていられるのだ。

「……ヒロインは、恥ずかしがっているのか？」

「ん？」

「男に身体《からだ》を見られるのなら、ちゃんと顔を赤らめて恥ずかしがってるのかよ」

普段ひた隠しにしているものを露《あら》わにしてしまい、羞恥の感情に囚《とら》われていく。人間として至極当然の反応だ。ゆえに罪悪感と背徳感を刺激されて、情欲をそそるシーンになる。

「それって大事なこと？」

「最も重要と言ってもいいだろ。お色気シーンに限らず、ヒロインのちょっとした恥じらいに男キャラと読者は悶絶《もんぜつ》するもんだ。そしてその子のことをどんどん好きになっていく」

「なるほどね。確かに、一巻の原稿を書いたときも、ヒロインの言動に羞恥心が足りないんじゃないかって担当さんに指摘されたよ。……でも、恥じらいかー。難しいな」

「……なあ、本当は院長だって、いま凄《すご》く恥ずかしいんだろ。これ以上無理するなよ」

全然平気と強がるのは、作品のために身体《からだ》を張る自分を鼓舞するための自己暗示であって、本心では恥ずかしいに決まっている。そうに違いない、そうであってくれと治《おさむ》は願った。

いまからでもその美しく可愛《かわい》い顔を、人間味のある羞恥の赤に染めてほしかった。

「無理してないよ。さっきも言ったけど、私は身体《からだ》を見られたってなんとも思わないから」

しかし、月子《つきこ》は首を振る。何事も起きていないように、はっきりと。

「……だとしても、もう十分だろ。いい加減俺の良心も限界なんだよ」

「別に黒松《くろまつ》くんは何も悪いことしてないのに。最初はすぐに教室を出ていってくれたし、いまだって私に指一本触れないで取材に協力してくれて、凄《すご》く紳士的だよ」

「院長、もっと自分のことを大切にしろ。俺が理性を保てなかったらどうするつもりだったんだ」

「黒松《くろまつ》くんのことを信頼してたからね！」

間近で向けられた屈託のない笑顔に、ゆくりなくも胸をときめかせてしまった。

「い、いいから、早く服を着ろよ。俺が取って来てやるから……」

「待ってよ。もう一つだけ体験してみたいことがあるんだ」

「なんだよもう、さっさとしてくれ」

「私のこと、抱き締めて」

「……はあぁぁあああ!?」

これまでにも増してとんでもない要求に、驚愕《きょうがく》の叫びが出た。

「このシーンは、最後に気持ちを確かめ合ったヒロインと恋人の男の子がハグをして終わる予定なんだ。そこもしっかり再現しておきたい」

「ふ、ふざっ……そんなことできるかよ！」

さすがに同級生の男女がやっていいラインを越えている。いや、至近距離で下着姿を見つめるというのも大概だろうが……身体《からだ》に触れるのは完全にアウトだ。

一刻も早く月子《つきこ》に服を着せるべく、治《おさむ》は足に力を込めた。

「よっと」「はゃう⁉」

が、一瞬早かったのは月子《つきこ》のほうで。机から飛び降りると、そのまま椅子に座る治《おさむ》の脚へと着地する。瞬間、太ももの上にふかふかなブランケットが掛けられた。

正面を見やれば、脚を開いて対面に座る月子《つきこ》が大きくて丸い瞳をこちらに向けている。

「一〇秒、一〇秒でいいからぎゅってしてよ、黒松《くろまつ》くん」

「お前はほんとに創作のためならなんでもやるのな⁉」

「だって、疑似的にでも青春を味わってみたいんだよ」

「お前なら本物の青春くらい簡単に過ごせるだろ⁉」

「……勉強の虫に、無茶を言ってくれるなぁ……」

ぼそりと呟《つぶや》いた月子《つきこ》は、倒れ込むように治《おさむ》の耳元に顔を寄せた。

「古和《こわ》さんのことは抱き締められて、私のことはできないの？」

「なっ⁉　あ、あれはあいつのほうから……！」

ことの経緯はさておき、昼休みの事実を指摘され、治《おさむ》はうろたえる。

「黒松《くろまつ》くんと古和《こわ》さんって、実は恋人関係だったりするの？」

「そ、そんなわけないだろ」

「だったら、同じことを私にもできるよね？」

おねだりするかのように微笑《ほほえ》む月子《つきこ》が、するりと治《おさむ》の両肩に手を滑らせた。

「これで最後だから。人助けだと思って。ね？」

拒んだところで、もはや彼女はその手を下げはしないだろう。

己の目的のためなら、常識を捨て去った行動さえとることができる。

あの今上月子《いまがみつきこ》がそんな人間だったのだと治《おさむ》は知らなかったし、知りたくもなかった。

他の生徒達と同様に、ただ尊敬すべき高嶺《たかね》の花として、教室の隅から眺めていたかった。

雲の上の存在。月にでも住んでいるような天上人が、いま、裸にも等しい格好で治《おさむ》の膝の上に座っている。その身に触れてほしいと願っている。

興奮を寸毫《すんごう》も抱かなかったわけではない。認めたくない下心はどこかに確実にあった。

けれど、治《おさむ》は月子《つきこ》のことを、たまらなく危うい存在だと感じ取った。

誰かがその身を抱き止めてやらねば、倒れてしまう。海に沈みゆく月のように、痕跡も残さず消えてしまう。そんな儚《はかな》げな錯覚に、治《おさむ》の脳内は支配されてしまった。

「……一〇秒、だけだからな」

「うん、ありがとう。一〇秒だけ、私達は恋人同士だよ」

感謝を伝えると、月子《つきこ》はお尻を滑らせて治《おさむ》の身体《からだ》に密着した。

ふに、と先程上腕で感じた膨らみが胸に触れた。首の横から肩甲骨《けんこうこつ》の辺りにかけて、締め付けられるように月子《つきこ》の腕が回される。耳と頬を、さらりとした黒髪がくすぐった。いままで嗅いだことのない甘い香りが周囲の空気に溶け込み、荒くなっていく吸気を取り込む度に鼻孔を通って脳から正常な思考を奪っていく。

……やはり、了承などするべきではなかった。治《おさむ》は激しく後悔した。

頬が燃えていく。心臓がオーバーヒートを起こしそうになるほど速くなる。正面で密着する相手には全て伝わってしまうのだろうと、死ぬほど恥ずかしくなった。

こんな状況は一刻も早く終わらせなければ。理性を、保てなくなってしまう前に。

治《おさむ》は両手を前に上げ、月子《つきこ》の全てを包み込むように肘を曲げていく。

指先が触れた瞬間、なんだこれはと思った。感じたことのない柔らかさと、たとえようのない滑らかさ。指で感じたそれが人間の身体《からだ》を構成するものだと信じることができなかった。

それでも、伝わってくる熱が生き物の身体《からだ》であることを証明している。

幾度となく触れてきた冷たい人形ではないのだと、手のひらは間違いなく認識する。

意外と高い体温。その温《ぬく》もりが物凄《ものすご》く心地いい。全身が幸福感で満たされていく。

無意識に、腕に力が入った。両腕に優に収まる細い肢体は、儚《はかな》げで、守りたくなって。大丈夫だ、俺がいる。そんな思いを伝えようと、背中をそっと撫《な》でてやった。

「んっ……」

ぴくり、と月子《つきこ》が腕の中で身じろいだ。漏れ出た吐息は甘く、ねだるようにも聞こえた。

「好き」

（――え？）

耳元で囁《ささや》かれた言葉はあまりにも小さくて、聞き間違いを疑った。

「あなたのことが、大好き」

再び揺れた鼓膜が、空耳ではない愛の告白であることを伝達する。

そう、だったのか。それならば、これまでの奇行にもある程度説明がつく。

月子《つきこ》は密《ひそ》かに治《おさむ》のことを慕い、求めていた。その身の全てを受け入れてほしかったのだ。

なぜ自分などを、と疑問に思い始めれば尽きることはないが、いま答えを知る必要はない。

月子《つきこ》の想《おも》いに応えるのか、応えないのか。彼女を抱くこの手を強めるのか、弱めるのか。

疑似の青春を本物の青春にできるのは、治《おさむ》が下す決断のみ。

勉強の虫が、違う虫になりたがっているのなら。

影を纏《まと》って日々を生きるこんな男でも、誰かに必要とされているのなら。

治《おさむ》は、月の住人になろうとした。

「愛してるよ、フジくん」

「………フジくん？」

「あ、ごめん。ヒロインの恋人役の名前だよ」

抱き寄せようとした手から、するりと力が抜けていった。

「遠回しな表現よりも、ここはストレートに愛を伝えるべきだと思うんだけど、どうかな？」

恥じらいの欠片《かけら》もない月子《つきこ》の様子に、それが小説内の台詞《せりふ》でしかなかったことを悟る。

「返しもシンプルに『俺もだよ、ウイ』って……」「もうとっくに一〇秒経《た》ったぞ、院長」

台詞吟味《せりふぎんみ》に割り込んだ治《おさむ》は、月子《つきこ》の背中に回していた両手を下げた。

期待を返してほしい。そう言って頰を膨らませたセレーネの気持ちがよくわかった。

「え、も、もう少しだけ！」

「約束しただろ、もう終わりだ。それとも、院長も嘘《うそ》をつくのか？」

「……そうだね……でも、私がこのまま黒松《くろまつ》くんの上に居座れば……」

「そのときは院長の尻を摑《つか》んでてもどかさせてもらうからな」

「……あはは、そしたら黒松《くろまつ》くん、また謝っちゃうんでしょ」

苦笑いを浮かべた月子《つきこ》は、治《おさむ》から離れて立ち上がる。距離を取ったことで再度眼前で露《あら》わになる肌と布をなるべく視界に入れないようにして、治《おさむ》はようやく席を立つことができた。

「協力してくれてありがとう。おかげで執筆に役立てられそうだよ」

月子《つきこ》がいい小説を書けるのかどうかなんて治《おさむ》にとってはどうでもよくて。

「ここまで付き合ったんだから、例の件は絶対に黙っててくれよ」

「もちろん。黒松《くろまつ》くんの青春が人形作りの虫であることは、他の人には言わないよ」

「や、全く違うんだけど……まあいいや」

少々誤解をしているようだが、黙っていてもらえるのならなんでもいい。

そのために、こんな教師にバレたら一発停学レベルの口止め料を支払ったのだから。

「ほら、さっさと服着て帰ろうぜ。医者の娘が、風邪ひくぞ」

治《おさむ》はスクールバッグを肩に掛け直し、未《いま》だ下着姿の月子《つきこ》に着衣と帰宅を促したのだが、

「……黒松《くろまつ》くんは、私の身体《からだ》を楽しめた？　もっと見たいとか、触りたいって思った？」

「お、おい、生々しいことを訊《き》いてくるんじゃねーよ」

「真剣な質問だよ。どうなの？」

「そ、そりゃ男子高校生だったら誰でもそう思うだろ」

クラスメイトの女子の身体《からだ》を間近で見て、至福を感じない男子がいないわけがない。

「そう。羨ましいな。私も人間の身体《からだ》をそんなふうに見れたら……友達も、好きな人も、青春も、みんなと同じようにできるんだろうな」

目を伏せる月子《つきこ》に、治《おさむ》は首を傾《かし》げる。数秒の沈黙の末、少女は決意を固めて顔を上げた。

「重ね重ねで申し訳ないけど、もう一つお願いがあるんだ」

口止め料は、もう十分すぎるほど支払った。

だからその依頼は、治《おさむ》の事情を知ってなお彼女が口にした、切なる願いごとで。

かつて他人のために腕を振るって生きてきた男の心が、大きく揺さぶられることになる。

「私の子供を作ってよ、黒松《くろまつ》くん」

☽

翌日の放課後。帰り支度を終えた治《おさむ》は、教室後方のロッカーをじっと見据えていた。

自身の領土の中にはいま、二体の人形が収められている。

それらを今日も美術室に持ってきてほしいと願っている少女がいることを、忘れてはいない。

しかし、それは義務でも約束でもない。一方的に乞われていることだ。

文句を言われる筋合いなどない、と治《おさむ》はロッカーを開けることなく教室を後にする。

廊下を歩き、階段を下り、昇降口を出て正門に向かう――はずだったのに。

気が付くと美術室の前に立っていた男は、己の行動に呆《あき》れていた。

溜息《ためいき》混じりに扉を開ける。途端、「おお、弟者《おとじゃ》」とセレーネが歓迎するように寄ってきた。

「……悪い、今日野暮用ができちまって。……だから、帰るわ」

手を合わせて部活欠席の旨《むね》を伝える。セレーネは目を何度か瞬《しばたた》かせたあと、

「そうか。さすれば、エゴーは別の課題をやるとしよう」

不満の声も脇腹への攻撃もなく欠席を受け入れられ、治《おさむ》は少々拍子抜けしてしまった。

「──頑張ったな、弟者《おとじゃ》。褒めてやるぞ」

唐突に称揚され、思わず「は？　何がだよ」と問うた。

「部活に何も言わずに来ないのと、休むと言って来ないのでは全然違うだろう」

結果は何も変わらないのに、セレーネは治《おさむ》の極々小さな変化を肯定してくれて。

「だから、エゴーが褒めてやる。しが、しが。ゆっくり、大きくなれよ」

居《い》た堪《たま》れなくなった少年は、顔を背けるように美術室を去っていった。

正門を出て、最寄り駅から電車に乗ること二駅。改札を出ると、厄介娘が待っていた。

渋々「……よう、院長」と声をかける。

「……あ、黒松《くろまつ》くんかな？」微笑《ほほえ》んだ月子《つきこ》が手を振った。

高嶺《たかね》の花と放課後を共にするという、男子からすれば願ってもないシチュエーション。

だが、治《おさむ》の気分は重い。新たなトラブルの元に思えてならなかった。

学校から離れた場所で落ち合うことにしたのは、一緒にいるところを中秋高校《ちゆうしゆうこうこう》の生徒に目撃されないための配慮だ。念のため周囲を警戒しつつ、二人で近くのファミレスへと入った。

「私、こういうお店あんまり来ないんだ。……んん、これはなかなか……栄養が偏りそうな料理が多いんだね」

物珍しそうにテーブルのメニューを開きつつ、医者の卵は客の健康を憂慮する。

「でも資料にはなるね。デートシーンの食事とかに使えるかも」

「デートならもう少しいい店のメニューを参考にしたほうがいいだろ」

「それなら、一般的な高校生カップルってどういうお店でデートするの？」

「俺が知るか」

恋愛小説に活《い》かせるような小洒落《こじゃれ》た飲食店など、日陰者に紹介できるはずがなかった。

「じゃあ、黒松《くろまつ》くんの行きつけのお店とか教えてほしいな」

「俺、外食はうどん屋くらいしか行かないぞ」

「うどん好きなの？」

「ああ、まあ。讃岐《さぬき》うどんは特に」

「ふぅん、東京の人には珍しいね。私はおそばのほうが好きだな」

「……お、なんだ？　戦争か？」

不意に売られた喧嘩《けんか》を、治《おさむ》は譲れぬ信念を持って買うことにした。

「うどんを食べた瞬間の滑らかな口当たりと、噛《か》んだときの弾力は、他のどんな食材でも到達できない境地にある。喉越しも最高だ。うどんこそ最高の和食。世界に誇れるＵＤＯＮ」

「す、凄《すご》い熱意だね」

「前世は讃岐造《さぬきのみやつこ》に違いないと自負している」

「それは竹を取る人じゃないかな……」

「日本三大うどんを知っているか？　讃岐《さぬき》、稲庭《いなにわ》、水沢《みずさわ》、氷見《ひみ》、五島《ごとう》。そう、五つ揃《そろ》って三大うどんだ。全部食ってみな、飛ぶぞ」

「おそばにも、戸隠《とがくし》、出雲《いずも》、わんこって三大そばがあるよ」

聞いたこともないな、と内心鼻で笑う治《おさむ》だった。

「でも私は、外で食べるよりも自分で作った月見そばのほうがずっとおいしいって思うんだ」

「へえ、院長は料理できるのか」

「簡単なものだけだけどね。いま、一人暮らししてるから」

「え？　院長の親って今上《いまがみ》病院の先生だよな？　だったら都心に住んでるんだろ？　別に通学とかに不便はなさそうだけど……」

「通学のためじゃなくて、単なるわがままだよ。去年高校進学したのを機に一人で勉強したいって言って、実家じゃない住まいを用意してもらったんだ」

それを聞いて瞠目《どうもく》する。一五歳で独り立ちとは、なんとも殊勝な優等生であることか。家事は全て母親任せの治《おさむ》とは大違いだ。将来が実に不安である。

「そんなほいほい家を用意できるなんて、やっぱ医者ってのは金持ちなんだな」

「ん……まあ確かに、平均的な世帯収入よりは多いだろうけど」

「それも日本一の大病院だもんな。まあ人の命を助けてるんだから、正当な報酬か」

「……黒松《くろまつ》くん、いまは医者の娘じゃなくて、作家としての私と話してくれないかな」

月子《つきこ》は困ったように笑うと、スクールバッグを開いた。取り出されたのは、一〇〇枚以上はある紙の束。彼女が執筆した小説をプリントアウトしてきたものだ。

「私の家じゃなくて、私のお話に興味を持ってよ。そして、私の子供を作ってほしい」

月子《つきこ》の子供——すなわち、彼女が生み出した小説のキャラクターのこと。

その人形を作ってもらいたいというのが、治《おさむ》が月子《つきこ》に乞われた願いだった。

昨日一日で三件目。ときが中学時代に戻ったかのように、人形に関わる依頼が押し寄せている。どうしてこうなったのだ……、と治《おさむ》は溜息《ためいき》をついた。

「院長、俺にどこまで口止め料を払わせる気だよ」

「それは昨日の取材とシーン再現で十分だよ。これは私の、個人的なお願い」

「もう人形作りの依頼は受けたくないって話したよな？」

「私はトラブルなんて起こさないって約束するから」

「既にトラブった記憶しかないんだよなぁ……」

創作に耽溺《たんでき》するこの少女と交流を持ち続けるのは、神経をすり減らしてしまいそうだ。

「私の病気を治すために、黒松《くろまつ》くんの力を貸してほしいんだ」

「昨日も訊《き》いたけど、俺が人形を作ったら治る病気ってなんなんだよ。んなもんあるわけねーだろ」

「命名するなら、人間全員肉塊に見えちゃう病？」

「……グロすぎる」

少し想像してみただけで、吐き気が込み上げてきそうになった。

「……気分悪くしちゃったね。ごめん、じゃあお肉病って言い換えるよ。私が身体《からだ》を見られてもなんとも思わないのも、青春できないのも、人間がお肉に見えちゃう病気だからなんだ」

「すまんが、全く意味がわからない」

「たとえば、黒松《くろまつ》くんはお店で買ったお肉の前で裸になったとして、恥ずかしいって感じる？」

「んなわけあるか」

「じゃあ逆に、お肉って裸だけど、興奮する？」

「性癖上級者にもほどがある」

「そうでしょ？　ましてやお肉に恋愛感情なんて、絶対に抱けないよね？」

「萩《はぎ》辺りなら、お肉大好きそうだけどな」

真面目な優等生から放たれる奇天烈《きてれつ》な発言を、治《おさむ》は適度な突っ込みで受け止めていく。

「人の身体《からだ》の裏側が血と肉と骨と脂でできてるんだって知っちゃってから、私は人間がお肉に見えるの。でも人形だったら、裏側に血も肉も骨も脂もないから、お肉には見えないんだ」

「人形なら恋愛感情を抱けるってことか……」

「そ、そういうわけじゃないよ。黒松《くろまつ》くんに人形を作ってもらえれば、人の形の魅力や美しさを感じ取れるようになれるんじゃないかって思って、お願いしたいんだ。本物の人間の身体《からだ》でも性愛を理解できるようになれたら、私も勉強以外の青春を過ごせると思うから」

語られる依頼の動機を、治《おさむ》は眉間に皺《しわ》を寄せながら整理していく。

「院長はいま人間が肉に見える病気にかかっていて、それを治したい。人形で人体美を認識できるようになって、恋愛感情を抱けるようになりたい。だから俺に人形を作れ——と」

「うん、そういうこと」

「要するに、最終的には恋人がほしいってことか。院長もしっかり女の子だな」

「その言い方は趣に欠けるよ、黒松《くろまつ》くん……」

ざっくばらんなまとめに、月子《つきこ》は苦笑いを浮かべた。

「確かに恋愛への憧れはあるけどね。だから私の理想の青春を小説にしようって思ったんだし」

「で、このネタも小説のシーン再現か何かか？」

「本当のことなんだよ。嘘《うそ》だと思うのも仕方な……」「——あれ？　院長？」

突然、月子《つきこ》を呼ぶ女性の声がした。その呼び名から声の主が中秋高校《ちゆうしゆうこうこう》の関係者であることを瞬間的に悟った治《おさむ》は、脱兎《だつと》の如《ごと》く、身を屈《かが》めてテーブルの下へ逃げ込んだ。

「こんなところで、偶然だね。院長一人？　……って当たり前か」

すぐに二本の脚がテーブルの横に立った。幸いこの女子生徒の目が捉えたのは月子《つきこ》の姿だけだったらしい。隣席との仕切りが死角になったようで、治《おさむ》はほっと息をついた。

「ええと……野口《のぐち》さん？」

間の悪い乱入者はクラスメイトの野口《のぐち》か、と思ったのも束《つか》の間《ま》、

「……院長、私野口《のぐち》じゃなくて、若田《わかた》なんだけど……」

まるで昨日の昼休みを再現したようなやりとりに、治《おさむ》は眉をひそめた。

「あっ……ご、ごめん、そうだったね」

「今年も同じクラスなんだから、いい加減名前くらいは覚えてくれたら嬉《うれ》しいんだけどな」

「……名前は覚えてるよ。でも……」

「いいよ、気にしないで。院長は勉強で大変だもんね。私なんかと仲良くしてる暇なんてないんだって、わかってるから。……じゃ、また学校で」

会話を長引かせることもなく、若田《わかた》はその場を離れていく。

彼女が会計を済ませて店を出ていったのを確認して、治《おさむ》はソファに戻った。

「野口《のぐち》と若田《わかた》って、見間違えるほど似てないよな？」

「……でも、声が似てるから」

「……まさか、人が肉に見えるから、顔の区別がつかなくて、声で判断してるってことか？」

半ば冗談のつもりの問いかけだった。だが、月子《つきこ》は首肯を返し、治《おさむ》を唖然《あぜん》とさせた。

「じゃ、じゃあ昨日、昼に俺と話したのに、放課後には忘れてたのは……」

「黒松《くろまつ》くんの声をまだ覚えてなかったから。黒松《くろまつ》くんのことも、私はお肉に見えてるんだ」

「…………マジで言ってんのかよ」

とても信じられなかったが、月子《つきこ》の日常生活に支障が生じているのは確かなようだった。

「……こんな私だから、人付き合いが苦手で。……恋人どころか、親しい友達もいないんだ」

高嶺《たかね》の花は下々の者に興味がない。皆そう感じて、月子《つきこ》から一定の距離を保ってきた。

「いまのままじゃ、私は恋の一つもできないし、クラスメイトと一緒に遊んだりもできない。みんなと同じような青春が、私にはできないんだよ」

しかし、高嶺《たかね》の花にも理由があった。誰にも打ち明けることなく抱える悩みがあった。

「私はこの病気を治したい。完治させて、私も素敵な青春がしたいんだ」

治《おさむ》を控えめに見つめながら、月子《つきこ》は希望を口にする。

「だから――力を貸してよ、黒松《くろまつ》くん」

「…………そうか。……まあ、なんだ。大変なんだな」

世の中には色んな病気がある。そう強引に理解したとしても、あまりにも実感が乏しくて。

人が肉に見える病気を、人形で治したい。そんなことが本当に可能なのだろうか。

「そんな理由で人形作りを頼まれたのは初めてだな。自分の小説のキャラが愛《いと》おしくて、形にしてもらいたいってことならわからなくもなかったけど」

「ん……その気持ちも、なくはない……のかな」

僅かな肯定の色を見せた月子《つきこ》に、「だよな」と納得する。

そうでなければ、わざわざ小説を紙に印刷して持参したりはしないはずだ。

「わかってくれたなら、私の子供を作ってくれる？」

「……いや、それとこれとは話が別だから」

畳み掛けてきた月子《つきこ》の願いを、治《おさむ》は首を振って拒む。

「どうしてもダメ、かな」

「察してくれよ院長。俺だって色々あったんだ」

「……とりあえず、せっかく原稿を持ってきたんだから、読むだけでもしてほしいな」

テーブル上の紙束を月子《つきこ》の手のひらが示す。

人形作りの資料として、一度原作に目を通してほしいというのが依頼の第一段階だった。

「そして、黒松《くろまつ》くんの感想とか言ってもらえたら嬉《うれ》しい」

感想まで求められたが、作者の目の前で忖度《そんたく》なく感じたことを伝える度胸はそうそう持てるものではない。けれど、ここで突っぱねるというのも忍びなく、治《おさむ》は原稿に手を伸ばした。

「本はもう出てるんだろ？　紙に印刷しなくても、それを持ってくれれば済んだんじゃねーの」

「うん、見本誌があるから、あとであげるよ。……でもその前に、なんの先入観も持たないで、黒松《くろまつ》くんの頭の中のイメージだけで読んでもらいたいなって思って」

「先入観？」

「……本には、キャラクターのイラストが描いてあるから」

確かに昨今の小説であれば、表紙には読者の興味を引くような絵が描かれているだろう。

だからこそ、治《おさむ》は首を捻《ひね》る。人形を作ってもらいたいのなら、むしろキャラのビジュアルはより意識してもらいたいものではないのだろうか。

「まあ、読ませてもらうよ。人形作りを断って、原稿まで突き返したら、さすがに申し訳ないし……院長が書いた小説がどんなものか、全く気にならないって言ったら嘘《うそ》になるしな」

「ありがとう！　わ、目の前でクラスメイトに読まれちゃうなんて、恥ずかしいな」

「なんでその感情を昨日抱けないんだよ……」と渋い顔で突っ込みを放つ治《おさむ》だった。

とはいえ、両手で口元を覆い隠しながら肩を揺らしている月子《つきこ》の様子を見ると、不思議と安心感にも似た思いが込み上げてくる。彼女にも、全く羞恥心がないわけでもないようで。

そう認識した途端、正面に座る美少女が一層可愛《かわい》く見えてくる。

やはり恥じらいは男心をくすぐる必須要素だと、治《おさむ》は確信を得た。

バレンタインの日、あのセレーネでさえ不覚にもめちゃくちゃ可愛《かわい》く思えてしまって。

その夜一晩、ほわほわした正体不明の高揚感に苛《さいな》まれてしまったものだ。

治《おさむ》はドリンクバーでジュースを注《つ》いでから、席に戻って原稿に目を落とした。

最初の行に書かれていたのは、『恋《こい》は刹那《せつな》か永遠《えいえん》か』という文字列。

いかにも「恋愛小説です！」という女性向けのタイトルで、男子高校生の感性からすると背中がむず痒《がゆ》くなる。続いて二行目には、人の名前と思《おぼ》しき単語が書かれている。

「青月真珠《あおつきしんじゅ》ってのがペンネームなのか。何か意味とか由来とかあるのか？」

「青は、青春の青。青春物語を書きたかったから。月は、私の名前から」

「真珠《しんじゅ》は？」

「真珠、つまりパールの石言葉は『健康』とか『長寿』だから、縁起がいいと思って」

「そりゃまた医者の娘らしいネーミングセンスだな」

これまでの人生で宝石などとは無縁だった治《おさむ》は、石言葉という概念を初めて知った。光り物が嫌いな女性はいないと言うが、月子《つきこ》も例外ではないのだろうか。

「それじゃ、拝読させていただきますよ、青月真珠先生《あおつきしんじゅ》」「お、お願いします」

頭を下げる新人作家に苦笑しつつ、治《おさむ》は月子《つきこ》が創作した世界の中へと没入していった。

主人公は、ヒロインを兼任する天野羽衣《あまのうい》という高校一年生の女の子だった。

羽衣《うい》の周囲の人間達が色恋の花を咲かせる中、自身も恋愛への強い憧れを持っている。ところが、彼女は昔から他人を好きになれない、恋心を抱くことができないという心の病を抱えていた。医学の力をもってしても心の病気までは治せず、羽衣《うい》は恋を諦めていた。

そんな羽衣《うい》の元に、秋も深まったある日、天から不思議なマフラーが舞い降りてくる。それは、巻き付けている間は必ず深い愛情を持つことができるという、魔法のアイテムだった。

羽衣《うい》は早速クラスメイトの男子で効果を試してみたところ、瞬《またた》く間《ま》に両想《りょうおも》いになる。

授業から食事から放課後まで、相合マフラーでべったりとくっつき、生まれて初めての青春を大いに満喫する。憧れていた恋愛はやはり素晴らしいものだったのだと、羽衣《うい》は感激と至福の想《おも》いで満たされていった。

だが、それはマフラーを巻いている間だけの、刹那の恋心に過ぎなかった。

その日の別れ際《ぎわ》になってマフラーを外した途端、羽衣《うい》からも、相手の男子からも、嘘《うそ》のように愛の感情は消え去ってしまい。残ったのは気まずい空気だけであった。

効果通りの結末。魔法のアイテムであっても、羽衣《うい》の病気を治してくれることはなかった。

それでも羽衣《うい》は、時限付きのロマンスを求めてマフラーを使い続ける。

学校の男子を次々と標的にし、甘く蕩《とろ》ける青春を味わい、そして一日で別れた。

翌週になり、六人目の男子を毒牙《どくが》にかけたとき、状況が一変する。

御門富士《みかどふじ》というクラスメイトと一日交際をした後、マフラーを外したのだが、彼は羽衣《うい》への愛情を忘れることなく、また明日も楽しく過ごそうと言いだしたのだ。

羽衣《うい》には富士《ふじ》への想《おも》いなど欠片《かけら》も残らなかったのに、なぜか富士《ふじ》は羽衣《うい》を意識し続ける。

ときにマフラーを巻きながら、ときにマフラーをせずとも二人で過ごす時間が増えていく中で、徐々に羽衣《うい》の中でも富士《ふじ》の存在感が大きくなっていく。

魔法のマフラーがもたらす恋は、果たして刹那なのか、永遠なのか。

人が人に抱く恋心は、果たして刹那なのか、永遠なのか。

高校生の青春模様にどっぷりと浸れる恋愛奇譚《れんあいきたん》を、治《おさむ》はじっくり二時間以上かけて読破した。

「──ふぅううう……」

物語の行く末を見届けた瞬間、思わず感嘆の吐息が出てしまった。

背もたれに寄りかかり、目を閉じる。しばらく読後の余韻に浸っていたかった。

「……ど、どうだったかな？」

「……よかった」

「ほ、本当⁉」

「ああ、面白かったよ」

著者に気を遣って褒めているわけではない。素直にそう思ったし、心を揺り動かされた。

せっかくドリンクバーを注文したのに、一度もお代わりに立つことなく読了していた。

すると突然、「よかったぁ～！」と月子《つきこ》がテーブルにぱたりと身を倒した。

「えへへ、黒松《くろまつ》くんが面白いって言ってくれたよぉ」

「お、おい、院長。女の子が行儀悪いぞ」

「だってだって、すっごく嬉《うれ》しいんだよ」

頬を天板に付けながら、にへらぁ～っとだらしなく口元を緩めている。

それはまるで、授業中に隣の席で幸せな居眠りをするかぐやのようで。

日々生徒達の尊敬を集めている院長様とは思えない姿に、治《おさむ》はぽかんと口を開けた。

「最後まで読んでもらって、感想を言ってもらえるのって、ありがたいことなんだね」

「ネットで本のレビューサイトでも見れば感想くらい付いてるだろ」

「んー、まあそうだろうけどね……」

髪を撫《な》でながら姿勢を正した月子《つきこ》は、治《おさむ》の顔を覗《のぞ》き込《こ》むようにして尋ねる。

「黒松《くろまつ》くん、キャラクターのイメージは浮かんだ？」

「まあ、なんとなくだけど」

原稿に挿絵は一切ない。文章での描写と、作中でのキャラの言動から、治《おさむ》は頭の中で大まかな容姿を思い描き、小説内の出来事を想像した。

「そのイメージを強く持って。黒松《くろまつ》くんが見た羽衣《うい》と富士《ふじ》を、絶対に忘れないでね」

妙に念を押す月子《つきこ》に気圧《けお》されながらも、治《おさむ》は自分だけのビジュアルを脳内に刻み付けた。

「じゃあ……はい、見本誌」

スクールバッグに手を入れた月子《つきこ》から、一冊の文庫本が手渡される。

受け取った治《おさむ》は早速表紙の絵を確認しようとして……まず本の装丁に目が止まった。

「これ――ラノベじゃねーか」

愕然《がくぜん》としてしまった。それは大衆向けの一般文芸ではなく、中高生やオタクをメインターゲットに据えたライトノベル。その中でも大手のレーベルが出版しているものだった。

「え？　院長、ラノベのつもりでこの恋愛小説を書いてたのか？」

「そういうわけじゃないよ。応募したのが、たまたまそういう賞だったみたいで。そもそも私はライトノベルって小説のジャンルを知らなかったんだ」

医者の卵である月子《つきこ》は、作家になりたくて小説を書き始めたわけではないと言っていた。であれば、本当になんの思惑もなくライトノベル作家になったということか。

「この原稿って、いつ書いて、いつ応募したんだ？」

「高校入学前の春休みだよ。時間があったから、書いてみようと思って。で、完成して、せっかくだから応募してみようかなって思って、締め切りが一番近かったところに出したんだ」

「そしたら見事受賞、ってわけか」

「優秀賞という身に余る栄誉を賜りました」

「いやぁ、正当な評価だと思うよ。俺としては最優秀賞でもおかしくないくらい」

「そ、そうかな、えへへ……」

眉尻を下げて目を細める月子《つきこ》。先程からレアな表情を見せてくれている。

「にしても、ラノベの傾向も変わったんだな。ライト文芸化してるとは聞いてたけど」

「ライト文芸？」

「一般文芸とラノベの間みたいな雰囲気の小説のこと。院長のは大分文芸寄りだと思うけど」

「そんなにライトノベルって独特なの？」

「まず女主人公ってのは殆《ほとん》どなかった。男主人公の一人称で、地の文が少なくて、可愛《かわい》いヒロインがたくさん出てきて、全員主人公に惚《ほ》れて、不自然なくらいエロいシーンがあって……」

「黒松《くろまつ》くん、凄《すご》く詳しいんだね。よく読んでるの？」

問われた瞬間、治《おさむ》ははっとして口を噤《つぐ》んだ。

「……中学のときは、たくさん読んだよ。人形作りの資料に必要だったからな」

「あれ？　依頼は受けたくなかったんじゃないの？」

「トラブルがあったのは卒業直前の話で、それまでは作りまくってたんだよ。ラノベ、漫画、アニメ、ゲーム、どんなキャラでも依頼を受けた。……大半が美少女だったけどな」

おかげでフィギュア作りの腕はめきめきと上達していき、嫁の立体化を望むオタク連中から引っ張りだことなった。

件《くだん》のスカートの中の造形問題に毎度悩まされたが、依頼者の喜ぶ顔のために、治《おさむ》は粘土と向き合い続けた。もしもトラブルがなければ、高校でも同じことをしていたのかもしれない。

「だったら、私の子供もライトノベルのキャラクターだよ。黒松《くろまつ》くん、羽衣《うい》と富士《ふじ》の人形、作ってくれないかな？」

「……院長の小説は面白かったし、羽衣《うい》も富士《ふじ》もいいキャラしてたよ。……だけど」

羽衣《うい》が恋に憧れている心情がよく描かれていて感情移入できたし、相手役となる富士《ふじ》も、羽《う》衣《い》を深く愛し続けていく男の強さのようなところがとても応援できるキャラだった。

そんな二人を、この手で三次元世界に顕現させるのなら、どう作るだろうか。

微《かす》かにそんな思いを馳《は》せたのは事実だった。……しかし、治《おさむ》は指摘する。

「羽衣《うい》も富士《ふじ》も、イラストを描いてもらえただろ。それで満足できないのか」

ラノベであれば当然の如《ごと》く、羽衣《うい》と富士《ふじ》が魔法のマフラーを巻き合っている構図の表紙絵が描かれていた。一目瞭然。月子《つきこ》の子供は、既に生み出されているのだ。

であれば、人形作りを拒んでいる治《おさむ》にわざわざ頼み込む必要性はないわけで。

治《おさむ》は本をパラパラとめくり、先程の原稿にはなかったイラストページを確かめていく。

「……その羽衣《うい》と富士《ふじ》って、黒松《くろまつ》くんのイメージと比べてどう思う？」

脳内で描いていた人物像と、実際に絵として描かれたキャラの容姿を比較してみると、

「羽衣《うい》はもっと深い黒髪のイメージだったな。幸薄げで、身体《からだ》つきもイラストより細め。富士《ふじ》は絵だと背の高いイケメンって感じだけど、俺は中性的で優しげなヤツだと思ったな」

「だ、だよね、そうだよね。私もそんなイメージで書いてたよ」

「……もしかして院長、この絵師さんの絵が気に入らなかったのか？」

月子《つきこ》の反応から、ふと湧いた疑問。

本を渡す前に治《おさむ》の頭の中だけで想像させたのも、そんな思いがあったからなのではないか。

「そういうわけじゃないよ。イラストレーターさんが読んで、その上で考えて描いていただけたイラストだったら、多少私のイメージと違ったって、それでいいと思った」

「だったら、もういいだろ。院長の子供、作ってもらえたじゃないか」

「……でも、その人はね、自分で考えてくれなかったんだよ」

ぼそりと零《こぼ》した月子《つきこ》。言葉の意味がわからず、治《おさむ》は首を傾《かし》げる。

「……先月、その人がやってる別の仕事で、騒動が起こったの。他の人が描いたイラストや漫画を、盗作しているんじゃないかって」

予想もしていなかったことを伝えられ、一瞬言葉を失った。

「……トレパク疑惑ってことか？」

絵を上からなぞってそっくりそのまま複製することをトレースという。練習としての手段ならともかく、商業作品として世に出すイラストにしていい行為ではない。

「あくまで疑惑なんだよな？　絵師さんのアンチが騒いでるだけって可能性も……」

「その人はすぐに非を認めて、謝罪と、活動休止を宣言したんだ」

「……認めたのか」

魔が差してしまったのかもしれないが、馬鹿なことをしたものだと呆《あき》れた。イラストレーターとしての地位を得ることができたのは、少なくない努力を重ねてきたからだろうに。

「じゃあ、この本のイラストも？」

「うん。そんなタイミングで発売されたから、色んな人が調べ上げてくれたよ」

解析班の調査は月子《つきこ》の本にも及んだ。それも当然かもしれない。

「……災難だったな。院長は何も悪くないのに」

せっかくの受賞作が、騒動のせいで負の印象が付いてしまっただろう。

「初めて羽衣《うい》と富士《ふじ》のイラストを見せてもらったときは、涙が出そうになるくらい感動したから……こんなことになって、本当に残念だと思った」

月子《つきこ》は一度言葉を切って、もうすっかり冷めてしまった紅茶を口に運んだ。

「キャラクターのイメージが全然違うはずだよね。だって、別の人が描いたものをそのまま持ってきただけなんだよ。私の子供は、他の人の子供じゃないのに」

（……だから最初、俺に本のイラストを見せたくなかったのか）

先入観を持たないで読んでほしい。そう願われた理由がようやくわかった。

「こんな事態なんだし、イラストレーターを変更して再刊行……ってのは無理なのか」

「それは難しいんじゃないかな」

「だよな……。でも、さすがに二巻の絵師は代わるだろ？　活動休止したんだし」

「二巻、かぁ……」

月子《つきこ》は顔を横に向けて窓の外を見やった。

「……黒松《くろまつ》くん、昨日は取材とシーン再現に付き合ってくれてありがとう」

「ん？　ああ、いい原稿に仕上げてくれると俺も嬉《うれ》し……」

「だけどね、申し訳ないんだけど、二巻は多分出せないと思う」

わざとらしいくらい冷静な声で、新人作家は今後の見通しを述べた。

「出せないって、いま二巻の原稿を書いてんだろ？　そのためのシーン再現じゃないのかよ」

「一巻が出る前から担当さんに書いておいてって言われてたからね。でも、いまはもうこの本への悪評が立ちすぎてて、続刊なんて出したら出版元のブランドに傷が付いちゃうでしょ」

「そんな……。とりあえず担当と相談してみろよ」

「私の担当さんとは、いま連絡が取れないから無理だね」

「はあ⁉　なんでだよ⁉」

「……倒れちゃったんだよ」

「倒れた？」

顔を正面に戻して頷《うなず》く月子《つきこ》の表情は、不安と心配で満ちていた。

「心の病気は長いよ。お医者さんには治せないから」

曰《いわ》く付《つ》きの絵師に仕事を依頼してしまったという自責の念が、相当苦しかったのだろうか。

騒動は、共に本を作り上げるパートナーの健康まで奪っていった。

……なんということだ。月子《つきこ》の渾身《こんしん》の玉稿が、本人の与《あずか》り知《し》らぬ問題のせいで台無しではないか。そんな外野の出来事でこの美しい青春物語が評価されないなんて、理不尽過ぎる。

「……院長は、怒っていいと思うぞ」

「怒ったところでどうしようもないことだよ。そんな暇があったら二巻の原稿を書かないと」

「出せるかもわからない二巻の原稿を、いまでも書いてるのかよ」

「代理の担当さんからは『今後の対応については編集部で検討した上でご連絡させていただきます』っていう連絡しかもらってないからね。ストップがかかるまでは、書くしかないでしょ」

「だったら、まだ続刊できる可能性も……」

「そうなったらいいなって私も思うけど、まあ、無理だと思うよ」

至極冷静に、月子《つきこ》は最悪の結末を述べてみせた。

淡々と出来事を受け入れるその姿は、大人びている。

作家として既に社会人となった人間の対応として、それは模範的なのかもしれない。

だが、そんな彼女の様子を見て、治《おさむ》は沸々と熱い何かが湧き出てくるような感覚を覚えた。

（……なんで、そんなに落ち着いていられるんだよ）

一生懸命生み出した創作物が評価され、世に出ることになった。

それが他者の愚行によって台無しにされ、悪評を被《こうむ》ったまま葬《ほうむ》り去《さ》られようとしている。

そんなのあってはならない。認められない。だって、月子《つきこ》は何一つ悪くないではないか。

——あんた、そんなことのために人形なんか作ってたのかよ！

ふと、治《おさむ》の脳裏にかつての記憶が蘇《よみがえ》ってくる。

——気持ち悪い！　謝れよ、この変態！　エロス大魔神！

嫌悪《けんお》に満ちた表情で治《おさむ》を罵倒する少女の隣には、涙を流す女の子がいて。

違う。俺は、誰かの喜ぶ顔が見たかったから粘土をこねてきたんだ。

俺が作る人形で、幸せを感じてほしかったから作ったんだ。

だから、俺は悪くない。原因は、依頼してきたヤツのほうで。

……本当に、俺は悪くない？　手を動かしたのは俺なのに？　断ることだってできたのに？

そうだ、全部俺が悪いのだ。取り返しのつかない罪を犯した結果、彼女を傷付けたのだ。

だから、月子《つきこ》も同様で。月子《つきこ》にも何か瑕疵《かし》があったから、そんな目に……。

あるわけがない。自分なんかと一緒にするな。一体月子《つきこ》になんの罪があるというのだ。

彼女は、神様になっただけではないか。

「――俺は、『恋《こい》は刹那《せつな》か永遠《えいえん》か』、凄《すご》く好きだぞ、院長」

はっきりと、改めて感想を伝えると、月子《つきこ》の目が大きくなった。

「だから、俺が褒めてやる。院長の傑作は、たまたま認められなかっただけだ」

他者の不祥事が原因で正当な評価を得ることができなかった。不運な偶然に違いないのだ。

「そう言ってもらえると嬉《うれ》しいよ」

「院長は、悔しかったんだな」

「え？　い、いや、悔しいなんてそんな……」

「いいや、悔しかったはずだ。本が小説以外のところで評価されてしまって」

月子《つきこ》の理想の青春を書きしたためた恋愛小説。それが第三者のせいで悪評を被《こうむ》ったとなれば、自身の青春が汚されてしまったも同然だ。

「悔しかったはずだ。自分の子供を作ってもらえなくて」

物語を創作した神様として、愛情を込めて生み出した子供の容姿が実は他人のものであったなど、受け入れられるはずがない。だから治《おさむ》に、独自のイメージを持ってほしかったのだ。

「正直に言って、俺には院長の病気ってのがあまり理解できないし、俺の人形にそれを治す力があるとも思えない。……でも、もし小説のことで院長が悔しい思いをしているのなら、少しくらい気を楽にしてやることはできるかもしれない」

「……どうやって?」

「院長が求めているものを、提供してやることだ」

治《おさむ》はプロの創作者ではない。作り上げたもので人の心を動かしてあげようなど、思い上がりも甚だしい。自分の創作物にそんな価値などないのだと、自分が一番わかっている。

それでも、いま月子《つきこ》のために腕を振るえるのは、世界でただ一人、治《おさむ》しかいないのだ。

「だから、悔しいと言ってくれ。いまここで、心の底から、年相応に、悔しいよって愚痴をぶつけてくれ、院長。そしたら俺は、お前を、哀れに思うことができる」

才色兼備の今上月子《いまがみつきこ》は、学校中から尊敬される医者の卵。

でも、常人より優れた能力を持っていたとしても、人類であることをやめたわけではない。

半裸の彼女を抱き締めた経験がある治《おさむ》にはよくわかる。月子《つきこ》は、血が通った人間だ。

彼女にも、人並みに望むものがあり。しかしそれを阻《はば》む病に侵されているという。

人間が肉に見えるなどという奇病、当事者でない者には理解するのは難しい。

けれど、治《おさむ》は想像した。月子《つきこ》の心情に寄り添うことができる材料が、目の前にあったから。

この小説は、まさに彼女の夢を詰め込んだ物語だったではないか。


——私だって、こんな青春がしてみたい。


乙女心から溢《あふ》れ出《で》た願いの結晶が、あのような形で評価を貶《おとし》められてしまったならば。

……想像では及びもつかないほど、悲しいし、悔しいと感じただろう。当たり前の感情だ。

未来の院長先生も、いまは治《おさむ》と同じ。まだ大人にはなりきれない高校二年生にすぎない。

そんな等身大の女の子から、治《おさむ》は必要とされたいと思った。

だって、そのほうがずっと、青春の趣を感じられるのだから。

「……やっぱり、黒松《くろまつ》くんは私のお医者さんかもしれない」

「だから、俺は医者じゃねーよ。それは未来のお前だろ、院長」

「……そうだね。それはきっと、変わらない運命だから」

ふっと微笑《ほほえ》んだ月子《つきこ》が、何か肩の荷を下ろしたように背もたれに身を預けた。

そして、これまで誰にも見せなかった裏面を、細い声で口にする。

「黒松《くろまつ》くん、私――悔しいよ」

「……ああ、わかるよ。俺もめちゃくちゃ悔しい。……だからさ」

過去の呪縛を断ち切れない少年は、人形作りの依頼受付を再開する気にはまだなれない。

だから、受け付けるのではない。こちらから願い出るのだ。

君の子供を、俺が作りたいのだと。この二本の腕を、君のために振るいたいのだと。

「もしよかったら、俺に羽衣《うい》と富士《ふじ》のフィギュアを作らせてもらえないか？」

それが、月子《つきこ》の喜ぶ顔のためになるのなら。

曇りがかった孤月を、美しく輝く満月に治すことができるのなら。

第三章　ときには真珠のように

『はいどーも！　埋もれるなら雪より美少女の白布がいい、布勢《ふせ》ナダレです！　早速今週の新着フィギュア情報、いってみよー！　みんなの推しが、画面の中から出てきてくれるよ！』

イヤホンから聞こえてきたのは、快活な口調でお決まりの挨拶をする少女の声。

弾《はじ》けるようなテンションは、動画を開いた視聴者を前向きな気持ちにさせてくれるだろう。

いや、させるような出来に仕上げなければならない。……とはいえ、映像も音声も既に用意されているため、治《おさむ》が手を加えられるのは字幕やSEを入れることくらいなのだが。

『アモーレトイ様から、半熟魔術師の反乱記より、マルケッタちゃんメイド服バージョン！　やばい超かわいー！　スケールは七分の一で、お値段は二億四千八百万円となってます！』

映像編集ソフトのプレビュー画面に、拝借したメーカーの宣材写真が表示される。

各社の新商品情報が紹介されていく中、画面の右下には楽しげにリアクションの表情を浮かべる、胸の大きな金髪の女の子のバストショットが映し出されている。

女の子といっても、そこにいるのは生身の人間ではなく、イラストで。

ただし、その絵は動く。人間のように動き、喋《しゃべ》り、喜怒哀楽を表現することができる。最先端の技術で電子の世界に命を吹き込まれた存在。人類が生み出した新たなる偶像。

布勢《ふせ》ナダレは、バーチャルアイドルである。

「——初めてじゃない？　治《おさむ》のほうから動画編集手伝うって言ってくれるなんて」

作業を進めていると、背後からナダレの声に呼びかけられた。瞬間、ぞっとして振り返る。

「おまっ、配信中なんだろ⁉　男の名前なんか言ったら大炎上するぞ⁉」

バーチャルアイドルには彼氏や男友達は絶対にいない。それが暗黙の了解であり、もしも男の存在を連想させるような発言があった日には……悲惨な末路が待っている。

「だいじょーぶ、まだ配信してませーん。イラスト描いてるだけー」

ゲーミングチェアから身を乗り出し、ナダレは指先で液晶タブレットのペンを回転させる。

「はあ？『じゃあお絵描き配信でも始めるかなー』ってさっき……」

にたっと悪戯《いたずら》を成功させた子供のような笑みを向けられ、治《おさむ》は騙《だま》されたことに気付いた。

「ご安心召されぃ。部屋に誰かいるときに配信なんて、あたしでもしないって」

配信者としての賢明な判断に安堵《あんど》し、ローテーブルに置かれたノートPCへと向き直る。

「あ、そうそう。春休み中にチャンネル登録者数一〇万人突破したよー。あぁー、これはいよいよ、あたしのイラストが評価されてきたってことかぁー⁉」

どう考えてもフィギュア動画のほうに需要があるからだと思ったが、口を噤《つぐ》んでおく。

新着情報まとめの動画を完成させ、続けて別の映像素材を開いた。

『今回のレビューはこちら！　ラブキュート様から発売されました、妹の宿題代わりにやったらハーレム天国より、沖野美空《おきのみそら》ちゃん！　ではでは、早速開封の儀～！』

購入品のレビュー動画は、配信者の定番企画だ。情報収集を目的とした視聴者からの需要が見込める。ただ、バーチャルアイドルが投稿する動画としては敷居が高い。

電子世界に生きている彼・彼女らは、三次元世界の物体に触れることができないはずだから。

だが、ナダレはあえてその禁忌を破っている。２Ｄではない、生身の人間の両手をカメラに晒《さら》しながら商品の箱を開け、人形を持ち上げて様々な角度から映し、感想を述べていく。

『はぁー、このにゃんこポーズやばかわ！　ちょっと内股になってるのが恥じらいを感じるよね！　見て、この髪のサラサラ感！　あ、この膝裏表現いい、癖《へき》に刺さるぅ～』

タブーを犯してまでレビュー動画を作るのは、どうしても伝えたいことがあるから。

右下で目をハートマークにしているナダレは、魂の奥底からフィギュアという存在を愛しているのだと、動画を観《み》た者はすぐに理解することができるだろう。

こうして布勢《ふせ》ナダレは、フィギュアに関する動画を多数投稿するレビュー系バーチャルアイドルとして、他とは異なるアイデンティティーを持つことになった。

一年間ブレずに続けてきた姿が、一〇万人以上の登録者に受け入れられたのだ。

……もっとも、本人としてはイラストの腕も認めてもらいたいところなのだろうが。

『じゃあ最後に、肝心なところを……』

　画面内の手が、人形を上下にひっくり返した。治《おさむ》はすぐにナダレの「見せられないよ！」スタンプで映像の一部を隠す。そこは修正しないわけにはいかない。ナダレのチャンネルに収益化がなされている以上、たとえ人形であっても下着の類《たぐい》を映してはならないのだ。

『きゃあああ！　朗報、朗報です！　美空《みそら》ちゃん、スジモールドあり！　ありがとう原型師さん！　あんた、ほんとにいい筋してるよ！　ごっつぁんでごんす！』

　どうせ見せることはできないのに、感激の悲鳴をあげている。けれど、隠すことで余計に想像力を掻《か》き立《た》てられた視聴者が、商品の購入を決意するということもままあるのだろう。

『こんなに可愛《かわい》い美空《みそら》ちゃんが、お値段たったの一億八千九百万円！　将来はプレ値間違いなし！　まだ迷ってるってそこのあんた、買うんならいまっしょ！　レッツ、ポチ！』

　最後に販促を入れて視聴者へのメッセージとする。これにて一本の動画が終了。

　別商品のレビュー動画も次々と編集していき、治《おさむ》は自ら請け負った仕事を終えた。

　手持ち無沙汰になり、部屋の様子に視線を巡らせながら暇を潰す。

　壁際《かべぎわ》に置かれたディスプレーラックには、優に百体を超えるフィギュアが並べられている。

「……一年で、随分と増えたな」

「でしょ？　ほんと、Ｖになってよかった！　じゃなきゃ絶対こんなに買えなかったし」

　増えゆく新たな部屋の住人を迎えるにあたって、決して安くはない費用が発生する。

彼女はそれを、動画投稿による広告収入と、生配信を行った際の視聴者からのスーパーチャット——投げ銭によってまかなっていた。

視聴者を心底楽しませようという姿勢。好きなものを伝えたいというとめどない想《おも》い。

その熱い情動が、布勢《ふせ》ナダレを推したいと感じるファンを引き寄せていった。

言うなれば、彼女の青春は趣味の虫。ただひたすらに、好きなことに没頭しているのだ。

「——おっけー、完成！　治《おさむ》、これどう？」

ペンを置いた少女は、椅子を半回転させ、液晶タブレットを掲げてみせる。

描かれていたのは、十五夜《じゅうごや》明離《あかり》の二次創作イラスト。

「……また随分と肌の割合が多いな」

「人類には、二次元美少女のパンツからでしか摂取できない栄養があるからね！」

魔法少女が纏《まと》う可愛《かわい》らしい衣装はボロボロで胸の谷間が垣間見《かいまみ》え、スカートは半分消失して白い下着が露《あら》わになっていた。尻もちをついた明離《あかり》は羞恥の表情で頬を赤くしている。

「ちょっぴりヒロピン風味になっちゃったかな？　でもまあ、えちちに描けたし、これなら万バズ狙えるっしょ！　ありがとう萩《はぎ》っち、あのフィギュアがいい資料になったよー」

嬉々《きき》として己の創作物を誇る少女を見て、アイドルの言動じゃないだろと呆《あき》れた。

「明離《あかり》ちゃんが治って、萩《はぎ》っちも喜んでたっしょ？」

「……まだ治し終わってない」

「ええー⁉　何やってんの⁉　妹ちゃんも待ってるんだよ⁉」

不満げに催促され、治《おさむ》は溜息《ためいき》をつく。本当は、既に明離《あかり》の治療は済んでいるのに。

「あたしを手伝うより、明離《あかり》ちゃんを治すほうが先でしょーよ。早く手術してあげなさい！」

「……明日休日出勤して終わらせるから。とりあえず、動画確認してくれ」

ノートPCを示すと、ナダレは「約束だよ？」と首を傾けつつ、治《おさむ》の隣に腰を下ろした。

ふわっと漂ってくる柑橘系《かんきつけい》の香りが、彼女が本当は電子ではなく三次元の存在であることを証明する。治《おさむ》は慌てて距離を取った。

「うん、いい感じ。ナダレちゃん、かわいーよねぇ！　おっぱいもおっきいし！　いやー、この子のママはきっと神絵師なんだろうなー！」

画面を通して別次元の自分と対面した少女は、でれでれと溺愛の笑みを浮かべている。

眩《まばゆ》い金色の髪と、チャームポイントの竹の髪飾りは、次元を超えた双子のように瓜二《うりふた》つで。

もしも布勢《ふせ》ナダレのファンが彼女の裏側を知り得たならば、二次元の世界から飛び出てきた存在だと錯覚さえするのではないか。まるで、ナダレが愛する美少女フィギュアのように。

「はい、全部おっけーです。ありがとね、治《おさむ》！」

「……いつも思うんだけど、商品の値段の桁を四つ増やして言うのやめてくれないか。字幕入れるときに一瞬混乱するんだよ」

「それはフィギュアを少しでも安く感じてもらうための工夫だって言ったじゃん。いきなり二万円だと高く感じるけど、二億円って紹介して実際は二万円だったら安く感じるっしょ」

「全く効果ないと思うし、布勢《ふせ》ナダレ八百屋の娘説が出るだけだぞ」

「一体でも多く売れてほしいっていうあたしの願いがわからないなんて……」

よよよ、と泣《な》き真似《まね》をするフィギュアマニア。瞬間、治《おさむ》の背中に冷たいものが走った。

「……悪い、俺の配慮が足りなかった。謝るよ」

「え……いや、そんなガチめに謝られたらあたしも困るんだけど」

気まずい雰囲気が漂い、少女は頬を掻《か》いた。

「でもほんと、もうちょっと安くなってほしいよねー」

「もう一般庶民が気軽に買える代物じゃないんだろ。金持ちの道楽になったんだよ」

フィギュアはいまや五桁の価格が当たり前となった嗜好品《しこうひん》。未成年はもちろん、可処分所得が伸び悩むこの国の若者が購入するには、かなりの勇気を必要とするだろう。

これまでにナダレがレビューしてきた商品を合算すれば、百万円は余裕で超えてくる。ゆえにナダレの動画には需要があるのだ。人形の出来を確かめ、外れクジを引かないように。

あるいは、どうやっても手が届かないから、買ったつもりになって満足できるように。

フィギュアを欲しいと思った人は、実際に売れた数のきっと何倍もいる。それでも、モチーフとなったキャラへの愛情だけではどうしようもない現実がそこにはある。

（――ああ、だからスカートの中まで綿密に作り込むのか）

治《おさむ》は一つの可能性へと思い至る。人形の作り手として、大いに葛藤してきた事案。はいていないのは問題だ。だから、はかせることまでは理解できる。けれど、普通は衣服で隠れてしまうことになるその場所まで細やかに造形する必要は、必ずしもないはずで。

その心は、購入者に対しての溢《あふ》れんばかりのサービス精神なのだろう。あるいは、この商品は高いですけど、買っていただけたならここまで楽しめますよという密《ひそ》やかなるアピールか。

本物さながらな装飾も、強調された皺表現《しわひょうげん》も、下着の中身を想像させるようなモールドも、なくたってクレームなどはまず起こり得ない。

でも、もしあったら、多くの購入者は喜びを感じる。細かいところまでよくできてるな、と。

ポリ塩化ビニルが描く精巧な三角形に、女の子としてのリアリティーを感じるのだ。

治《おさむ》とて、先程動画を編集する中で、下着にうっすらと刻まれた一筋を目にして抗《あらが》えないイメージを膨らませてしまった。そんな自分がどうしようもなく汚《けが》らわしいと思った。

やはり、美少女フィギュアとは、そういうものだ。

全人類をエロス大魔神と化させる、悪魔のような偶像だ。

「そーれーでー、あたしに何してほしいの？」

勝手な推論を繰り広げていた治《おさむ》は、不意に問われて我に返った。

「治《おさむ》から手伝うって言い出したんだから、何か見返りがほしいんでしょ？」

完全に見透かされていた。付き合いの長い彼女には、治《おさむ》の思惑などお見通しだったのだろう。

治《おさむ》はしばし言《い》い淀《よど》む。正直なところ、この少女を作業の一端に巻き込みたくはなかった。

また粘土を人の形にこねようとしていることを、この子にだけは知られたくなかった。

だが、まだ治《おさむ》の頭の中にしかないイメージの人物を、人形としてこの世に顕現させるためには、人並み優れた絵心を持った人間の助力が必要不可欠で。

それは、治《おさむ》やセレーネでは成し得ない。葛《くず》や尾花《おばな》では方向性が違う。……だから。

「……布勢ナダレ先生に、描いてもらいたいイラストがあるんだ」

崩していた足を正座に直し、頭を下げて絵師への依頼を口にした。

「ふぅん、セクシー女優の写真集はやめて、二次元に復帰するの？」

「そういうわけじゃない。というか、正確に言えば具現化してもらいたい」

「？　どゆ意味？」

「いまからある人物像を伝えていくから、それを絵にしてほしいんだ」

「……それって、似顔絵捜査官みたいなことをしろってこと？」

「ああ、それだ。お願いします、ナダレ捜査官」

再度頭を下げる治《おさむ》に、「なんの理由があって？」と当然の問いが返ってくる。

「……言わなきゃダメか？」

「本官の職務でありますので」ぴっと敬礼を向けられる。

「……お前、さっき俺に嘘《うそ》をついたよな。そしたら俺も、お返しの嘘《うそ》をついてもいいよな？」

「先に嘘《うそ》って言っちゃったら、バレちゃうけどね」

突っ込みが返ってきたが、治《おさむ》は構わず虚偽の理由を語っていく。

「昨日、引ったくりに遭った。犯人は二人組の男女だった。逃げられちまったけど、顔は頭の中に残ってるから、それをはっきりと絵にして、俺の手で捕まえたい」

「それ、本物の警察に行く事案じゃん」

「警察には頼らない。俺が、自分の手を動かすんだ」

「何を盗《と》られたの？」

「あー……俺の、心、かな」

「……それはそれは、とんでもないものを盗まれてしまいましたね。でも、二時間を盗まれるよりはよっぽどよかったじゃん」

「……いや、二時間もしっかり盗まれちまったな」

昨日ファミレスで小説に耽《ふけ》った二時間は、久々に充実したときを過ごしたと実感できた。

「……ま、そういうことにしといてやんよ」

少女は机に戻り、「で、ホシの特徴は？」と問いながら再びペンを握った。

「まず女のほうだが、身長は１６０を越えるくらい。色白で華奢《きゃしゃ》。綺麗《きれい》な黒髪のセミショートで、長いまつ毛と丸い瞳が特徴のすっげぇ美少女で。……犯行の動機は、『彼となら、私は憧れていたものに近づ……引ったくれるかもしれない』って感じだな」

「はあ、随分とロマンチストな引ったくりもいたもんだね」

「きっと女はこれまでの人生で色々なものを諦めて生きてきたんだ。でもそこに初めて手を差し伸べてくれる男が現れて……色のなかった彼女の青春に、求めていた色が付き始めたんだ」

「……引ったくりをすることが？」

「俺が感じ取った印象だよ。そういうイメージを加味して描いてくれ」

単なる似顔絵ではなく、小説内の人間を描き出すつもりになってもらわなければならない。

治《おさむ》は羽衣《うい》と富士《ふじ》が抱えたもの、過ごしてきた日々をそれとなく言語化し、時折微修整を加えながら、文庫本のトレース絵とは異なる治《おさむ》だけのイメージをナダレに伝えていった。

「──うん、二人ともそんな感じだ」

しばらくして、液晶タブレットに想像通りの男女の姿が描き出された。当初は一般文芸だと思って読み進めていたため、絵のタッチは全体的に写実的なものとなっている。

「こんなんだったらあたしじゃなくて美術部の誰かにでも頼めばいいのにさー」

「いや、ここからが大事なんだ。その二人を、今度は二次元的な感じに描き直してくれ」

さらなる要望を受けたナダレは、「はあー？」と理解が追い付かない様子で眉をひそめた。

実際は一般文芸ではなくライトノベルだった。そのキャラの人形を作るのだから、イラストを写実的なものからデフォルメが利《き》いたものに描き替える必要がある。

「とにかく何も訊《き》かずに描いてほしい。それが俺が望む見返りだ」

二日連続で美術部を欠席し、放課後を動画編集に費やしたのも、全てはこのためなのだ。

「……ま、そういうタイプの絵のほうが、あたしも描いてて楽しいけどね」

微笑《ほほえ》んだ少女は指を似顔絵捜査官からイラストレーターへとジョブチェンジさせる。

ペンを走らせる目は真剣そのもので、普段男子達から軽そうと思われているギャルとは一線を画しており。夢見る将来に向けて、たゆまぬ努力を描き重ねているのだと伝わってくる。

この子も、創作を愛しているのだ。何かを生み出す、神様になりたいのだ。

さらなる治《おさむ》のリクエストも加味しながら、少女は三〇分以上かけて命を吹き込んでいく。

やがてペンを置き、「こんな感じでどうでしょ?」と液晶タブレットを掲げた。

イラストを瞳に映した瞬間、治《おさむ》は思わず瞠目《どうもく》し、感嘆の吐息を漏らした。

自分の脳内にしかいなかった男女が、画面の中で生きていた。

「ああ……いい！　これだよナダレ先生！　俺の思考を盗まれたみたいだ！」

「あたしを引ったくりの共犯にすんなー」

イラストのデータをスマホに送ってもらい、改めてじっくりと眺める。トレースで描かれたものなどではない、これこそが羽衣《うい》と富士《ふじ》の真の姿形なのだと、高揚を抑えられなかった。

「ほんとにありがとな！　マジで助かった！」

「お気に召したんだったら嬉《うれ》しいけど……治《おさむ》、一ついい?」

「なんだ、文句なんかないぞ」

「この女の子のイメージって、なんか院長にそっくりじゃない？」

想定外の意見に、反射的に顔を上げた。

「描いてる途中でも『ん？』って思ったんだけど……院長だよねこれ」

「……別に、瓜二《うりふた》つってわけじゃないだろ。たまたま似ただけだよ」

「そっか。確かに毎日顔見てるしねー。……ってことは手癖かこれ。やば、直さんと」

それ以上追及することなく、少女は言い聞かせるように己の指を撫《な》でた。

たまたま似ただけ。そうは言ったが、治《おさむ》は内心ではかなり衝撃を受けていた。

あれは私小説ではないのに、なぜ羽衣《うい》の容姿を月子《つきこ》と重ねてしまっていたのだろう。

原因は、幾度となく「私の子供」という言葉を使われたからだと結論付けることにした。

最終的に完成したイラストは、二次元的なデフォルメがなされた羽衣《うい》だ。

これなら人形にしても、何も問題はない。

「お前とナダレもそっくりだし、そういうこともあるんだろ」

「それはわざとそうしたの」

「そうかよ。そしたら、俺はもう帰るから」

「え？　……もう帰っちゃうの？　……もうちょっといればいいじゃん」

「もう一九時過ぎてんだろうが。高校生の男女が一緒にいていい時間じゃねーよ」

「何回一緒にお泊まりしたと思ってんだよー」

「昔の話をいま持ち出すな」

「ちょろっと『信長《のぶなが》の大望《たいもう》』でもやってこうよ」

「あれは二人でやるゲームでもちょろっとの時間でできるゲームでもねーよ」

床に置いていたスクールバッグを肩に掛け、治《おさむ》は立ち上がって部屋を去ろうとした。

「……治《おさむ》、いつも動画編集手伝ってくれてありがとね」

「いつもってほどじゃないだろ。暇なときに少しだけ手を貸してやってるだけだ」

「……これからは今日みたいに、あたしの部屋に来てやらない？」

「今日は俺に目的があっただけで、例外だ。次からはまた、PCでのやりとりで十分だろ」

「……ママの手打ちうどん、一年ぶりに食べたくない？」

「……生憎《あいにく》、家《うち》に夕飯いらないって言ってないからな」

これ以上、この家に留《とど》まってはいけない。扉を開けて廊下に出、玄関へと直行する。

「ねえ、ラック見たでしょ。あたし、フィギュアが大好きなんだよ」

「知ってるよ。これからも動画投稿頑張れよ、ナダレ先生」

「だから、あたしの部屋には飾ってないけど、治《おさむ》のお友達は全員綺麗《きれい》に保管してるから」

そう告げられた瞬間、足が動かなくなった。

振り向くと同時に、忘れかけていた、忘れようとした記憶がフラッシュバックしてくる。

幼少の頃、時空を越えて治《おさむ》の元へやってきてくれたと本気で思っていたヒーロー達。

鎧兜《よろいかぶと》を全身に纏《まと》い、刀を差し、槍《やり》を構え、軍配を振るい、馬で駆ける、むさ苦しい男達。友達でい続けることを許されなかった存在を救ってくれたのは、目の前にいる少女で。

「……そんなの、もう捨てていいよ。邪魔なだけだろ」

「嫌。ずっととっておくから」

「持ち主がいらないって言ってんだよ。捨ててくれ」

「人間との縁も、人形との縁も、簡単にエンガチョしていいものじゃないんだよ」

真剣な双眸《そうぼう》で顔を覗《のぞ》き込《こ》まれた治《おさむ》は慌てて玄関に向き直り、ローファーに足を通した。

今更そんなことを聞かされたって、踵《きびす》を返す理由にはなり得ない。

もう、幼馴染《おさななじみ》の女の子と人形遊びをするような歳《とし》でもないのだから。

「じゃ、あたしはお絵描き配信するから。……バイバイ、治《おさむ》」

イラストレーターを目指す少女は、別れを告げて自室へと戻っていく。

彼女が歩くと、金色の巻き髪がゆらゆら揺れる。竹製の髪飾りが室内灯で反射する。

布勢《ふせ》ナダレというバーチャルアイドルとしての人生と、女子高生としての人生。

二つの眩《まば》ゆい青春を駆け抜けている少女の名は、古和《こわ》かぐや。

彼女の美しい容姿も、竹を割ったような性格も、限りある人生を全力で楽しんでいる生き様も、治《おさむ》には目に焼き付きそうなほど光り輝いて見えていて。……だから、今日も顔を背けた。

去《さ》り際《ぎわ》に表札に目を向けてみると、そこには当然【布勢《ふせ》】ではなく【古和《こわ》】と書かれていた。

かぐやの家に行くのではなく、ナダレの家に行くのだと心に言い聞かせ、一年ぶりに幼馴《おさな》染《じみ》の家の敷居を跨《また》いだ。結果、治《おさむ》はなんとか目的のものを手に入れることができた。

早速月子《つきこ》にイラストを送ってやるべく、スマホを取り出してメッセージアプリを開く。

昨日交換したばかりの連絡先に向け、【これで進めていいか？】と画像付きの一文を送った。

（まさか俺が、院長とメッセージをやりとりする関係になるとはな……）

不思議な感慨を覚えながらスマホを眺める。と、僅か一分後、「……え？　電話？」画面が切り替わり、電話の着信を知らせた。発信者は、今上月子《いまがみつきこ》。

「――黒松《くろまつ》くん！　凄《すご》いよこれ！」

通話ボタンをタップすると、興奮したような声が聞こえてきた。

「二人とも私のイメージそのままだよ！　黒松《くろまつ》くんって絵も上手なの⁉」

「い、いや、俺は絵はうまくないよ。それは知り合いに描いてもらった」

「へえー、その人プロなの？」

「いや、アマだよ。……近い将来、プロになると思うけど」

「じゃあ私のお礼を伝えて！　羽衣《うい》と富士《ふじ》を描いてくれてありがとうございますって！」

原作者の反応は上々で、治《おさむ》は胸を撫《な》で下《お》ろした。かぐやはいい仕事をしてくれたものだ。

「そしたら、明日から作業をするよ」

「え？　明日は土曜日だよ？　美術部って週末も活動してるの？」

「普段は休みだけど、学校が閉まってるわけじゃないからさ」

人形作りを行える環境は、治《おさむ》の自宅には整っていない。必然、作業場所は美術室に限られる。

「人形って、一日で作れちゃうものなの？」

「いや、俺は着色は得意じゃないから、そっちは時間かかるけど……造形だけならなんとかなる。明日中に作れれば、週明けにとりあえず形になったものを院長に見せられるだろ？」

「……ありがとう、黒松《くろまつ》くん」

「いいよ、お礼なんて。じゃあ、また月曜にな」

そう言って、通話を切ろうとした。しかし、

「ねえ、黒松《くろまつ》くんが羽衣《うい》と富士《ふじ》を作るところ、見学させてもらえないかな？」

そんなことを突然乞われ、驚きで目を瞬《しばたた》かせた。

「見学って……何も面白いことなんてないぞ」

「面白さなんて求めてないよ。黒松《くろまつ》くんが人形作りの虫になってるところが見たいんだ」

月子《つきこ》は熱心な声音で強く要望してくる。

「……まあ、院長が休日を一日無駄にしてもいいってんなら、来れば」

「ほんとに!?　やった！　ありがとう黒松《くろまつ》くん！」

日頃の佇《たたず》まいからは考えられないような朗らかな声で感謝され、治《おさむ》はそこはかとない気恥ず

かしさに襲われてしまった。

明日八時半に美術室で落ち合う約束をし、月子《つきこ》との初めての電話を終えた。

「……院長がどういうヤツなのか、なんとなくわかってきた気がするな」

将来は大病院の院長になるのであろう医者の卵。皆が敬いつつも、それゆえに深い縁を持とうとはしなかった高嶺《たかね》の花。下々の者など眼中にすらないのだと思われていた雲の上の存在も、手を伸ばしてみれば案外、気軽に触れることができる少女だったのかもしれない。

治《おさむ》は右腕をすうっと前方へ伸ばしてみた。伸ばした腕を、上空へと掲げていく。

暗闇が存在感を増し始めた空には、輝く衛星が浮かんでいて。

上弦の月を過ぎ、満月へと向かう最中《さなか》の春月を、じっと見上げる。

こうして眺めてみると、欠けがあったとしてもそれはそれで趣がある。

けれど、人間が最も美しいと感じる月の姿は、やはり欠けのない満月なのだろう。

「この世をば　我が世とぞ思ふ　望月《もちづき》の　欠けたることも　なしと思へば……か」

うつし世の栄華を極め、神様にでもなったかのような歌を遺《のこ》した者であっても、夜闇に浮かぶ月に触れることまではできなかったはず。

近くにあるようで、遥《はる》か遠い。遠いようで、意外と近い。

そんな存在に、いつか治《おさむ》は触れることができるのだろうか。

あるいは、もう触れることができたのだろうか。

(何かの虫にでもなれば、あそこまで飛んでいけたりするのかな)

地球の片隅から、治《おさむ》は月に手を伸ばす。

☾

幽霊部員が休日の朝から部活動に精勤する。こんな珍事は二度と起こり得ないだろう。

登校した治《おさむ》は教員室で鍵を受け取り、美術室に向かって歩を進める。すると、

「おはよう、黒松《くろまつ》くん。……だよね?」

美術室の前で月子《つきこ》が待っていた。普段クラスメイトと挨拶など交わさない日陰者は、「あ、ああ、おはよう、院長」と戸惑いながらも朝の儀礼を済ませ、鍵を開けて中へと入る。

「私、美術室に入るのって中学以来だな」

「院長は選択授業美術じゃないもんな。去年会わなかったし」

「絵を描くのとか苦手だからね」

その理由を聞いて、治《おさむ》は珍しいものを見たようなエモーションを感じた。

ペーパーテストなら全教科満点の才媛にも、不得手な分野があるとは。

「入室料として、俺が作業してる間に何か一枚描いてもらおうかな」

「ええ?　やめてよ、恥ずかしいよ」

「だからなんでその感情を服を脱いだときに抱けないんだよ……」

荷物を置き、窓際《まどぎわ》に机を動かして作業場所を確保。準備室から必要なものを持ち出す。

「人形作りって、こんな道具を使うんだね」

「デザインナイフとか刃物もあって危ないから、触るなよ」

「それ、私に言う？　私は医者の娘だよ。刃物なら、握り慣れてるけどなぁ」

何かを摑《つか》むように手を握り、すーっと横に動かしていく動作に、治《おさむ》は想像力を働かせる。

人の病気を治すため、人の身体《からだ》を切り開く用途の道具が浮かんできた。

「……それは未来の話だろ」

突っ込みを入れると、月子《つきこ》は「……ん、そうだね」と、すんと口を閉じた。

人形作りの環境が整い、最後に資料用の羽衣《うい》と富士《ふじ》のイラストをスマホに表示させる。

これから行うのは、まだ二次元の存在である二人を三次元世界に顕現させてやること。

……だが、かぐやの力作を眺めた治《おさむ》は、ふと昨日の会話を思い出した。

――明離《あかり》ちゃんが治って、萩《はぎ》っちも喜んでたっしょ？

――……まだ治し終わってない。

――えぇー⁉　何やってんの⁉　妹ちゃんも待ってるんだよ⁉

――……明日休日出勤して終わらせるから。

――約束だよ？

「……院長、ちょっと待っててもらえるか」

治《おさむ》は一旦美術室を離れ、二年一組へと向かった。

入室し、自分のロッカーを開く。そこには、萩《はぎ》から修復を託された十五夜《じゆうごや》明離《あかり》の人形と、お世辞にも美少女フィギュアには程遠い、素人《しろうと》が制作中の複製人形があって。

（今日終わらせるって、かぐやに言っちまったからな……）

終わらせるとは、萩《はぎ》の人形を治すことではない。それはとっくに完了している。

セレーネが萩《はぎ》に引き渡すのを拒んでいる状況を、終わらせなければならないのだ。

彼女が何を求めてそんな行動に出たのか、全く気が付かないほど鈍くはない。

（まあ、院長の依頼は受けて、お前のは断ったままっていうのも……公平じゃないし）

「……わかったよ。一回だけ、お前にも人形を作ってやるよ、セレーネ」

今日から数日間、治《おさむ》は人形作りを解禁する。だから、一度は拒絶したセレーネの依頼も、この期間だけはこなすことができる。そんな理論を打ち立て、治《おさむ》は両手を伸ばした。

二体の明離《あかり》を持って美術室に戻る。

「悪いんだけど、先に別の作業をさせてくれ」

月子《つきこ》に依頼される前、セレーネからも人形作りをせがまれたことを打ち明けた。

「それなら椎竹《しいたけ》さんのほうを優先して当然だよ。私より先に頼んでるんだから」

納得してくれた月子《つきこ》に頭を下げ、明離《あかり》人形《にんぎよう》を机に置く。

「優しいんだね、黒松《くろまつ》くん」

「は？　何が？」

「だって、結局私のお願いも椎竹《しいたけ》さんのお願いも聞いてくれてるじゃない」

「……今回だけの、出血大サービスなんだよ」

決して青春の方針転換ではない。二人からの依頼を終えたら、また何もない日々に戻るのだ。

作業を始めるべく、治《おさむ》はマスクとゴム手袋、エプロンを装着し、着席する。

その隣に、興味津々《きょうみしんしん》な目をした月子《つきこ》が椅子を並べて腰を下ろした。

「……ほんとに、何も面白いことなんてないからな」

「それでもいいんだよ。黒松《くろまつ》くんが頑張ってるところ、見せて」

小首を傾《かし》げながら笑みを浮かべた月子《つきこ》に、思わず身じろぐ。

いつもの部活動とはまるで違った緊張感を抱きながら、治《おさむ》の長い一日が始まった。

『――またお会いしましたね、神様』

セレーネ作の人形を手にした瞬間、明離《あかり》の声が頭の中に聞こえてくる。

『これは修復ではありませんよね？　れっきとした人形作り、創作活動ですよね？』

『……そうだな』

『ふふ、認めましたね。では神様、お願いです。私に、魂を宿してください』

治《おさむ》の脳内だけで繰り広げられる人形との対話。あるいは気持ちの悪い妄想。

この際どちらでもいい。人形の作り手としてのモットーを、指先が意識できるのなら。

素人《しろうと》による稚拙な人形を、治《おさむ》は美少女フィギュアへと生まれ変わらせていく。

『――す、凄《すご》いです！　私、さっきまで埴輪《はにわ》みたいだったのに……』

ものの数十分で、明離《あかり》は一〇代の少女らしい身体《からだ》つきを取り戻していた。

『顔も結構……か、可愛《かわい》くなってませんか、私？』

『美少女フィギュアが可愛《かわい》くなかったら大問題だろ。そこは自信を持て』

『そ、そうですか。えへへ、神様のおかげです！』

明離《あかり》からの感謝に気を良くしつつ、彼女の身体《からだ》をさらに魅力的なものへと仕上げていく。

『……あの、一つお願いがあるのですが……』

『なんだ。胸なら盛らねーからな。貧富にとらわれず、その子に見合ったものが一番……』

『そ、そうではなくて、その……早く服を着せていただきたいといいますか』

『人形作りには順序ってものがある。まず身体《からだ》を作ってから、服はそのあとだ』

『で、では、せめて下着だけでもはかせてもらえませんか？』

身体《からだ》つきが埴輪《はにわ》から少女然としたものになったことで、相応の羞恥心を覚えたのだろうか。

まだ全裸状態の明離《あかり》に乞われ、妙な負い目を感じた治《おさむ》は急いでスパチュラを構えた。

『……お前、どんなのはいてんの？』

『は、はあ!?　し、知りませんよそんな設定！　神様の勝手にしてください！』

丸投げされたので、シンプルな三角形で明離《あかり》の下腹部を覆うものを形成した。

美少女フィギュア作りにおける、避けて通れない工程。久々の葛藤が治《おさむ》の胸を苛《さいな》んでいく。

「そういうところまでしっかりと作るんだね」

真横から感心したような声がした。これは脳内ではない。実際に耳に聞こえてきている。

「ハッ⁉ い、いや、これはだな……！」

忘れていた。いま隣には、人形作り見学に訪れている女の子がいる。

こんな作業まで見せつけるなんて、エロス大魔神にしたってセクハラじみているではないか。

あわあわと言い訳を探す治《おさむ》だったが、月子《つきこ》は納得したように頷《うなず》き、

「確かに、人形でもはいてなかったら問題だよね」

「そ、そう、問題だ！ だからこれはやむを得ないことなんだよ！」

理解を示してくれた少女に便乗するようにして、治《おさむ》は過去から抱く葛藤を正当化させた。

「院長だってそこまでは脱がなかったもんな！ さすがに恥ずかしいよな！」

「別に、黒松《くろまつ》くんが脱いでほしいって言ってたら脱いでもよかったよ？ それでシーン再現に付き合ってもらえるのなら」

「俺を性犯罪者にするつもりかよ……」

愕然《がくぜん》として頭を抱える。自分以上に月子《つきこ》の身を案じた。

「院長、ほんとに自分のこと大事にしろよ。裸とか見せていいのは、恋人だけだからな」

「手術しないといけない状況になったりしたら、お医者さんにも見られることになるけどね」

身も蓋もない反論が返ってきて、そういう意味じゃないとばつが悪くなる。

「……恋人、か」

ふと、月子《つきこ》が物憂《ものう》げに呟《つぶや》いた。

「私が誰かを好きになれたとしても、私を好きになってくれる人なんているのかな」

「それは必ずいると断言できる」

「根拠は？」

「お前は鏡で自分の顔を見たことがないのか」

「今日も人の形をしたお肉が立ってるなぁって思うだけだけど」

学校一の美少女のご尊顔になんたる暴言。他の女子に聞かれたら反感を買うこと必至である。

「院長の顔は、その……かなりいいほうだと思うぞ。男の大半は可愛《かわい》いって感じると思う」

「そうなの？　自分じゃ全然わからないけどなぁ」

両手を頬に当ててぷにぷにと動かす月子《つきこ》。その仕草がもう可愛《かわい》い。

「黒松《くろまつ》くんもそう思ってくれてるの？」

「え？　あ、あー、まあ、そうだな……かわいい、んじゃねーの？」

唐突に問われて焦《あせ》り、かといって否定するわけにもいかず、治《おさむ》は微妙な肯定を返した。

「そう。……ありがとう、嬉《うれ》しいよ」

誰もが認める事実を言っただけなのに、それだけで顔が熱くなってくる。

「黒松《くろまつ》くん」

「な、なんだよ」

「……アッチョンブリケー!!」

両手を頬に押し付けて唇を尖《とが》らせた月子《つきこ》が、突如として奇声を発した。

女子高生がしてはいけない表情を間近で見せつけられ、治《おさむ》の頭が疑問符で埋め尽くされる。

「どう？　可愛《かわい》い？」

「……さっきまでは可愛《かわい》かった」

「えっ、ひどい」

「俺が思う美少女はそんなことはしない」

少しずつ理解できてきたと思っていた月子《つきこ》の人物像が、また一気にわからなくなった。

「驚いたときにやるリアクションなんだけど……残念、うけなかったか」

「他の連中の前では絶対にやるなよ」

「黒松《くろまつ》くんにだけならやってもいい？」

「……褒められて驚くよりも、恥じらってくれたほうが嬉《うれ》しいけどな」

女の子が他人には見せない表情を自分だけが知っているというのは、悪い気はしない。

「褒めてくれてありがとう。黒松《くろまつ》くんも、凄《すご》く格好いいよ」

「おべっかはいらねーよ。院長にとって、俺は人の形をしたお肉なんだろ」

「だからこそ、私だけが感じ取れる格好良さってのもあるんだよ。私が美しいって思えるのは、外見じゃなくて生き方。なんの虫になってるか、だから」

月子《つきこ》の細い指が、治《おさむ》の手元に伸ばされる。

「黒松《くろまつ》くんはいま、人形作りの虫になってる。休日を他人のために使ってまで、一つのことに熱中してる。そんな人間は、外面《そとづら》だけの人間よりずっと格好いい――ですぜ？」

純一無雑な敬意を込めて、月子《つきこ》は己の価値観を明らかにした。

その評価が正しいものであるとは、治《おさむ》には思えなかった。

人形作りなど、他人に誇れるような行為ではない。ただ粘土をひたすら人の形に近づけていくだけの、地味で退屈な単純作業だ。芸術と言えば聞こえはいいが、治《おさむ》程度の人間が生み出したものに、一円の価値もつきはしないだろう。

それに、治《おさむ》が人形作りの虫だったのはとうの昔の話。

いまは希望も目的もない青春をただ浪費しているだけの、無気力な高校生に過ぎない。

そんな暗愚な男が、瑞々《みずみず》しい青春や煌《きら》らかな恋愛に憧れる少女に褒めてもらうなど、あってはならない。だから、本当は否定しなければならなかった。

……けれど、治《おさむ》は嬉《うれ》しいと思ってしまった。

褒められ、していることを認められ、胸の奥底から湧き出てくる喜びを感じてしまった。

月子《つきこ》のような才色兼備の女の子に格好いいと言われ、嬉《うれ》しかった。幸せだった。

だから、分不相応にも「……ありがとう」と礼を言ってしまったのだ。

「黒松《くろまつ》くんは、やっぱり外見って大事だと思う？」

「全てってわけじゃないだろうけど……まあ多少はどうしても影響するだろ」

「じゃあ、いつか私の病気が治って、好きな人ができたとして……やっぱり私も、外見を重視するようになっちゃうのかな」

そんなこと、治《おさむ》にはわからない。月子《つきこ》だって普遍的な女子のように、イケメンで高身長な美男子を求めてしまうのかもしれない。でも、月子《つきこ》にはそうならないでほしいと強く願った。

「不安だったら、ずっといまのままでいればいい」

「……ううん、いやだよ。私だって、青春したいもの。勉強の虫だけじゃない、羽衣《うい》と富士《ふじ》にも負けないくらい、きらっきらで素敵な青い日々を過ごしたいよ。……だから」

月子《つきこ》は治《おさむ》を見つめた。丸い瞳が、恋願うようにこちらを向いている。

「私の病気を治してね、黒松《くろまつ》くん」

「……俺は医者じゃねーって、何度も言ってんだろうが。人が肉に見える病気なんて、俺にはどうしようもできない。できるのは、小説の件での悔しさを晴らしてやることだけだ」

「そんなことないと思うけど」

柔和な微笑《ほほえ》みを向けられ、面映ゆさを隠せなくなった治《おさむ》は、視線を人形へ移すことでごまかした。作業に没頭する間、隣からずっと温かい眼差《まなざ》しを感じ続けることになる。

『――ふう、やっといつもの私って感じがしてきました』

お待たせした魔法少女の衣装を造形し終えると、明離《あかり》も満足そうな反応を見せた。

作り込みが甘かった髪にも手を加え、女性らしく美しい流れにしてやる。

『いいです、トリートメントしてもらったみたいです！』

『美少女フィギュアは顔と髪が命、だからな』

当初は萩《はぎ》の人形をそのまま複製するつもりだった。だが手を動かしているうちに、オリジナルよりもいい出来にしてやろうという気持ちが芽生えてきてしまい。

既存のものをなぞるだけでなく、自分の色を入れてみたいと思った。

創作者として抗《あらが》えぬ欲求。己だけが表現できる明離《あかり》の可愛《かわい》さを追求していった。

治《おさむ》のパーソナルカラーといえば、エロス大魔神。

必要以上に誇張してきたきらいはあるが、決して誤った特色ではないと感じている。

女の子の身体《からだ》を粘土で丹念に作り上げる男など、下品でないわけがないからだ。

生み出してきた人形の出来が上達していくにつれ、どこか自分を軽蔑するようになった。

こんなものは創作などではない。リビドーの発散でしかない。

心の片隅に、自分の行為を否定する別人格の治《おさむ》がいた。潔白であろうとする治《おさむ》がいた。

それは、まだ純粋であり続けたいと願う子供の、孤独な抵抗だったのかもしれない。

僕はエロス大魔神になどなりたくないと、泣《な》き喚《わめ》く歴史マニアがいたのかもしれない。

……けれど、悪名高い色欲魔の周りにも、彼を肯定してくれる人間が存在した。

神様と称《たた》える色塗りがいた。医者と頼る物書きがいた。

創作をこよなく愛する彼女らは、治《おさむ》以上に治《おさむ》のことを認めてくれていて。

それなら――少しくらい、自分が身に付けてきた技能を褒めてやってもいいのかもしれない。

そんな自分のことを格好いいと褒めてくれる、物珍しい女の子だっていたのだから。

「……院長」

「なに？」

「俺は、エロス大魔神だ」

「え？　……いや、だから黒松《くろまつ》くんは普通の男の子だよ」

「いいや、普通じゃない。普通の人間は、女体を作ったりしないからな」

だからこそ、普通ではないことをする者にとって、その特色は決して恥じることではない。

「そんな俺が嫌いで、自分に引いていた。でも……そういうことは、一旦忘れることにする」

よりよいものを作り上げるためならば。それが、誰かの喜ぶ顔の礎《いしずえ》になるのならば。

「テストステロンのせいなんだろ？　仕方ないんだよな？」

「……そうだね。だから男の子はみんな、同じなんだよ」

何かを察したように笑う月子《つきこ》に、治《おさむ》もはにかみ笑いを返した。

「言い訳でも、格好つけるわけでもないけどさ。女の子の可愛《かわい》さや綺麗《きれい》さ、美しさや繊細さを表現するためには、どうしたってそういう視点は必要なんだよな」

「だから美術って、裸の絵がたくさんあるんじゃないの？」

美術には詳しくない月子《つきこ》の指摘を受け、ストンと胸に落ちていくものがあった。

人形のスカートの中だって、エロティシズムと言い表せば万人を納得させられるのだ。

「黒松《くろまつ》くんはちゃんと人形に服を着せてるし、パンツもはかせてるんだから、むしろ紳士的なほうなんじゃない？」

「……女体を作って、パ……下着まで作る男を紳士的なんて言うのは院長だけだろうよ」

ふっとマスクの下で鼻を膨らませると、治《おさむ》は開き直ったように明離《あかり》を仕上げにかかった。

世界で一番可愛《かわい》い我が子にするために、精一杯のエロスの心をスパチュラに込めていく。

「――――よーし、できた！」

『わああ！　本当にありがとうございます神様！　とっても可愛《かわい》い私を作ってくれて！』

出来上がった明離《あかり》を台座に立てたとき、惜しみない感謝の言葉が聞こえた。……気がした。

「完成したの？　見せて見せて！」

治《おさむ》と接近するのも厭《いと》わず、月子《つきこ》は顔を寄せて明離《あかり》を覗《のぞ》き込《こ》む。

「お、おい院ちょ……」「へぇぇ～、これが黒松《くろまつ》くんが作った人形かぁ～」

初めて目にする治《おさむ》の創作物を、少女はまじまじと観賞していく。

「凄《すご》いなぁ。本当に生きてるみたいだよ」

「まあ、魂を宿すつもりで作ってるからな」

「萩《はぎ》くんの人形よりもずっといい出来なんじゃない？　やっぱり凄《すご》いんだね、黒松《くろまつ》くん！」

細まった目と綻んだ口で感想を伝えられ、治《おさむ》は確かな高揚感を覚えた。

「ありがとう。でもこれ、実はまだ終わってなくて。ここから焼いてやる必要があるんだ」

造形初心者のセレーネは熱で硬化するタイプの樹脂粘土を使用した。いまのままでは軟らかく、すぐに形が崩れてしまうため、熱を加えて硬質化させる必要があるのだ。

別の机にオーブンを設置し、アルミホイルを被《かぶ》せた人形を中に入れ、加熱を開始した。

「これであとは待つだけ。……そしたら、いよいよ院長の番だな」

緊張したように姿勢を正す月子《つきこ》。治《おさむ》はゴム手袋を外してスマホを取り出す。

「キャラデザはこれで問題ないんだよな。服装は、何か希望はあるか？」

問われた月子《つきこ》は顎に手を当て、しばしの間子供達に纏《まと》わせたい衣装を考える。

「……中秋高校《ちゅうしゅうこうこう》の制服って、作れる？」

「うちの？　全然大丈夫だけど、それでいいのか？」

「私的にも一番思い入れがあるし。羽衣《うい》と富士《ふじ》にも、この学校に通ってもらいたいな」

「じゃあ、うちの制服姿で作っていく。……けど、そうなると一つ、確認事項があって……その……羽衣《うい》の、スカートの中のことなんだが……」

服装が制服ならば当然、例の避けられない問題が降りかかってくることになり。

女子相手に非常に気まずいのだが、原作者の意向は確かめておかなければならない。

「あ、うん。普通にはかせてもらって大丈夫だよ」

「……いいのか？　スパッツやタイツにするって手もあるんだぞ」

「羽衣《うい》はそういうのはく子じゃないから。どうぞ、オーソドックスな感じで」

どうぞと託されても、女子高生のオーソドックスなど治《おさむ》は知りようがない。

唯一目にした経験があるのは、三日前、目の前の少女が着用していたものだけで。

恥じらいもなく披露された純朴な白が、月子《つきこ》のオーソドックスなのだろうか。

考えた途端、抗《あらが》えず回想してしまう。月子《つきこ》は身体《からだ》を張って羽衣《うい》を演じていた。であれば、あのときの月子《つきこ》は羽衣《うい》の化身と言えなくもないのかもしれない。

『――神様？』

そのとき、回想の中で呼びかけられた。初めて聞く声。だけど、聞き覚えがあるような声。

『ダ、ダメ！　これは、富士《ふじ》くんに私を求めてもらいたくて、こんなことをしてるんだから』

下着姿の少女、羽衣《うい》が、治《おさむ》に身体《からだ》を晒《さら》している。当然、それは多大な羞恥を伴うもので。

『お願い、神様。こっちを見ないで』

細い肢体の一部をぴったりと覆う白布を、身をよじって隠そうとしている。

全身の肌が薄桃色を帯びていく中、頬だけはより濃く、真っ赤に染まり。

上目遣いで懇願する両目の端には、恥じらいを象徴する雫《しずく》が溜《た》まっている。

そして、年頃の女の子が抱いて当然の感情を吐露した。

『恥ずかしいよ……黒松くん』

羽衣《うい》に、あるいは羽衣《うい》そっくりな顔をした少女に、治《おさむ》が見せてもらいたい反応だった。

「──黒松《くろまつ》くん？」

回想に妄想を重ねていると、横から呼びかけられ、飛び上がりそうになった。

「す、すまん、ちょっと考え事をしてた」

「羽衣《うい》のパンツを？」

「ち、違う、ポージングだよ！　二人にどんなポーズをとらせようかって！」

「それなら、お願いがあるんだ。羽衣《うい》と富士《ふじ》が身体《からだ》を寄せ合って、二人だけの時間を共有する。相手のことを大好きって想《おも》い合《あ》う。そんな感じにしてほしいんだ」

治《おさむ》は想像力を働かせる。青春の甘酸《あまず》っぱさをこれでもかと感じられる情景が浮かんだ。

「これ、二巻のラストシーンにするつもりなんだけどね」

それを聞いて合点《がてん》がいく。出せる見通しが立たない原稿の、まだ月子《つきこ》の中にしかない羽衣《うい》と富士《ふじ》の幸せな未来を、なんとかして形にしたいのだろう。

「じゃあ俺がざっと絵に描き起こしてみるから、それを見て細かい指定を……」

「絵じゃなくて、シーン再現にしようよ」

急な提案に、治《おさむ》の口が「は？」と大きく開いた。

「実際に二人でそのポーズを再現したら、イメージ摑《つか》みやすいでしょ」

「そ、それはちょっと、まずいんじゃ……」

「どうして？　今回は服脱ぐわけじゃないよ？」

服の問題ではない。いくら再現とはいえ、女子と身体《からだ》を寄せ合うなんて行為は憚《はばか》られる。

「いい出来の人形にするために、私にできることがあったら協力したいんだよ」

しかし、子供の誕生を待ち望む少女の瞳からは、真剣な想《おも》いが伝わってきて。

「……わかった。じゃあ一枚だけ、参考写真を撮らせてもらえるか」

提案を受け入れてマスクとエプロンを外した治《おさむ》に、月子《つきこ》は満足そうに頷《うなず》いた。

二人で机をどかしていき、美術室の中央に撮影スペースを作る。

「羽衣《うい》は幸せを感じながら寄りかかるような感じ。富士《ふじ》は横目に羽衣《うい》を見て微笑《ほほえ》んでる」

イメージを摑《つか》むと、治《おさむ》は正面に設置した机にスマホを置いた。

一〇秒のセルフタイマーをセットし、急いで月子《つきこ》の隣に立つ。

途端に月子《つきこ》が体重を預けるように寄りかかってきて、頭をこてんと治《おさむ》の肩に乗せた。

「ずっと、ずっと、大好きだよ」と呟《つぶや》いた身体《からだ》が密着し、ふわりと甘い香りが漂ってくる。

それは、作中で羽衣《うい》が口にする台詞《せりふ》に違いない。これはシーン再現。いま、月子《つきこ》は羽衣《うい》で、治《おさむ》は富士《ふじ》なのだ。治《おさむ》は甘える恋人を見やって、愛《いと》おしげに微笑《ほほえ》みを浮かべた。

（……俺も、愛してるよ）

二人の気持ちが重なった瞬間、カシャッとシャッター音が鳴り響く。

同時に、机の後ろにある扉が開き、一人の少女が姿を現した。

「――弟者《おとじゃ》？」

呼びかけられて顔を前へ向ける。かち合った視線の先には、緑色の瞳があって。

「……逢《あ》い引《び》き中《ちゅう》だったのか。……邪魔をしたな」

休日の美術室に、どういうわけかセレーネが顔を出していた。

☾

「だから、彼女じゃねーって言ってんだろうが！」

椅子に座り、頬杖《ほおづえ》をつきながら顔を背けるセレーネに向かって、治《おさむ》は声を張り上げている。

「弟者《おとじゃ》も年頃だ。色恋に興じるのも道理。……ただ、エゴーには一言言ってほしかった」

「勘違いしても仕方ないんだろうけど、ほんとに違うんだって」

「バレンタイン以降部活に来なかった理由がわかった。今上《いまがみ》さんに告白されたんだろう」

「普通にサボってただけだから。告白どころかチョコももらってないから」

「美術室デートとは考えたな。弟者《おとじゃ》が一番格好いいところを見せられる場所だからな」

取り付く島もない。打開策を求めて、月子《つきこ》に助力を願い出る。

「ええと……椎竹《しいたけ》さん。初めまして、今上月子《いまがみつきこ》です」

「セレーネ椎竹《しいたけ》だ。初めましてだが、今上《いまがみ》さんのことは知っているぞ」

「私も、椎竹《しいたけ》さんの名前は知ってるよ」

同学年の中で最も有名な二人は、面識はなくともお互い認知はしていたようだ。

「弟者《おとじゃ》のこと、よろしく頼むぞ。不真面目だが、根はいいヤツだ」

「あのね、椎竹《しいたけ》さん。本当に違うんだよ。黒松《くろまつ》くんは私に協力してくれただけだから」

月子《つきこ》は治《おさむ》に人形作りを頼んでいたことと、その参考にする写真を撮っていたことを伝える。

「……弟者《おとじゃ》は、人形は作りたくないと言っていたはずだが？　エゴーのお願いは断るが、恋人からのお願いは断れないというわけだ」

治《おさむ》は必死で機嫌を取る言い訳を探した。

「セレーネから頼まれたあと、続けざまに院長から依頼を受けたから、今回だけ作ることにしたんだよ。だから最初の切っ掛けはお前なんだって」

「でも、エゴーのは断って、今上《いまがみ》さんのは受けた」

「け、結果としてそういう形にはなったけど……あ！　そうだ！」

反転して数歩走り、オーブンの中から焼成を終えたものを取り出す。

「ほら！　これ、明離《あかり》の人形！　言われた通り添削《てんさく》してやったぞ！」

セレーネが座っている机に作品を置くと、背けられていた視線が人形を捉えた。

「……明離《あかり》、作ってくれたのか」

「ああ、院長の依頼より先にだ！　俺が優先したのはセレーネだよ！」

「……これが、弟者《おとじゃ》が作った人形なのか」

セレーネは目の前のフィギュアを手に取って、様々な角度から治《おさむ》の成果を確かめていく。

「俺なりに全力で作ったよ。気に入ってくれたらいいんだけど」

「……いい。すごくいい。弟者《おとじゃ》の明離《あかり》、とてもかわいい」

緑の双眸《そうぼう》が徐々に輝きを増していき、セレーネは食い入るように人形を見つめていた。

「やはり弟者《おとじゃ》は、神様だな。人形だってしっかり作れるではないか」

下された分不相応な評価を、治《おさむ》は否定することなく「……まあな」と頬を掻《か》いた。

「……本当に恋仲ではないのだな、今上《いまがみ》さん」

「うん。黒松《くろまつ》くん、私のお願いも最初は断ろうとしてたんだよ。でも、最後には作らせてほしいとまで言ってくれたんだ。優しい人だよね」

「……エゴーのときと、随分と態度が違うではないか」ジト目を向けてくるセレーネ。

「院長は、つらい目に遭ったんだよ。だから気を紛らわせてあげたいと思ったんだ」

「つらい目とはなんだ？」

問われた治《おさむ》は一瞬言《い》い淀《よど》む。迷うような眼差《まなざ》しを月子《つきこ》に送ると、頷《うなず》きが返ってきた。

「そしたらセレーネ、ここだけの話にしておいてくれ」

「契《ちぎ》ろう」

しっかりとお口チャックさせてから、治《おさむ》はセレーネを月子《つきこ》の裏面へと誘《いざな》った。

「院長は、実は作家さんなんだよ」

告げられた事実に、セレーネは目を丸くする。同級生が物書きだったとは、驚いて当然だ。

視線が月子《つきこ》へと移り、新人作家は少しだけ誇らしげな表情を垣間見《かいまみ》せた。

「サッカー、ポドスフェロ《ποδόσφαιρο》のことだな。エゴーも好きだ。ト・ピラティコ《το πειρατικό》のEURO2004での快進撃は、エラダの民にとって現代のエリニキ・ミソロギア《ελληνική μυθολογία》だ。エゴーも見たかった」

その後のハーフ女子の反応は、丸っきり意味不明なものだった。

「……えっと」「すまんセレーネ、日本語成分マシマシで頼む」

「今上《いまがみ》さんはサッカーファン。エゴーも好き。ぎりしゃ代表が二〇〇四年の欧州選手権で優勝したことはもはや神話の一種。エゴーはまだ生まれてなかったから、見たかった」

「……サッカーファンじゃなくて、作家さんだっつーの！」

今日一番の盛大な突っ込みを、治《おさむ》が美術室に響かせていた。

「小説を書いて本を出してるんだよ、院長は！」

「なんと。今上《いまがみ》さんは頭がいいと聞いていたが、そんなこともしているとは。……ならばつらい目とは、売り上げが爆死したのか」

「お前は作家にしてはいけない質問をよくも平然と……」

「売り上げは、そんなに悪くは……」「答えなくていい！　俺も知りたくない！」

気に入った小説のリアルな数字など聞きたくなくて、治《おさむ》は耳を塞いだ。

「では、何がつらかったのだ」と首を傾《かし》げるセレーネに、新人作家の不運を語っていく。

事情を呑《の》み込《こ》んだセレーネは、珍しく悲壮感を帯びた表情を浮かべていた。

「だから、院長の子供を俺が新しく生み出してあげようと思ったんだよ」

「ふむ……天晴《あっぱ》れな心意気である。大いに励めよ、弟者《おとじゃ》」

「ははぁーっ」

「ん。つらかったな、今上《いまがみ》さん」

セレーネは立ち上がると、月子《つきこ》へ歩み寄り、両手を前に上げた。

「癒やしのハグはいらんかね？」

「え？　い、いや、気持ちだけで大丈夫だよ」

「いらんかね？　エゴーの胸は大きくて、いい形。とても癒やされる、多分」

遠慮する月子《つきこ》だっだが、セレーネは腕を左右に広げて受け入れ態勢を整える。

やがて根負けした月子《つきこ》が一歩歩み寄り、セレーネの抱擁に包まれていった。

「エゴーは褒めてやるぞ。今上《いまがみ》さんは、たまたま認められなかっただけだ。悪いことがあれば、次はいいことがある。エゴーと一緒に、苦しみを乗り越えよう」

「……ありがとう、椎竹《しいたけ》さん」

「ん。……そういうことなら、エゴーも協力してやるぞ」

「協力？」

「弟者《おとじゃ》が人形を作ったら、エゴーが色を塗ってやる」

思いがけない申し出に、治《おさむ》は目を見張った。

「そ、それはめちゃくちゃ助かる！　院長も、いいよな？」

「色を塗るって、椎竹《しいたけ》さん、そういうの得意なの？」

「エゴーは色神であるゆえ」

造形から塗装まで治《おさむ》一人で作り上げるつもりでいたが、色塗りの技量はセレーネに遠く及ばない。協力してくれるというのなら、任せたほうがずっといい出来になるのは間違いない。

「今上《いまがみ》さんは文字神といったところか」

「そ、そんな。私なんかが、大げさだよ」

「大げさじゃない。何かを生み出すことができる人間は、みんな神様だ」

セレーネは己の哲学を語る。創作者という観点で括《くく》れば、三人は共通しているのだと。

「……ありがとう、椎竹《しいたけ》さん。そうしたら……お手伝いをお願いしてもいいですか？」

「任された。アルゴー船に乗った気分でいるがいい」

頭を下げた月子《つきこ》に、ぶいぶいっとダブルピースが向けられた。

（つい忘れがちになるけど、結構いいヤツなんだよな、こいつ）

思い返せば、入学直後に孤立を試みた治《おさむ》に友好を求めてきたのも、唯一この子だけで。

悪名高いエロス大魔神の側《そば》に一年間い続けてくれた少女。それがセレーネだった。

「ありがとな、セレーネ。色々と誤解させちまったのに」

「それはもういい。……誤解で、本当によかった」

「んだよ、俺に彼女がいなくてそんなに嬉《うれ》しいか」

「……うん、嬉《うれ》しい」

鬼畜め、と突っ込もうとした次の瞬間。瞳に映り込んだのは、もじもじと両手を擦《こす》り合《あ》わせ、頬をうっすらと赤く染めながら目を伏せる、一人の女の子の姿だった。

「……せっかくチョコを作れるようになったのに、来年渡す相手が一人減ったら嫌だからな」

「……あ、ああ、そういうことか。ははは……」

笑ってごまかした。一瞬抱いてしまった感情を、絶対に悟られたくはなかった。

「て、ていうか、セレーネはなんでここにいるんだよ。今日休みだぞ」

「湧き上がる着色欲求を抑えきれず、これを塗ろうと思い立った次第」

話題を変えると、セレーネはバッグを漁《あさ》り、アニメ風のキャラが描かれた箱を取り出した。

一見すれば二次元の女の子を立体化させたフィギュアの商品。だがそれは、一般的な美少女フィギュアとして連想される塗装済みの完成品ではない。

ガレージキットと呼ばれる、未完成の状態で販売されたものだった。

完成されたフィギュアは芸術品としての出来を楽しむものだが、ガレージキットの場合は、自分で組み立てて自分で塗装するという、作り上げていく過程を楽しむものだ。

「ガレキかぁ。俺はほとんど作ったことないけど、セレーネはよく作るのか？」

「初めてだ。パパスの部屋から適当に一つ持ってきた」

「怒られないのか、それ」

「パパスはフィギュアやプラモデルを作るのが趣味なのではない。買うのが趣味」

「積みプラ勢か……」

人はなぜ、作りもしないものを買うのだろう。答えのない疑問である。

「ガレキって一日で作れるものじゃないぞ。処理とか色々あるし」

「エゴーは思うがままに塗れればそれでいい」

堂々と宣言されてしまった。本人がそれでいいのであれば、必ずしも最終的な出来栄《できば》えを気にする必要はない。創作とは、自由なものだ。

「レジンに付いてる離型剤だけは落とせよ。塗料が乗らないからな」とだけ助言を送った。

セレーネも窓際《まどぎわ》に机をくっつけ、準備室から塗料とエアブラシを引っ張り出してくる。

「つーか、俺がせっかく人形を作ってやったのに、そっちを塗らないのかよ」

「ん……確かに、明離《あかり》をいますぐにでも塗りたいとは思う。……のは山々であるが、しばらくこのままにしておきたくもなった」

思わず耳を疑った。日頃なんでも染めたがる色神が、一体どういう心変わりなのか。

「弟者《おとじゃ》の人形、本当に凄《すご》い。色など塗らなくてもいいと思えるくらいだ」

「何言ってんだ。着色まで終えて、初めて完成するんだろ」

「色がないからこそ、これを作り上げた弟者《おとじゃ》の腕がより引き立つのだ」

創作を愛する少女は、創作者として独自の感性でものを言う。

「明離《あかり》のフィギュアで着色欲求を満たしたいんじゃなかったのか」

「それ以上に、エゴーは弟者《おとじゃ》の作品に心を射貫《いぬ》かれたということだ」

セレーネは両手を重ね合わせ、左胸に当てながら仰《の》け反《ぞ》ってみせる。

「弟者《おとじゃ》がエゴーのために作ってくれた人形だ。いまはまだ、弟者《おとじゃ》の腕前を感じていたい。代わりにパパスのガレキを塗って、今上《いまがみ》さんの子供を塗る練習をしておく」

「……まあ、その明離《あかり》はもうお前のものなんだから、好きにしろよ」

仰々しく褒《ほ》め称《たた》えられ、照れくさくなった治《おさむ》は素っ気なく目を逸《そ》らす。

「…………弟者《おとじゃ》。……セ……ポ」

「あ？　なんだって？」

「……今上《いまがみ》さんの心も射貫《いぬ》いてやれ、このエロース大魔神」

「なんでこのタイミングで罵倒されるんだよ……」

賛美から一転。理解が追い付かない治《おさむ》は溜息混《ためいきま》じりで作業机へと向かった。

「そしたら院長、ちょっと間が空いたけど、羽衣《うい》と富士《ふじ》を作っていくよ」

まずはアルミ線に手を伸ばそうとした、その瞬間、

——ぐぅう〜。

「あ……」治《おさむ》のお腹《なか》から、空腹を知らせる虫の音色が奏《かな》でられた。

「……あはは、その虫はちょっと、恥ずかしい青春になっちゃうね」

苦笑いを浮かべる月子《つきこ》。湧き上がってくる羞恥心を、治《おさむ》は唇を嚙《か》んで耐えた。

月子《つきこ》にはもっと恥ずかしい生理現象を見られている。だから、これくらい全然平気……なわけがない。異性に聞かれてしまったのは、羞恥と共に屈辱を感じた。

「で、でもほら、それだけ黒松《くろまつ》くんが集中してたってことだから、やっぱり何かの虫になるって美しいことなんだよ。青春なんだよ」

「……フォローありがとう院長。……続きはメシ食ったあとでいいか？」

治《おさむ》はふらふらと逃げるように出入口に向かって歩いていく。と、

「エゴーもお腹《なか》が空《す》いた。弟者《おとじゃ》、一緒に食堂に行こう」

「嘘《うそ》つけ。まだ来たばっかだろお前は」

「朝を食べなかった。エゴーとしたことが、不覚」

「それはダメだよ椎竹《しいたけ》さん。朝ご飯はしっかり食べないと」

「うむ、反省。ゆえに、早急なる栄養摂取が求められたし」

ぱたぱたと小走りで駆け、セレーネは治《おさむ》の隣に並び立つ。

「……俺なんかより、お前のほうがずっと優しいよな」

「何か言ったか？」

「購買でお菓子を買ってやろう、我が友よ」

「やったぜ」

そのまま美術室を出ようとした治《おさむ》だったが、セレーネは振り返って視線を月子《つきこ》に向けた。

「……今上《いまがみ》さんはどうだ？　お腹《なか》、まだ空《す》かないか？」

「うん。まだ一一時半にもなってないし、平気だよ」

「……そうか、空《す》いたか」

耳鼻科に行け、と突っ込もうとした治《おさむ》を尻目に、セレーネはつかつかと月子《つきこ》に歩み寄り、右手を差し出した。月子《つきこ》は不思議そうに首を傾《かし》げる。

「……食堂はもう開いているぞ。どうせ行くなら、いま行こう、今上《いまがみ》さん」

「え？　……い、いや、でも私、学校で誰かとお昼を食べたことなんてないよ」

「案ずるな。食堂は初心者歓迎らしい。……実はエゴーも、結構初心者」

一年生のとき、治《おさむ》とセレーネはしばしば食堂で昼食を共にしたことがある。

しかし、セレーネは意外と昼休みを一人で過ごすことが多かった。

男子からの人気は間違いなく高かったし、女子との仲も悪かったわけではない。……のだが、クラスではどこか周囲に馴染《なじ》み切れていない、そんなポジションに収まっていた。

その理由はやはり、彼女の出生にあるのだろうと治《おさむ》は推測する。

増えつつあるとはいえ、日本ではまだ奇異な目で見られてしまうことも多いハーフという存在。さらに彼女の場合、そのルーツが日本人にはまず馴染《なじ》みのないギリシャという国だ。

差別とまでは言わないまでも、一定の距離感を保ったコミュニケーションをしてしまうのは、まだ未熟な高校生という年代では仕方がないのかもしれない。

……だから、いまセレーネが月子《つきこ》に手を伸ばしたのは、彼女が勇気を出した証《あかし》なのだ。

『Dカップは巨乳に入りますか？』と、羞恥を乗り越えて治《おさむ》に声をかけたときのように。

「女の子二人と一緒にご飯を食べたいなぁ、と弟者《おとじゃ》も言っている気がする」

「勝手に代弁するな」

「弟者《おとじゃ》は基本、女の子をおかずにしながら一人でご飯を食べる、さもしい男子だ」

「全くの事実だが、いま言う必要あるかそれ」

「だけどいま、エゴー達は弟者《おとじゃ》に恩ある身。ここは一つ、二人で感謝のもてなしをして、弟者《おとじゃ》に花を持たせてやろう」

「……あはは……私なんかが花になれるかな」

なれるに決まっている。両手に高嶺《たかね》の花と残念な花が二輪である。

そしてそのどちらも、治《おさむ》の目には眩《まぶ》しいほどに美しく咲き誇っている。

「だから、その……エゴー、今上《いまがみ》さんとご飯が食べたい。……仲良くなりたい。……いい？」

ようやっと素直な感情を吐露したセレーネが、頬を染めながら月子《つきこ》に乞う。

初めて話した同級生からの願いに、月子《つきこ》はしばし瞬《まばた》きを繰り返していたが、

「……こちらこそ、椎竹《しいたけ》さんにそう言ってもらえて、嬉《うれ》しいよ」

口元が徐々に弧を描き、セレーネの手を握った。

「でも私、本当に初心者だから……かなり難儀すると思いますぜ？」

「望むところ。なあ、弟者《おとじゃ》」

治《おさむ》は頷《うなず》く。月子《つきこ》と食事を共にするなんて、治《おさむ》としても想定外だ。このような好機にありつけたのであれば、お腹《なか》の虫を鳴らしてしまったのも悪いことじゃなかったのかもしれない。

手を繋《つな》ぎながら横並びで歩く二人を見守るようにして、治《おさむ》も食堂へと向かった。

「弟者《おとじゃ》は今日もうどんか？」

「何を当たり前のことを」

「わからず屋め。中秋食堂《ちゅうしゅうしょくどう》の名物は、間違いなくラーメンだ。今上《いまがみ》さんも食べるがいい」

「え？　ラーメンは身体《からだ》に悪いよ。おそばがあるなら、そっちにしたほうがいいよ」

「なんだと？　そばなんてぼそぼそした麺のどこがいい」

「おいしいよ。身体《からだ》にもいいし。ラーメンは脂質が多くて、塩分もたっぷりで……」

「だからうまいんだろう！　うまいものをたくさん食べてこその人生である！」

「んん、その考え方は医者の娘としてはちょっと……」

こうして麺類戦争を繰り広げることも、親しい仲になっていく過程になる。

そう願う治《おさむ》だったが、セレーネにうどんをディスられたのでキレ気味に参戦した。

☽

「――――で、くだらない話を延々としてたせいで、こうなってるんだよなぁ……」

人形の骨子となるアルミ線をねじりながら、治《おさむ》は後悔の溜息《ためいき》をついた。

昼食をとりつつ、三人で麺類戦争やらなんやら取り留めのない話に花を咲かせた結果、意外なほど長々と夢中になり、美術室に戻ってきたときには既に一三時になろうとしていた。

「弟者《おとじゃ》、やるじゃないか。すぐにヘロヘロのヘロドトスになると思っていたぞ」

治《おさむ》もそうだが、セレーネと月子《つきこ》が楽しそうに会話を続けられたことも意外だった。

「凄《すご》く楽しかったよ。なんだか、青春してるーって感じがして」

月子《つきこ》にその言葉を使われると、全てが納得できてしまえるような不思議な感覚がした。

学校の食堂で、同級生三人で、本来の目的も忘れて雑談に興じる。可処分時間の使い方としてはど下手くそで、無駄極まりないと断言できる。

けれど、後悔の念を抱いてなお、悪くない時間を過ごしたなと思っている自分もいて。

もしも、これが青春だというのなら。治《おさむ》達は皆、青春に飢えていたのかもしれない。

誰かと一緒に過ごす時間を、誰かと一緒に喋《しゃべ》る時間を、誰かと一緒に笑う時間を、心のどこかで渇望《かつぼう》していたのかもしれない。

この三人は、学校生活を一人で過ごすことが多い人間達だった。全く違うようで、意外と似ている者同士だからこそ、惹《ひ》かれ合《あ》い、求め合うものがあったのかもしれない。

答えを証明することはできないけれど、仮説を信じ込むことはできる。

信ずれば成り、憂えれば崩れる。答えなど、必要ないのだ。

いま心にある充足感。欠けていたものが見つかったような安心感。

この感情に、全てを委ねること。それが正解なのではないかと思った。

「……今上《いまがみ》さん。エゴー、今上《いまがみ》さんのこと……月子《つきこ》って呼びたい。……いい？」

開け放たれた窓から吹き込む春風に導かれたかのように、セレーネが呼びかけた。

それは、一人の少女が同い年の少女に向けた、純粋な想《おも》いで。

「……うん、いいよ」

それに応えた瞬間、月に女神が舞い降りる。

「じゃあ私も、椎竹《しいたけ》さんのことをセレーネさんって……ううん、セレーネって呼びたいな」

「エンダクシ」

「えんだくし？」

「オーケー、という意味だ」

セレーネは不敵な笑みを浮かべる。知らなかっただろ、とでも言いたげに。

あろうことか学校一の優等生に向かって、マウントをとろうと試みる。

「へえ。じゃあ『ありがとう』はなんて言うの？」

月子《つきこ》は別に、日本語で言えばいい」

「いいじゃない、教えてよ」

「……エフハリスト《ευχαριστώ》」

「わかった。セレーネ、えふはりすと！」

「パラカロ《παρακαλώ》」

「あっ、また新しい言葉を！」

困ったような苦笑を月子《つきこ》も浮かべる。さすがの彼女も、ギリシャ語には明るくない。

「では、エゴーは塗り塗りする。月子《つきこ》、ノーマスクでエゴーに近づくなよ」

防毒マスクを着けたセレーネが注意を促した。塗料をエアブラシで噴霧すれば、有害な物質が周囲に拡散されていくことになる。塗装ブースの中で作業しても、マスクは必須だ。

「院長も一応マスクしたほうがいいな。取ってくるよ」

治《おさむ》は一度手を止め、準備室へと向かう。

「それと、セレーネ。エポパテってどこにあったっけ？」

「おお、本気出すのか」

準備室で目的のものを回収して机に戻り、月子《つきこ》にマスクを装着させる。

「ねえ、黒松《くろまつ》くんはセレーネのこと、ずっと名前で呼んでるよね」

「ああ、去年同じクラスだったし、部活も同じだしな」

出会って早一年。いつ頃から二人称が名前になったのか覚えていないが、あの残念少女に対しては、男女間の遠慮を感じなくなるのも比較的早かった気がする。

「──なら、黒松《くろまつ》くんと私は？」

春風が、もう一度窓から吹き込んできた。

「……院長とは、まだ話すようになって間もないだろ」

「私、セレーネと初めて話したの、数時間前だよ」

「男女間の遠慮ってものがあるだろ。俺はそれを、そう簡単に乗り越えてはいけないよ」

月子《つきこ》の秘密を知り、封じてきた己の腕を振るう決意をしてもなお、治《おさむ》にはセレーネのように勇気を出すことはできなかった。

「一度は恋人同士になった仲なのに」

「二〇秒だけの話だろ」

「今日で二〇秒になったね」

「世界最速で離縁復縁を繰り返すカップルか」

「刹那の恋も、繰り返せば永遠になるかもね」

「院長の小説のテーマはそうじゃないだろ……」

咎《とが》めるような突っ込みをすると、月子《つきこ》の目が細くなった。マスクの下で笑った、のだろう。

「じゃあお互いに、もう少し頑張っていこうね」

同意を示す頷《うなず》きを返して、治《おさむ》は机へと向き直った。

共に創作を嗜《たしな》む少女達のために、少年は人形作りの虫となる。

いま美術室を彩《いろど》る春の色は、エーゲ海の真珠よりもずっと青い。

☽

深い集中に至っていれば、雑音はさして気にならないものだ。エアブラシを操るセレーネがシューッという噴霧音とコンプレッサーの駆動音を響かせる中、治《おさむ》は作業に没頭している。

『すげぇ……羽衣《うい》がどんどん形になっていってる!』

恋人の身体《からだ》が生み出されていく様子に、富士《ふじ》が感心したような声をあげた。

『私だけじゃなくて富士《ふじ》くんのことも作ってあげてよ、神様』

『いや、まずは羽衣《うい》を完璧に仕上げてくれ! 俺のことは後回しでいい!』

『焦《あせ》るな。ちゃんと二人とも作ってやるから』

人形とは、基本的に一体だけで完結しているものだ。

しかし今回は、男女が身を寄せ、想《おも》い合《あ》う様子を作品として表現しようとしている。

全体の調和を考えながら作っていく必要があるため、片方を優先させるのではなく、二体同時に進めていく。とはいえ、やはり女の子のほうに力が入ってしまうのは致し方ないもので。

愛《いと》しい人に寄りかかる羽衣《うい》の姿を、美少女フィギュアとして作り上げていく。

現在使用しているエポキシパテは、中学時代から治《おさむ》のメインツールだった。

パテではあるが粘土のように扱うことができ、特有の匂いも発生しない。

一方で、時間の経過と共に硬化していくため、造形に慣れた上級者向けだ。

昼食時の歓談で遅れてしまった分を取り戻すべく、治《おさむ》は手を動かしていく。

『そうそう、いい感じ。富士《ふじ》くんは、格好いいんだから』

無論、富士《ふじ》だって手抜きをするわけはなく。男の身であるがゆえに同性の魅力を表現するのは難易度が高く感じるが、羽衣《うい》のパートナーに相応《ふさわ》しい少年の魅力を引き出していく。

「富士《ふじ》って身体《からだ》鍛えたりとかしてないよな？」

男性キャラの場合、つい骨格や筋肉を強調してしまいがちになる。

「うん、運動部でもないよ。黒松《くろまつ》くんくらいの体格でもいいと思う」

「や、それはない。恋愛小説の男役として、絶対にない」

　167センチの貧弱痩軀《そうく》な王子様など、ヒロインの相手として全く相応《ふさわ》しくない。

「羽衣《うい》は、別に富士《ふじ》の外見に惹《ひ》かれてるわけじゃないんだけどなぁ」

　なんと言われようと却下である。かぐやのイラストに合った富士《ふじ》の身体《からだ》を造形していった。

　――やがて。作品の大まかな全体像が出来上がり、治《おさむ》はふうと一息ついた。

「まだ細部まで手を加えられてないけど……雰囲気はこんな感じで大丈夫か？」

　人形を示して原作者の反応をうかがう。月子《つきこ》はじっと視線を向けて、

「……凄《すご》い。凄《すご》いよ黒松《くろまつ》くん。本当に、羽衣《うい》と富士《ふじ》がいる」

「この出来じゃまだまだだろ。イラストの二人に全然負けてるよ」

「……じゃあ、もっと凄《すご》い羽衣《うい》と富士《ふじ》が、このあと見られるんだね」

　ハードルを上げるような言葉に重圧を感じ、治《おさむ》の背筋が伸びた。

　自分は月子《つきこ》の期待を一身に受けている。改めてその自覚が芽生えてきた。

　指先の技術も、キャラへの理解も、創作者としての矜持《きょうじ》も、全て結集させて。

　月子《つきこ》の子供を、この世に顕現させてあげなければならない。否《いな》、あげたいのだ。

　それが月子《つきこ》の喜ぶ顔に繫《つな》がると信じているから。

「そしたら、一旦休憩させてくれ。購買で何か飲んでくるよ」

「じゃあ、三人で休憩にする？」

「いや、それだとまたダラダラ喋《しゃべ》っちまいそうだから……一人で行ってくるよ」

マスクとゴム手袋とエプロンを外し、スマホを持って席を立つ。

「エゴーはブドウジュース」

「昼にお菓子買ってやっただろうが」

空腹の虫の恩義は返したので、セレーネに奢《おご》る理由はもうない。

購買部へ向かうと、円テーブルで数組の生徒達が談笑していた。

時刻はもうすぐ一五時。各部、おやつ休憩ということなのだろう。

治《おさむ》は自販機でお茶を買い、円テーブルの一角に座って喉を潤した。

談笑中のグループの中には見覚えのある顔もあったが、そこに加わるなんてことはしない。

一人でいるのが治《おさむ》の日常で、自ら選択した高校での過ごし方だ。

……けれど、今日の昼は、いつもと違った。

治《おさむ》の周りには、クラス委員長と部活の友達、二人の女の子がいて。目の前で楽しげに口を動かす生徒達のように、彼女達との取り留めのない会話で時間を潰してしまった。

あれが、青春の時間だというのなら。月子《つきこ》が憧れ、望んでいたものであるというのなら。

（……やっぱり、人形じゃダメなんじゃないか、院長）

いま治《おさむ》が腕を振るっているのは、不運な新人作家の気を少しでも紛らわせてあげるためだ。

だが一方、月子《つきこ》が人形作りを依頼したのは、彼女が患《わずら》う奇妙な病を人形によって治療し、人並みの青春を過ごせるようになりたいという秘めた願いからで。

出来がいい人形を作り上げれば、治《おさむ》の目的は達成できるだろう。しかし月子《つきこ》の目的は、どんなに素晴らしい人形を作ったところで、果たして成し得ることができるのだろうか。

治《おさむ》とセレーネと過ごした昼食を、月子《つきこ》は凄《すご》く楽しかったと言った。青春してると言った。

だとしたら——やはり人形などではなく、生身の人間との関わり合いでこそ、月子《つきこ》の望みは叶《かな》えられるのではないだろうか。たとえ、全ての人間が肉に見えるのだとしても。

(俺が院長にしてやれるのは、人形を作ることだけなのか?)

お喋《しゃべ》りに熱中する男女達の日常をぼんやりと眺めながら、治《おさむ》は短い休憩を終えた。

代金はしっかり徴収する前提でセレーネ用にブドウジュースを買い、購買部を離れて廊下を歩いていく。美術室の扉を開き、中にいる二人に向けて「ただいま」と言おうとした。

「ただ——え?」

言いかけた口が、一瞬固まる。予想もしていなかった光景がそこにあったから。

治《おさむ》の他に二人しかいなかった美術室に、なぜだか三人目の姿があって。

金色の巻き髪。竹製の髪飾り。休日でもメイクを決めたギャルが、月子《つきこ》の隣に立っていた。

「……弟者《おとじゃ》」「……黒松《くろまつ》くん」「…… 治《おさむ》」

入室した男に反応し、三人の少女達の戸惑いを帯びた声が重なる。

六つの目が治《おさむ》を捉えるが、そのうち二つはすぐに別の場所へと向けられた。

古和《こわ》かぐやの目が、机の上に鎮座している人形達を凝視する。

どくんと治《おさむ》の心臓が高鳴り、同時にぎゅうっと締め付けられるような感覚がした。

「……お前、なんで、ここに」

「治《おさむ》、今日明離《あかり》ちゃんを治すって言ったでしょ。だから、一緒に萩《はぎ》っちの家に届けに行こうと思ったの。妹ちゃんに直接手渡ししてあげようよって」

休日出勤して終わらせる。昨日治《おさむ》が宣したことが遂行されたのか、確かめに来たのだ。今日、作業が一段落しそうな頃合いで、萩《はぎ》の家に届けに行こうと提案するために、彼女も休日の学校へと足を運んでしまったのだ。

明離《あかり》の修復がとっくに終わっていたことなど、かぐやは知らない。

治《おさむ》が休日登校する理由が、本当は人形作りをするためだったなど、想定できるはずがない。

「……ねえ、この子、治《おさむ》が作ってるんだよね？」

確かめるような声音だが、彼女はもう確信しているのだろう。

治《おさむ》が再び粘土を人の形にこねていることを、知ってしまったのだ。

彼女に依頼したイラストを人形のモチーフにしていることも、全て。

隠しておきたかったことが、バレたのだ。

「治《おさむ》、また人形を作るの？」

問いかけるかぐやの双眸《そうぼう》は、付けまつ毛のせいで中学時代よりずっと大きく感じられた。

「……違う、これは、違くて」

「何が違うの？　誰がこの子を作ったのかくらい、あたしにはわかるよ。ていうか、どう見ても昨日あたしが描いたイラストを元にしてるじゃん」

「だから、それは、頼まれたから」

「ずっと治《おさむ》がやってきたことでしょ。誰かのために、一生懸命粘土をこねて」

その通りだ。治《おさむ》はずっと、他人のために腕を振るってきた。

誰かの喜ぶ顔のために、頼まれるがままに人形を作り、そして……過《あやま》ちを犯した。

「萩《はぎ》っちの明離《あかり》ちゃんフィギュアは、ちゃんと治してあるし……きっと、それでまた人形を作りたくなったんでしょ」

「違う、違うんだ」

「……なんでごまかそうとするの」

少しだけ顔をしかめたかぐやは、机に手を伸ばして羽衣《うい》の人形を持ち上げた。

「まだ途中だけど、いい出来じゃん！　院長もそう思うっしょ？」

「え？　……う、うん、そうだね。凄《すご》いと思う」

「うんうん、だよね！　セレっちはどう思う？」

「……セレッチ？」

「あー、初対面でちょっと距離近すぎな感じ？　なら、椎竹《しいたけ》さん？」

「……まあ、弟者《おとじゃ》は神様であるからな」

「あっはっはー、神様か！　確かに、言えてるかもね！」

陽気に笑いながら、かぐやは再度視線を羽衣《うい》に向ける。

「治《おさむ》はね、ほんとに凄《すご》いんだよ！　美少女フィギュアはマジ最高にかわいーし、動物だって建物だって、なんでも本物さながらに作れちゃうんだから！」

褒めそやす言葉は、月子《つきこ》やセレーネからの称揚とは異なり、治《おさむ》の耳には入ってこない。

本物さながらであればこそ、その人形は人を傷付ける凶器になり得てしまった。

「にしてもさー、この子、やっぱり院長だよね」

「……え？」

「いや、最初はあたしの手癖かと思ったんだけどさ。でも院長がここにいるってことは、そういうことっしょ？　まったく、何が引ったくり犯なんだか」

月子《つきこ》と羽衣《うい》を見比べながら、かぐやは独自の想像力を働かせていた。

目を丸くする月子《つきこ》の様子に、治《おさむ》の背中が急激に冷たくなっていく。

「誰かに院長のフィギュアを作ってほしいって頼まれたから、今度はちゃんと本人に許……」

「違う!!　それは院長のフィギュアなんかじゃない!!」

冷静な対応など、できなかった。

頭が真っ白になった治《おさむ》は、声を張り上げると同時にかぐやに向かって駆け出していた。

ただの勘違いだ。落ち着いてことの経緯を説明すれば、大事にはならなかったはず。

それでも治《おさむ》は、これ以上幼馴染《おさななじみ》にそれを晒《さら》してはいけないと思った。

かぐやに詰め寄り、握っていた羽衣《うい》を奪い取る——取れれば、よかった。

焦《あせ》りからか、摑《つか》み損《そこ》ねた羽衣《うい》が指先をつるりと滑り、手のひらから零《こぼ》れ落《お》ちていく。

重力に抗《あらが》うすべなど持ち得ない人形は、美術室の床へと落下した。

——べちゃっ。

羽衣《うい》は、人の形に造形されつつあったものは、ほんの一瞬で粘土の塊へと戻った。

「あ……」と重なった四つの声は、誰もが反射的に発するものだろう。

粘土を落としたところで、大半の人間にとっては気にも留めない小事にすぎない。

しかし、人形の作り手にとっては。あるいは、自分の子供の造形を依頼した者にとっては。

「……羽衣《うい》……」

ほんの小さなその嘆きが、拡声器を通して聞いたかのように治《おさむ》の鼓膜を貫いた。

視線を、おそるおそる月子《つきこ》へと動かしていく。

呆然《ぼうぜん》と、我が子になるはずだった粘土を見つめる少女の顔は、僅かに青ざめて見えた。

途端、全身が激しい後悔と罪悪感に苛《さいな》まれていく。

——いま、俺は何をした？

月子《つきこ》が理想の青春を詰め込んで生み出したキャラクターを。愛《いと》しい子供を。

この手で、潰した。

「あ……あ、ぁ……」

謝らなければいけないのはすぐにわかった。けれど、言葉が出てこなかった。

空《むな》しく口を動かしながら、治《おさむ》は後ずさっていく。

傷付けた。間違いなく、月子《つきこ》を傷付けた。また、人形で他人を傷付けてしまった。

よりにもよって、かぐやの目の前で。

「ご、ごめん治《おさむ》、あたし……」

硬直する治《おさむ》に向かって、かぐやが謝ろうとしていた。

何一つ瑕疵《かし》のない幼馴染《おさななじみ》が、治《おさむ》のせいで、泣きそうになっていた。

――俺は、大馬鹿野郎だ。

だから、二度と人形は作らないと心に決めたのに。

月子《つきこ》の笑顔のためなどと、もっともらしい理由をつけて誓いを破って。

挙句、また人を傷付けた。何一つ、反省などしていなかったではないか。

治《おさむ》は身を翻《ひるがえ》して走り出した――否《いな》、逃げ出した。

背中に刺さる三つの呼びかけを無視して、美術室を走り去る。

満月の光さえ届かない深海に沈みながら、青かった真珠は貝殻の体内へと引きこもっていく。

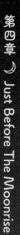

第四章 Just Before The Moonrise

「……じゃあ、この子は院長の小説のキャラだったんだ」

月子《つきこ》から打ち明けられた事実を知り、かぐやは己の早合点《はやがてん》を理解することになった。

半身が潰れた人形を、しゃがみ込んでそっと両手で掬《すく》い上《あ》げる。

悲壮感に満ちた表情で羽衣《うい》になるはずだったものを見下ろし、やがて月子《つきこ》に差し出した。

「本当にごめんなさい。あたしが、この子を手に取ったりしたから……」

深々と頭を下げる。謝罪の意を示された月子《つきこ》は、焦《あせ》ったように首を振った。

「そんな、古和《こわ》さんは何も悪くないよ」

「弟者《おとじゃ》が強引に奪おうとしたからだろう」

セレーネも擁護したが、かぐやは月子《つきこ》が羽衣《うい》を受け取るまで平身低頭し続けた。

「治《おさむ》を焦《あせ》らせるようなことを言ったのはあたしだから。早とちりしたあたしが悪いの」

「……あんな弟者《おとじゃ》は、エゴーも初めて見たが」

開いたままの扉の先をセレーネが見つめる。ついさっきまで室内を満たしていた淡い青春の気配は、そこから一気に出ていってしまった。

治《おさむ》が消え去った美術室には、重苦しい雰囲気に苛《さいな》まれた女子三人が取り残されている。

「あの……古和《こわ》さんが、人形の元になる絵を描いてくれたの？」

「そうだよ。昨日、治《おさむ》に頼まれたの」

「……ありがとう、古和《こわ》さん。一目見て凄《すご》く素敵な絵だと思って、描いてくれた人にお礼が言いたいって思ってたんだ」

「……っていっても、治《おさむ》にリクエストされたイメージを描いただけなんだけどね」

面と向かって礼を言われ、かぐやは照れたように横髪を梳《す》いた。

「でも、そっか。だからその子、院長に似ちゃったんだな」

「？　どういうこと？」

「治《おさむ》が院長の小説を読んで、その子のイメージに院長の顔を重ねちゃったってこと」

かぐやが羽衣《うい》を指差す。その胴体は落下時に半分潰れてしまったが、頭部は幸運にも無傷であり、顔の造形を確認することができた。

「そんなに、私に似てるのかな」

「そっくりじゃん。院長をモデルに作ったって言われても納得できるよ」

人形との相似性を指摘されても、月子《つきこ》にはいまいちピンとこない。

それも仕方がないことで。月子《つきこ》は、自分の顔すらも正しく認識できないのだから。

「椎竹《しいたけ》さんも似てるって思うでしょ？」

「似てることは似てるが、月子《つきこ》本人ならもっと胸がないだろう」

「あはっ、セレっち辛辣ぅー。てか、それあたしにもちょっと刺さるかも」

「……エゴーはセ、い、い、レーネ椎竹《しいたけ》だ」

親善を願う敬称を、聞き慣れないハーフ少女は理解できなかったようだ。

「……まさか治《おさむ》が、また人形を作るつもりだったなんてね。……全部、言ってくれればよかったのに。……ああ、ほんとバカなことしたな、あたし……」

額に手を当て、かぐやはかぶりを振る。

「……古和《こわ》さんは、黒松《くろまつ》くんとは親しいの？」

「ん……いまはどうかな。一応、幼馴染《おさなな》《じみ》の関係ではあるけどね」

「幼馴染《おさなな》《じみ》……そうだったんだ」

「恋仲ではないのか」

「だったら血相変えて逃げられたりしないって」

もっともな突っ込みを受け、セレーネはふうと一息漏らした。

「じゃあ、黒松《くろまつ》くんがどうして……その、あんなふうに走っていっちゃったのか、わかる？」

「……わかるけど、本人がいないところであたしの口からは言えない。治《おさむ》の心を蝕《むしば》んでる、悲しい病気みたいなものだから」

病気。想定外の単語が耳に入り、さあっと月子《つきこ》の血の気が引いた。

放置されている粘土や道具、造形途中の富士《ふじ》を寂しげに見下ろしながら、かぐやは呟《つぶや》く。

「あたしが邪魔しなかったら……治《おさむ》は、昔の治《おさむ》を取り戻してくれたのかな」

「……なあ、弟者《おとじや》はなぜ人形を作らなくなった。知っているなら教えてほしい」

「……治《おさむ》はね、つらい目に遭ったの。とっても傷付いて、でも逆に自分が傷付けたと思い込んで、それでそれまでの治《おさむ》と決別した」

「よくわからない。被害者がなぜ加害者になる」

「……ごめん、あたしも治《おさむ》を傷付けた一人だから」

沈んだ表情で口を閉ざすかぐやを目にして、セレーネもそれ以上の追及はできなかった。

「……何も答えてないのにこんなことを訊《き》くのは虫がよすぎるんだろうけど……二人から見て、今日の治《おさむ》はどんな様子だった？　……苦しそうだった？」

粘土に向き合い手を動かしていた少年の様子を、間近で見ていた二人が回想する。

「私は、今日の黒松《くろまつ》くんは凄《すご》く活《い》き活《い》きしてるなぁって思ってたけど……でも、人形作りでつらい思いをした経験があるのなら……本当は、とても苦しかったのかもしれない」

無理やり気丈に振る舞うことで本心に蓋をしていたのではないかと、月子《つきこ》は疑念を抱いた。

「エゴーは別に、いつも通りの弟者《おとじや》だと思ったぞ。あまあまで優しい弟者《おとじや》だ」

「……セレっちって、確か美術部だよね。治《おさむ》は、いつも部活で何かを作ってたの？」

「ロクに顔を見せない不埒者《ふらちもの》だが、来たときは粘土をこねていたぞ。エゴーが頼めばモンスターのフィギュアも作ってくれた。もっとも、人の形をしたものは頑《かたく》なに作ろうとしなかったが」

「……そっか」

少しだけ安堵《あんど》したような感情を滲《にじ》ませながら、かぐやは目を細めた。

一方、月子《つきこ》は潰れかけた我が子に視線を落とし、

(……やっぱり黒松《くろまつ》くんは、人形を作りたくなかったんだ)

治《おさむ》が秘めていた辛苦を感じ取ったかのように、自身の行動を悔い始めていた。

(それなのに、本人があれだけ言ってたのに、私は自分本位のわがままを押し通して……)

黒松《くろまつ》くんは、優しい人だと思ったから。

他人のために、人形作りの虫になってくれる人だと思ったから。

彼の持つ力が、きっと自分の現状を変えてくれるのだと。

私のお医者さんになってくれる男の子なのだと。

愚かにも、身勝手にも、錯覚していたのだ。

心に病を患《わずら》っているのは、決して自分だけではない。

そんなことは、医者の娘ならわかっていたはずなのに。

(私が……私が黒松《くろまつ》くんを傷付けてしまったんだ)

闇夜を照らす月光が、分厚い黒雲によって遮られていく。

人を救うべき存在でなければならない自分の、許されない過《あやま》ち。

いままで感じたこともないほどの悔恨の念が、月子《つきこ》の胸を蝕《むしば》んでいった。

「――で、どうする。三人で弟者《おとじゃ》を探しに行くか？」

かぐやと月子《つきこ》の顔を見比べながら、セレーネが持ちかけた。

「鞄《かばん》はそこに置いたままだから、学校のどこかにいるはずだ。さっさと連れ戻して……」

「探すなら、院長とセレっちで行ったほうがいいよ」

「なに？」

「あたしがいたら、治《おさむ》はまた逃げちゃうから」

「……じゃあ、古和《こわ》さんはここで待ってろ」

「ううん、あたしはもう帰る」

首を振り、突如かぐやは帰宅を宣言する。セレーネが目を見開いた。

「治《おさむ》はずっと過去のことにとらわれてる。でも、あたしじゃ治《おさむ》が抱えているものを治せない。

治せるのはきっと、院長やセレっちだけ」

かぐやはスクールバッグをリュックのように肩に掛ける。

机に近づき、元の姿を取り戻した明離人形《あかりにんぎょう》を持ち上げ、胸元に大切そうに抱いた。

「二人にお願い。治《おさむ》を美術室に連れ戻して。そしてもう一度、治《おさむ》に粘土をこねさせてあげて」

そう言い残し、出入口に向かって歩き出した少女の背中をセレーネと月子《つきこ》が目で追う。

引き止めるという選択肢も、もしかしたらあったのかもしれない。

だが、その選択をするには、二人とかぐやの仲はまだ希薄だった。

「……行ってしまったぞ。……まったく、何がどうなっているのだ」

閉まった扉を見つめながら、僅かに眉をひそめたセレーネが呟《つぶや》く。

「とにかく、弟者《おとじゃ》を見つけよう。行くぞ、月子《つきこ》」

数歩足を踏み出した。が、月子《つきこ》はそれに続かず、身体《からだ》を反転させて人形を机に置いた。

「どうした？　二人で探しに行こう」

再度セレーネが促すと、月子《つきこ》は問いかけるように小声を発した。

「……行かないほうが、いいんじゃないかな」

「なんだと？」

ぎょっとして、セレーネは耳を疑った。

「つらい思いをしている人に、やりたくないと言っている人に、無理やり行動させようとするのは、よくないことだから」

「いやいや、待て。弟者《おとじゃ》は自分から月子《つきこ》の人形を作らせてほしいと言ったんだろう」

嫉妬すら抱いた、治《おさむ》の行動を根拠にして反論する。

「黒松《くろまつ》くん、初めは人形は作りたくないって言って、断ろうとしてた」

「エゴーもそうだ。人形は作れないと断られた」

「でもセレーネは、黒松《くろまつ》くんの気持ちを聞いたあと、しつこく食い下がったりしなかったよね？」

「それは、そうだが……」

いずれ治《おさむ》が作り治してくれることを期待しつつも、セレーネは自身の手で粘土をこね始めた。

「私は、黒松《くろまつ》くんが作ると言ってくれるまで、わがままを言い続けてた。……黒松《くろまつ》くんの優しさに付け込んで、自分のことばかり考えて」

対照的に、月子《つきこ》は様々な理由を並べ、治《おさむ》が人形を作るようにねだった。

トラブルなんて起こさない。病気を治すために力を貸してほしい。小説を読んでほしい。

私の子供は他の人の子供じゃない。不当な評価を受けて、本当は凄《すご》く悔しい。

人間を人間として認識できるようになりたい。きらっきらな青春がしたい。

未来の院長先生だって、いまは一六歳の女の子だから。

人生に一度しか訪れない刹那の青い時間を、永遠に続く青い思い出に残したくて。

——だから、私を助けてよ、黒松《くろまつ》くん。

勉強の虫は、愛の神エロースの弓矢に射貫《いぬ》かれて恋の虫となりたかった。

——だから、私のお医者さんになってよ、黒松《くろまつ》くん。

神の手と称される黒い名医にだって治せない奇病を、あなたに治してほしいと思ったから。

幾度となく暗唱させられてきた医療倫理《ヒポクラテスの誓い》を、都合よく逆手にとって。

病人ならどんなエゴイズムもまかり通るのだと、誰もが自分に優しく接して当たり前なのだと、愚昧な心得違いをしていたのだ。

「……私のほうがずっとエゴい、、だね、セレーネ」

「……？」首を傾《かし》げたセレーネの横を素通りし、月子《つきこ》は自分のスクールバッグを持ち上げた。

「黒松《くろまつ》くんには、もう人形を作らなくていいって連絡しておくから。……だから、私も帰るよ」

「な……!? なぜそうなるんだ月子《つきこ》！」

唐突に依頼を取り下げると宣言した月子《つきこ》に、セレーネは狼狽《ろうばい》する。

「私が人形作りをお願いしなければ、黒松《くろまつ》くんは苦しまなくて済んだんだ」

「苦しかったのかどうかは本人に確かめねばわからんだろう！」

だから共に治《おさむ》を探しに行こうと繰り返すのだが、

「苦しいに決まってるよ。自分の意思がなおざりにされて、苦しくないはずがない」

「……古和《こわ》さんの願いはどうなる」

「……それは、黒松《くろまつ》くん自身の意思で決めることだよ。誰かの思惑で、人の行動を操っていいわけがないんだ」

「弟者《おとじゃ》は月子《つきこ》のために人形を作る決意をしたのだ！」

「私が黒松《くろまつ》くんの優しさに付け込んで、そうするよう仕向けたんだよ」

引き止めようとする言葉をことごとくかわし、月子《つきこ》はついに美術室の扉に手を掛けた。

「セレーネも、優しい人だから。……黒松《くろまつ》くんを探しに行くのなら、寄り添ってあげてね」

「……なんでもかんでもエゴーに押し付けないでほしい。エゴーはゼウスではない。エゴーは、ただ色を塗りたいだけだ」

自由気ままに色を塗るだけの色神は、ガレキで着色欲求を満たしに来ただけなのに。

同級生の少女の秘密を知って、自分も手助けをすると申し出て、思わぬ友情を育んで。

神様と称揚する少年と三人で過ごした数時間が、どうしようもなく心地よくて。

人形が繋《つな》いでくれた縁が今日から始まったのだと、そんな予感がしていたのに。

「だからエゴーも、月子《つきこ》の子供を作りたい。月子《つきこ》のために、塗ってあげたい」

「……ありがとう。……ごめんね、セレーネ」

月は、女神を残して海に沈んでいく。静かに閉じられた扉が、二人を別《わか》った。

「……タ《Tα》・ネヴラ《νεύρα》・ムー《μου》」

治《おさむ》が去り、月子《つきこ》が去り。一人取り残されたセレーネが、誰の耳にも伝わらない嘆きを零《こぼ》した。

行く当てもなく走り出し、息が切れた頃に辿《たど》り着《つ》いたのは二年一組の教室だった。

ふらふらと中に入った治《おさむ》は、椅子に座ることもせず、ロッカーの陰に背中を預けた。

ずるずると身体《からだ》を滑らせ、膝を抱えるように座り込む。

（……人を傷付けておいて、逃げ出すとか……）

中学時代、同じように罪を犯したときでさえ、逃げ出すようなことはしなかったというのに。

……いや、あのときは周囲を大勢に取り囲まれ、逃げる余地もなかった。

今日のような状況であったならば、やはり逃走を図っていたのかもしれない。

己の卑劣さに嫌気が差す。何も反省していなかったのだと、自分を侮蔑する。

二度と人形は作らないと心に決めたのは、自分自身への罰のつもりだった。

その誓いも、たった一年余りで反故《ほご》にした。

つらい目に遭った少女への同情心を、枷《かせ》を外す都合のいい切っ掛けに利用して。

結果、自分などに期待してくれた彼女のことも傷付けた。

作ってほしいと懇願した子供を目の前で潰され、月子《つきこ》が抱いた心痛は、いかばかりか。

（……トレースイラストより、遥《はる》かに大罪じゃないか）

月子《つきこ》の呆然《ぼうぜん》とした顔が脳裏に蘇《よみがえ》ってきたそのとき、突然ポケットが震えた。

思わずびくっと身体《からだ》が跳ねる。脇腹で感じた震えは一度では止《や》まず、数十秒ごとに繰り返し
襲ってきて。その度に、スマホ越しに叱責を受けているような錯覚を抱いた。

（……かぐや、か……？）

治《おさむ》はそれを、幼馴染《おさなじみ》からのメッセージの連投だと思った。

彼女には、怒りを覚えて当然の理由がある。

義憤に駆られているであろう少女の感情を、罪人は全て受け止めなければならない。

罪に見合うだけの厳罰を、ずっと望んでいるものを、科してもらえるのなら。

ようやく振動が鎮《しず》まりをみせたスマホに手を伸ばし……途中で止まった。

恐怖心が胸一杯に広がっていく。自ら距離を置こうと努めてきた幼馴染《おさなじみ》との関係が、いよいよ本当に断たれてしまうかもしれないのが、怖くて、嫌で。

メッセージを確かめたくない。伸ばしかけた右手が少しずつ引っ込んでいく。

（……ッ……全部自分で蒔《ま》いた種なのに……逃げんな！）

甘ったるい右半身の逃避行動を、罰を願う左半身が激しく咎《とが》めた。左手で右手首を掴《つか》み、勢いのままポケットに突っ込ませる。掻《か》き出《だ》すように五指でスマホを保持させた。

「……え？」

ロック画面に通知されたメッセージの送信者を見て、意図せず声が漏れた。

そこにあった名前は、想定していた古和《こわ》かぐやではなく、今上月子《いまがみつきこ》。

「院……長？」

無意識にスマホに顔を近づけると、顔認証でロックが解除される。

一瞬唖然《あぜん》とした治《おさむ》だったが、すぐに理解し納得する。怒るのは、月子《つきこ》とて当然の心情だ。非難のメッセージを連投したとして、なんらおかしなことではない。

そこに彼女の憤懣《ふんまん》が込められているのなら、それを全て受け止めることが罪科となる。

犯した悪事に見合う罰を求めて、治《おさむ》はアプリを開いた。

【ごめんなさい、黒松《くろまつ》くん。私が間違っていました。】

そこには、被害者の怒りも、加害者への叱責もなかった。

【もう人形を作ってほしいなんて言いません。取り消します。】

綴《つづ》られていたのは、謝罪の言葉と、依頼を取り下げるという宣言で。

【黒松《くろまつ》くんの気持ちを考えず、無理やり作業をお願いして、つらい思いをさせてしまいました。自分勝手なわがままだったと反省しています。】

子供を潰された怒気など微塵《みじん》も見せず、まるで自分に全ての非があるように、月子《つきこ》は文字で頭《こうべ》を垂れていく。

【私の病気を盾のように使って、本当に卑怯《ひきょう》なことをしてしまいました。】

挙句の果てに、彼女が抱える心の病を打ち明けたことまで自責の対象にして。

【ここまでにかかった費用は支払います。手間代も含めて、後日連絡してください。】

人形の完成を見ることなく、対価の支払いを申し出てきた。

【羽衣《うい》と富士《ふじ》のフィギュアを作ると言ってくれて、本当にありがとうございました。途中まで

でも、私の子供の姿を見ることができて、凄《すご》く嬉《うれ》しかったです。】

子供を潰した男に、絶対に口にするべきではない感謝まで述べてきて。

治《おさむ》は目を瞑《つぶ》った。そんな文章を、瞳に映してはいけないと思った。

「…………なんで、お前は、そんなに」

通話をしているわけでもないのに、勝手に口が動いていく。

「お前の子供を、理想の青春を、俺が台無しにしたのに」

月子《つきこ》は、またしても他者の愚行によって傷付けられた。

「怒っていいのに。お前は、心の底から罵倒していいのに」

しかし、やはり彼女は大人びた対応を保ち、年相応の感情をぶつけることは決してなく。

もの言わぬ人形のように、ただ事象を受け入れるのみで。

「お前のどこに自分を責める必要があるんだ。悪いのは、全部俺じゃないか」

月子《つきこ》の期待を裏切って、心得違いの懺悔《ざんげ》をさせてしまったのも、紛らわしい人形でかぐやを勘違いさせてしまったのも、全てここにいる愚かな男が犯した罪なのだ。

そうとわかっていながら、治《おさむ》の指が返信のメッセージを打ち込むことはない。

自分が悪いのだと訂正したくとも、申し訳なかったと謝りたくとも、そんな意志を示す資格さえ罪深き咎人《とがにん》には与えられていないと思った。

誰かを傷付けた者に与えられるべきなのは、罰だけで。

ゴツッ、と握ったスマホで己の額を殴った。

痛い。けれど、その程度のことが贖罪《しょくざい》になるはずもなく。

――もしも、神様という存在がいるのなら。

治《おさむ》は強く願った。馬鹿な自分の悪行に見合う天罰を与えてくれ、と。

あるいは、月子《つきこ》とかぐやの全ての望みを叶《かな》えてあげてくれ、と。

●

「――なあ、治《おさむ》。俺に、古和《こわ》のフィギュアを作ってくれないか？」

発端は、クラスメイトからのそんな依頼だった。

もちろん最初は断った。実在しない二次元のキャラと違って、実在する少女の人形を本人の許可なしに作るなど、非道徳的な創作だ。そんなことはわかっていた。

「頼むよ。俺、古和《こわ》のことが好きなんだ。でも、幼馴染《おさななじみ》のお前には勝てないだろ」

しかし、繰り返し頭を下げられて、根負けした治《おさむ》はついに人形を作り始めてしまった。

俺なら友達の中学時代の思い出を形に残してあげられるのだと、自分を説得して。

かぐやの身体《からだ》を頭のてっぺんから足の爪先まで想像して、粘土で表現していった。

「リアルな古和《こわ》より、俺好みの古和《こわ》にしてくれよ。金髪で、巨乳で、ギャルな感じで！」

同級生の女子の裸を、スカートの中を、真剣な顔をして作っていく。まさに異常者の行動。そんな人道にもとるようなことをしたから、きっと神様の逆鱗《げきりん》に触れたのだ。

「──ち、違うぞみんな、これは俺が頼んだんじゃない！　治《おさむ》が見せつけてきたんだ！」

「あんた、そんなことのために人形なんか作ってたのかよ！」

悪事は、クラス中に露呈した。必然、治《おさむ》にたちまち嫌悪《けんお》と怒りの矛先が向けられる。

そして、勝手に自分の人形を作られた少女は、ショックを受けて泣き出してしまった。

泣きじゃくる幼馴染《おさななじみ》の姿に、治《おさむ》は取り返しのつかない罪を犯したことを自覚した。

「気持ち悪い！　謝れよ、この変態！　エロス大魔神！」

「そうだ！　古和《こわ》に謝れ！　幼馴染《おさななじみ》でもやっていいことと悪いことがあるだろ！」

「かぐや、これは先生に言おう。見逃したら絶対にダメなヤツだって」

「……い、いいから……みんな、もういいから……治《おさむ》を、許してあげてよ……」

卒業間近だったこともあり、学校から治《おさむ》に処分は下らなかった。

かぐやに頭を下げて終わり。甘々な後処理が、逆に治《おさむ》の罪悪感を膨らませていった。

幸いにしてかぐやは、ショックを長々と引きずるようなことはなかった。

ただ、突然髪を金色に染めたり、バーチャルアイドルになるための勉強を始めるなど、明らかに以前とは異なる行動をとるようになってしまった。

(俺の人形が、かぐやを傷付けて……あいつの何かを変えてしまったんだ)

自分がいることで同級生達を不快にさせないよう、発熱したように見せかけて欠席した卒業式の日。かぐやから式の様子の写真が次々と送られてきた。

そこに写る金髪ギャルと化した幼馴染《おさななじみ》の笑顔を見て、後悔の思いで胸が苦しくなった。

スマホを投げ捨て、ベッドの上で涙ぐみながら、治《おさむ》はひたすら自分に言い聞かせた。

——俺は、二度と人形なんて作ってはいけないのだ、と。

●

目を閉じ続けていると、そこにあるのは暗闇だけだった。

何も把握できない暗黒の中では、きっと人は恐怖心に苛《さいな》まれ、動くことを躊躇《ためら》うのだろう。

煌々《こうこう》としたお天道様《てんとうさま》が遍《あまね》く大地を照らし、人類の活動を助けてきた。

では、お天道様《てんとうさま》がお休みになられ、世界が闇夜で覆われるとき、代わって人類に寄り添ってくださるのは、どなたか。

毎晩その姿を変えながら、人々に「美しい」と崇敬されながら、希望の光となってくださるのは、どなたか。

それは、この世に二つとない、お月様。闇深い空を幻想的に光り照らす、ウサギの住処《すみか》。

……いや、そこにおわすお方は、きっと餅つくウサギなどではない。

いつも人間を優しく見守り、ときに道標《みちしるべ》となってくれる、月の女神《セレーネ》が住んでいるのだ。

ガラリと大きな音が響いた瞬間、反射的に治《おさむ》の瞼《まぶた》が開いた。真っ暗だった視界に光が戻る。

すたすたと足音が近づいてきて、伏せていた顔が上がっていく。

まず見えたのは、白く細い脚。女子として残念な着こなしの制服と、ぼさついた髪。

この一年で最もよく見た風貌だが、こんなふうに下から見上げるのは初めてだった。

だからこそ、改めて確信する。どんなに言動が残念であったとしても、この少女の美しさは、クレオパトラと称されても全く名前負けしていないのだと。

「――エヴリカ。見つけたぞ、弟者《おとじゃ》」

探し求めていたものに辿《たど》り着《つ》き、女神は安心したように呟《つぶや》いた。

「手のかかる弟者《おとじゃ》め。姉者《あねじゃ》が迎えに来てやったぞ」

掬《すく》い上《あ》げるように、治《おさむ》に向かって右手が伸びる。

間近で目にする、ゴム手袋をしていない手指は、細くしなやかなのがよくわかって。

その手で救い上げられるなど、あってはならないと思った。

「……俺に……俺なんかに……もう、構うな」

再び顔を俯《うつむ》かせる。罪人らしく、自分で作った檻《おり》の中へ留《とど》まろうとする。

「こんなヤツ放っておけ。どうしようもない、救いようのない、俺みたいな……」

「ブドウジュースは？」

「……は？」

下げた視線はあっけなくもう一度天上を向き、見下ろす緑眼とかち合った。

「エゴーはブドウジュースを所望した。まだもらってないぞ」

くいくいと指を催促するように動かし、少女はそんなことを言ってのける。

彼女がここに現れた理由、そして伸ばされた手の意味を理解し、治《おさむ》は唖然《あぜん》とする。

数秒呆《ほう》けたように固まったあと、「……ほらよ」とポケットから缶を差し出した。

「うむ、大儀」

受け取ったセレーネはすとんっと治《おさむ》の真正面に腰を下ろす。教室の床に座るという女子として甚だ残念な行い。スカートが翻《ひるがえ》りそうになって、治《おさむ》は直視を避けた。

「ふう、やはりブドウはエラダの民の命の源だ。染《し》み渡《わた》るな」

「……なんで、こんなところで開けてんだよ」

「エゴーはもう疲れた。ゆえに、早急なる糖分摂取が求められたし」

缶を一口飲んでから、セレーネはお菓子の箱を取り出す。

「難儀するとは言われたが、ここまでとは想定外だぞ、月子《つきこ》め」

昼に治《おさむ》が買ってやった棒状のクッキー菓子に、次々と歯を立てていく。

「古和《こわ》さんというのも、いきなりやってきて、一体なんだったのだ」

ぐびぐび。かりかり。ごくごく。ばりぼり。忙《せわ》しなく手が口へと動く。

「二人とも、勝手にネガネガして帰ってしまったぞ。エゴーに弟者《おとじゃ》のことを押し付けてな。まったく、やってられるか。思春期の女子、めんどくさい。エゴーは自由に生きるぞ」

びっ、と細長いクッキーを治《おさむ》に向けて突き付けた。

「そして、思春期の男子も、それ以上にめんどくさい」

「……だから、もう、俺に構うな」

「一年前にそう言われていたら構わなかった。だが、エゴーは弟者《おとじゃ》に『仲良くしてください』と頼まれたからな」

「……お前が話しかけてきたんだろ」

「違う。弟者《おとじゃ》がエゴーを求めたのだ。自分の発言を思い出してみろ」

クラス中をドン引きさせた自己紹介を真に受けて、交友を求めてきた隣の席のハーフ女子。

そのときのお前の顔と声音を思い出してみろ、と返したくなったが、くだらないマウント合戦に発展させる気力も湧かず、治《おさむ》は気だるげに息をついた。

「……お前も大概、めんどくせぇよ」

「思春期の女子だからな」

ブドウジュースをあおりながら、セレーネが続ける。

「エゴーのおかげで、弟者《おとじゃ》の腕を錆《さ》び付《つ》かせずにすんだのだ。感謝するがよい」

一緒に美術部に入部届を出してほしいと懇願してきた過去など都合よく忘れ去り、ドヤ顔で顎をしゃくる。そのままクッキーを指の間に一本ずつ挟んでいき、掲げてみせた。

「弟者《おとじゃ》はいつもスパチュラをこんなふうに持って使い分けていたな。匠《たくみ》の技というヤツか」

「……行儀悪いからやめろ」

「知っているか？　これをブドウジュースに浸《つ》けると、絶妙な味わいとなる」

缶にお菓子を挿し入れる。しばらく置いて取り出すと、クッキーにジュースが染《し》み込《こ》んで紫色を帯びていた。んあーと大口を開け、己の拳ごと食《く》らうかのように一気に食《は》む。

「うます」

「……太るぞ」

甘味と甘味の合わせ技を味わう思春期の女子に、絶大なダメージを与えるはずの一言を放ったが、残念なる女子高生は眉一つ動かさず。

「エゴーは太らない。過ぎたる栄養は全て胸に蓄積される」

「便利な身体《からだ》だな」

「巨乳好きのエロース大魔神にはたまらん情報だろう」

「別にお前、大して変わってないだろ」

「……ほう。一年間隣にいて、それが弟者《おとじゃ》の見立てか」

セレーネは缶を床に置き、背筋を伸ばして胸を張った。

「エゴーは、もうEカップだ」

「……え？」

不意に告げられた言葉が、背けていた治《おさむ》の視線を一点へと誘《いざな》う。

「弟者《おとじゃ》の背が伸びたように、エゴーとて成長著しくありけり」

「……嘘《うそ》だな。お前は変わってない。入学した日から、何も変わってない」

「変わらないでいてほしいと、弟者《おとじゃ》が思っているだけだ」

「なんで俺が、そんなことを……」

「変わりたくないと、弟者《おとじゃ》が思っているからだ」

読心術などできるはずもない少女の勝手な推論が突き付けられ、治《おさむ》の目を丸くさせた。

「だが、弟者《おとじゃ》は今日、変わろうとした。頑張ったな。エゴーが褒めてやろう」

「……俺が何をしたってんだ」

「エゴーに明離《あかり》の人形を作ってくれた。それから、月子《つきこ》にも人形を作ってあげようとしている。いままで人の形をしたものは絶対に作らなかったのに、大きな変化だ」

「……その結果がこのザマじゃないか!!」

並べ立てられたのは確かな事実。しかし、その変化は治《おさむ》に過《あやま》ちを繰り返させた。

「俺は院長の子供を潰した！　謝りもせずに逃げ出した！　誰がどう見てもクズ野郎だ！」

月子《つきこ》を傷付けた挙句、不要な自責の念まで彼女に抱かせてしまって。

溢《あふ》れ出《で》てくる後悔と罪悪感を自分自身にぶつけるように、治《おさむ》は糾弾する。

「俺が人形を作れば誰かを傷付ける！　つらい思いをさせてしまう！　だったら俺は、変化なんてするべきじゃなかった！　人形なんて二度と作るべきじゃなかったんだ！」

「……弟者《おとじゃ》」

「わかってたのに！　俺なら力になってやれるだなんて、馬鹿な思い上がりをして！」

「弟者《おとじゃ》」

「もう俺と関わるな！　俺はいつかセレーネのことも傷付け——うぐぅ⁉」

激情の吐露は、唐突に口の中に押し込められた棒状のものによって遮られた。

そのままぐいぐいと喉の奥を刺激され、こらえきれずにえずいて盛大に咳《せ》き込《こ》む。

「うるさいぞ、思春期の男子。糖分でも摂《と》っておけ」

「あ、あい《なに》お《を》……ゴホッ！」

「いつかどころか、月子《つきこ》とツーショット写真を撮ってた時点でエゴーは傷付いたが？」

とどめにもう一押ししてから、セレーネは束ねたクッキー棒から手を離した。

「されど、それも一時のものだ。エゴーのために明離《あかり》を作っていてくれたからな」

食べ物を吐き出すわけにもいかず、治《おさむ》は必死に突っ込まれたものを咀嚼《そしゃく》する。

糖質たっぷりの甘みが、舌から脳に伝播《でんぱ》していく。

「傷付けたり、傷付けられたり、生きていればよくあることだ。エラダの神様だって、結構人間を傷付けているぞ。ゼウスなど、人類を滅ぼそうとした」

「……ギリシャ神話なんて、日本人には大して伝わらねーよ」

「傷付けたあとに何をするかが大事ということだ。失敗は、いくらでもやり直せる。人を傷付けた神様だって、再び人を助ければ、また崇《あが》められ、感謝されるのだ」

セレーネは顎を引き、真っすぐに治《おさむ》の顔を見据えた。

「弟者《おとじゃ》が作った人形を見て、エゴーはとても嬉《うれ》しかった。エゴーが作ったものとは全然違う、かわいくて、華やかで……ちょっとえっち。そんな明離《あかり》が、エゴーを虜《とりこ》にした」

一切包み隠さずに、抱いた感情を露《あら》わにしていく。

「こんなに凄《すご》いフィギュアを作れるなんて、やはり弟者《おとじゃ》は、神様なのだと思った」

創作を心から愛する少女が、きらきらと輝く緑の瞳に、ありったけの敬慕を込めて。

「何度でも言ってやろう。エゴーは――弟者《おとじゃ》が作ったものが好きだ」

その顔には珍しい柔和な微笑《ほほえ》みを湛《たた》えながら、思春期の乙女の想《おも》いを言の葉に乗せた。

耳元で叫ばれたわけではない。なのに、温かな声は治《おさむ》の鼓膜を大きく揺らした。

「そして、エゴーは月子《つきこ》と友達になったからな。この好きを、月子《つきこ》にも感じてもらいたい」

「……なんで、そんなことを」

「月子《つきこ》はつらい目に遭った。報われるためには、弟者《おとじゃ》が作った人形が必要だ」

「……俺の人形に、そんな価値なんか……」

「価値を決めるのは作者ではない。いつだって、観者が自由に決める。それが創作だ」

遥《はる》か昔、創作が人類の日常になり始めた地の遺伝子を継ぐ少女が、いまを生きる創作者の少年に呼びかける。

「月子《つきこ》の子供を作ると約束したのだろう。であれば、こんなところにいていいのか？」

「……もう依頼は取り消すって、院長から連絡が来た」

「そんなことはどうでもいいな。弟者《おとじゃ》が人形を作りたいのか、作りたくないのかという話だ」

当事者の意向を無視して、セレーネは治《おさむ》の創作欲求を問う。

「月子《つきこ》は弟者《おとじゃ》に無理やり人形を作らせたと思っているが、そうなのか？」

「……違う。俺が、自分から作らせてほしいと頼んだ」

「そうか。やはり月子《つきこ》の勘違いだな。気に病む必要はないから戻ってこいと伝えてやれ」

「……戻ってこいなんて、俺が言えるわけないだろ」

「エゴーはまだ月子《つきこ》の連絡先を知らない。伝えられるのは、弟者《おとじゃ》しかいない」

「……俺は院長を傷付けたんだぞ。どの面《つら》下げて、戻ってこいなんて言えるんだ」

「月子《つきこ》が傷付いたのかどうかだって、本人に訊《き》いてみなければわからんだろう。もし傷付けてしまったとしても、そのあと何をするかが大事だと、さっき話したな？」

首を横に振り続ける治《おさむ》を、セレーネは顔を逸《そ》らさずに説得していく。

「月子《つきこ》の願いは弟者《おとじゃ》に子供を作ってもらうことだ。それを叶《かな》えてやることが、弟者《おとじゃ》にできる唯一の償いじゃないのか？」

「……そんなことで院長が救われると思うのか」

「思う。なぜなら、弟者《おとじゃ》は神様であるからだ」

根拠も何もない、小学生のような理論で、堂々と断言した。

「弟者《おとじゃ》が作ったものは、人の心を射貫《いぬ》く。虜《とりこ》にする。あんなに凄《すご》い技術を出し惜しみするな。かつて何があったか知らないが、弟者《おとじゃ》はもう、変わっていい。人形を作るべきなのだ。古和《こわ》さんだって、きっとエゴーと同じ気持ちだぞ」

「……お前にかぐやの何がわかる」

「大してわからん。肝心なことは何も聞かされてないからな。だが、察することはできる」

もう一度治《おさむ》に粘土をこねさせてと託され、セレーネはかぐやの内心を推察した。

「だから、弟者《おとじゃ》。もう一度月子《つきこ》のために腕を振るおう。みんながそれを望んでいる」

投げかける言葉は、一つ一つ寄り添うように。

「頑張って勇気を出せたなら、エゴーが目一杯褒めてやる」

教室の陰で殻に閉じこもる少年に、セレーネは外へと導く光を当てていく。

照らされた真珠が、美しい反射光を返してくれることを期待して。

「…………なんで、お前は、そんなに」

そのあとに続く言葉は発音しなかった。しかしセレーネは全てを理解したように笑い、治《おさむ》の顔を覗《のぞ》き込《こ》むように上半身を近づけて、囁《ささや》いた。

「弟者《おとじゃ》の子供をエゴーの子供にすることが、エゴーの一番の青春だから」

その魔法の単語をここで口にするのは、反則だと思った。

治《おさむ》の心臓が跳ね上がる。ふわっと香ってくるココアのような優しい匂いが、全身を包み込む安らぎを与えてくれたような気がした。

「これなどは塗っていて凄《すご》く楽しかったぞ」

セレーネはスマホを取り出し、一枚の写真を表示させる。それは、治《おさむ》が資料を見ながら精巧に作り上げ、無残にもセレーネが現実離れした色合いに塗り上げた合作で。

「弟者《おとじゃ》とエゴーの手にかかれば、パルテノン神殿でさえ二人の子供となるのだ」

「……世界中の歴史の教科書に載っちまうな」

「オサム・ペイディアス・クロマツ」

「……お前が俺の名前を覚えていたとは思わなかったよ」

「ちなみに、エゴーのエラダでの姓はパパスタソプーロスだ」

「……覚えられないので、セレーネ椎竹《しいたけ》でいいと思います」

急に何を軽口など叩《たた》き合《あ》っているのだろう。塞ぎ込んでいたはずの自分の思考回路がわからなくなる。あまりにも滑稽に思えてきて、つい小さな苦笑いを浮かべてしまった。

いつもこうだ。この残念少女のペースに巻き込まれたら最後、突っ込みが絶えなくなって。

結局は、彼女が全ての主導権を掌握することになるのだ。

「月は見えたか？　思春期の男子」

「……いまどき、目を開けてりゃいつだって明るいさ。……だけど」

犯した愚行は消えない。月子《つきこ》の子供を潰した事実は一生残り続ける。

それでも、檻《おり》の中にいては、月明かりは遠いままだ。

（……院長は、俺に賭けたんだ）

私の子供を作ってよと月子《つきこ》が願ったのは、治《おさむ》の腕に可能性を見出《みいだ》したからだ。

（……そんなこと、俺にしかできないじゃないか）

世界中の名医を探したって、彼女が望む治療法は為《な》し得《え》ない。

「俺は、院長に謝りたい。そしてもう一度、院長のためになることがしたい」

治《おさむ》が月子《つきこ》のためにできることとは。彼女に救いをもたらすためには。

（人形だって、お肉病だって、青春だって……俺が全部背負ってやる！）

だったら、教室の隅で小さくなっている場合ではない。立ち上がらなければ。

治《おさむ》はぐっと両足に力を入れ、全身を持ち上げていく。

「だから……手を貸してくれ、セレーネ」

「エンダクシ」

求めに応じ、セレーネもすっくと並び立つ。直後、にやりと口元を綻ばせて、

「エゴーの勝ち」

「……はいはい、俺がセレーネを求めてましたよ」

ドヤ顔ダブルピースが向けられるのを承知で、治《おさむ》は頭を下げた。

「さあ、早く月子《つきこ》に戻ってくるように言え。もうあまり時間がないぞ」

教室の時計を見ると、一五時半をとっくに過ぎていた。

一刻の猶予もない。治《おさむ》は急いでスマホを取り出す。

「……え?」

ロック画面の通知を見て、思わず身体《からだ》が硬直した。

数分前に、新たなメッセージを受信していた。その送信者は、古和《こわ》かぐや。

途端、胸の中に再び恐怖心が生まれる。今度こそ幼《おさな》馴染《じみ》の怒りが込められたメッセージが来たのだと、固めた決意が一瞬で揺らいでしまう。

やはり自分は、誰かのために人形を作るなど、許されないのではないか。

月子《つきこ》のために腕を振るうことが、かぐやを傷付けることに繋《つな》がってしまって……

「てい」

横からセレーネが画面の通知をタップした。

「なっ⁉ お、おま……!」

「とりあえず、読んだらどうだ。ネガネガするのはそれからにしろ」

アプリが起動し、かぐやからのメッセージが映し出される。

それは、文章ではなかった。可愛《かわい》いスタンプでもない。

写真──否《いな》、真ん中に右を向いた三角形が表示されている。動画ファイルだった。

なぜそんなものを……と呆気《あっけ》にとられていると、視界にセレーネの指が伸びてきたので、治《おさむ》は首を括《くく》る覚悟で再生マークに触れた。

動画が流れ出す。そこには、見覚えのある男と、初めて見る小さな女の子が立っていた。

「……萩《はぎ》？」

『治殿《おさむどの》ー！　明離《あかり》たん、確かに受け取ったでござる！』

カメラを向けられた恰幅《かっぷく》の良《い》い男子が、手を振りながら満面の笑みを浮かべている。

『本当にありがとうでござる！　新品かと見紛《みまが》うほどの完璧な治療、まさに神業！　やはり治殿《おさむどの》は、フィギュア作りの達人でござるな！』

続いてカメラが女の子へと移る。

『黒松《くろまつ》さん！　わたしのおと、お、お、お、おともだちを治してくれて、ほんとにありがとうございました！』

明離人形《あかりにんぎょう》を大事そうに持ち、萩《はぎ》とは似つかない可愛《かわい》らしい笑顔の少女が深く礼をした。

画面越しであっても、それは治《おさむ》の胸を温かいもので満たしていくには十分だった。

当たり前だ。治《おさむ》はずっと昔から、誰かの喜ぶ顔のためにその技を磨き続けてきたのだから。

ずっと昔から、幼い子供にとって人形がどれだけ大切な友達なのか、知っているのだから。

動画が終わると、ほぼ同時にスマホが震えた。新たに文章が表示される。

【以上、患者のご家族の声をお伝えしましたよ　ブラック・パイン先生】

「……誰がブラック・パイン先生だ」

反射的に呟《つぶや》いた。そんな呼び方をされたのは生まれて初めてだった。

治《おさむ》の返信を待たず、メッセージが連投されていく。

【ねえ、治《おさむ》　あたしがイラストレーターになりたいって思った理由、わかる？】

それらは、怒りなどからはかけ離れた文章だった。

【治《おさむ》が原型師になったら、あたしが元になるイラストを描きたいって思ったからだよ】

古和《こわ》かぐやという絵描きが、夢への原動力としている勝手な空想で。

【今日、あたしの夢を一つ叶《かな》えてくれてありがとう　いつの日か、また夢が叶《かな》いますように】

憧憬する未来に想《おも》いを馳《は》せる、純粋な感情が綴《つづ》られた手紙だった。

「…………」スマホを見つめながら、治《おさむ》は立ち尽くす。

治《おさむ》にも夢を持たせるような幼《おさな》馴染《じみ》の玉章に、安堵《あんど》と混乱が入り混じったような感情を抱いた。

「やはり弟者《おとじゃ》の手にかかれば、みんな心を射貫《いぬ》かれてしまうようだな」

厚かましくも他人様《ひとさま》のスマホを覗《のぞ》き見《み》し続《つづ》けていた残念美少女が、どうだと言わんばかりのドヤ顔で笑う。サイズアップが判明した左胸を、確かめるように優しく撫《な》でる。

「わかったか？　ペイディアスの創作が、女神アテーナのフィギュアが、エラダの民の心の文えであったように——弟者《おとじゃ》が生み出す子供は、人々の希望となれるのだ」

「……ギリシャの造形芸術をフィギュア呼ばわりできるのはお前だけだろうな」

「神話という大衆娯楽のヒロインを立体化させたものだぞ。美少女フィギュアと何が違う」

「……はは、人間がやることなんて、いまも昔も大差ないのかもな」

わかるようなわからないような理屈が、治《おさむ》に不思議な勇気を与えてくれた。

「だったら俺も……院長の希望になれるのかな」

「月子《つきこ》が求めてくれるのなら」

影を纏《まと》って日々を生きるこんな男でも、誰かに必要とされているのなら。

治《おさむ》は、月にだって手を伸ばす。

☽

「……出ないな」

繰り返されたコール音が留守番電話サービスへと繋《つな》がり、治《おさむ》はスマホを耳から離した。

「月は遠いからな。電波が悪いのかもしれない」

「だったら届く場所を探すだけだ」

廊下をセレーネと歩きながら、リダイヤルを試みる。……繋《つな》がらない。

「くそ、電源は切ってないはずなのに……」

「大丈夫だ、今度こそ届く。最初はヘルメース《マーキュリー》、次はディオスクーロイ《ジェミニ》、最後はアポローン《アポロ》だ」

「だから、何言ってんのか全然わからねーんだよ、エラダの民」

「文句はNASAに言え」

アメリカ航空宇宙局に苦情を入れている場合ではないので、三度月子《つきこ》に向けて発信する。

コール音が続く中、視線の先に芸術の神が加護する部屋が見えてくる。

そして、一一回目のコール音が鳴り、辿《たど》り着《つ》いた美術室の扉を開いた瞬間、

「——はい」

スピーカー越しに聞こえてきた声に、治《おさむ》は胸を大きく高鳴らせた。

「あ……い、院長。その、黒松《くろまつ》だけど……」

「……黒松《くろまつ》くん」

戸惑いを帯びた声音で名を呼ばれ、つい怯《ひる》みそうになる。だが、ようやく繋《つな》がった希望を断ち切るわけにはいかない。意を決し、治《おさむ》は美術室の中へと左足を踏み出した。

「……もう家に帰ったのか？」

「……ううん、いまはファミレスにいるよ。一昨日《おととい》、黒松《くろまつ》くんと行ったところ」

「え？　なんでそんなところに……？」

「……わからない。なんとなく、ここで勉強しようかなって思って……」

月子《つきこ》らしくない曖昧な返答。その行動の動機は推し量れないが、はっきりしているのは、彼女が勉強の虫に戻ろうとしているということだ。

「……院長、さっきは本当にすまなかった。俺が馬鹿だった。電話越しじゃなくて、ちゃんと顔を見て直接謝りたい。だから、もう一度学校に戻ってきてくれないか」

「……黒松《くろまつ》くんは何も悪くないよ。謝るべきなのは、私のほうで……」

「いや、悪いのは全部俺なんだ。俺の謝罪を聞くだけでいいから、戻ってきてほしい。頼むよ」

謝罪だけで済ませるつもりはないが、まずは月子《つきこ》に戻ってきてもらうことが最優先である。

「……私の顔を見たら、きっと黒松《くろまつ》くんの負担になっちゃうよ。古和《こわ》さんが言ってたことだけど……羽衣《うい》の顔、私に似せて作ってたんでしょ？　だったら、いまは見ないほうが……」

「だからって転校するわけにもいかねーだろ。今日のことは、今日中に始末をつけたい」

「……黒松《くろまつ》くんも、私のことをお肉だと思えばいいよ」

「そんなの絶対嫌だね。『病気になれ』だなんて、院長らしくないことを言うなよ」

美少女のご尊顔が認識できなくなるなど、日陰者であっても願い下げだ。

むしろ反抗心が芽吹いてくる。そんな奇病に悩む少女に、なんとかして救いの手を差し伸べてやりたいと。彼女が望んでいたものを、決して諦めさせたくはないと。

それはきっと、治《おさむ》も同じものを求めたくなったから。

「お願いだ。俺と二人で話をさせてくれ。お互いの顔を見て、言葉を交わしてくれ」

「……私には、黒松《くろまつ》くんの顔がわからないよ」

「わかるようになりたいとは、もう思ってはくれないのか、院長」

内心を探るような問いかけに、月子《つきこ》が沈黙する。

「俺はこの数日で、院長の知らなかった顔がわかるようになって、嬉《うれ》しかったよ」

月子《つきこ》の裏面を知り得た治《おさむ》にとって、もはや彼女は雲の上の存在でもなんでもなく。

だからこそ、一切のわだかまりを残したくはない。女の子との間に気まずいしこりを持ち続けることがどんなに苦しいか、この一年で嫌というほど味わってきたのだから。

「二人だけで話そう院長。話し合って——お互いの気持ちを理解しよう」

思いの丈を全て伝え、治《おさむ》は返事を待った。長い沈黙の末、月子《つきこ》の答えは、

「…………わかった。私にもちゃんと謝らせて、黒松《くろまつ》くん」

「——ああ、待ってるよ！」

安堵《あんど》の笑みが零《こぼ》れた。治《おさむ》が踏み出した一歩を、月子《つきこ》は受け入れてくれた。

電話を切ってスマホをしまう。と、「二人だけで、か」とセレーネが呟《つぶや》いた。

「俺が起こした問題だからな。俺一人で院長に向き合わないと、道理が立たないだろ」

「エゴーがいなくても大丈夫なのか？」

「もう十分、セレーネは俺を助けてくれた。あとは自分でケリをつける」

「……そうか。……大きくなったな、弟者《おとじゃ》」

僅かに口角を上げたセレーネは、机に置いてあった自分のスクールバッグを持ち上げた。

「さすれば、全てを託すとしよう。エゴーは帰るぞ。さらば」

「え？　いや、何もお前が帰らなくても、俺と院長が準備室にでも行けば……」

「エゴーはもう持ってきたものを塗り終えた。今日はこれ以上やることはない」

その信じられない報告に、治《おさむ》は驚いてセレーネが作業していた机を見やった。

段ボールを縦にして敷き詰めたような塗装ベース。その中に、竹串にクリップを付けたような塗装棒が何本も突き立てられ、先端で保持したガレキの各パーツを乾燥させている。

「……嘘《うそ》だろ。お前が塗り始めたの、昼飯のあとだったのに……」

思わず近寄って凝視した。ガレキの身体《からだ》や顔、手足、服や小物に至るまで、余すところなく着色が施されている。速度重視のやっつけ仕事などではない、超美麗な仕立て。

組み立てたら間違いなく、マニアも唸《うな》る美少女フィギュアになると確信が持てた。

「……すご」

「まあ、しょせんそれは練習だ。弟者《おとじゃ》が作ったものを塗るときが、エゴーは一番楽しい」

じーっとこちらを見つめる緑の双眸《そうぼう》に込められた着色欲求を感じ取り、治《おさむ》は首肯を返した。

「ではそのときのために、エゴーは月子《つきこ》の小説を買って、家で読むとする」

友達のために持てる技術の全てを捧《ささ》げるべく、セレーネは美術室を去っていった。

「……ロクに表面処理もしてないのに、ほんと凄《すご》いな、あいつ」

一人になった室内で、治《おさむ》は感嘆の息を漏らす。

「……置いていかれたくねーなぁ、色神様に」

同時に、胸の奥底から沸々と湧き上がってくる何かを感じていて。

(俺も、院長のために……神様に、なりたい)

心臓がいつもとは違うリズムを打ち始める。身体中《からだじゅう》を血が駆け巡り、指先が熱を持ち出す。

発熱は、病気のサインだ。普通であれば、医者にかからなければならないだろう。

だが、この熱はそうではない。忌避すべき病の証《あかし》などでは断じてない。

何かの虫になろうとする若者の、高揚した心から生み出された熱なのだ。

顔を上げた治《おさむ》が歩き出す。爪先が向いているのは、先刻まで座っていた作業机。

そこでしていたのは、粘土を人の形にこね続けること、ただそれだけで。

それだけのことが、黒松治《くろまつおさむ》という人間が、人間を超越できる御業《みわざ》だった。

『――やっと戻ってきたか。神様、俺怒ってるからな？』

椅子に腰を下ろした途端、机の上の富士《ふじ》が話しかけてくる。

『まあまあ、富士《ふじ》くん。わざと落としたわけじゃないんだから』

『いくら神様でも、羽衣《うい》に酷《ひど》いことしたら許せないよ』

「……悪かった、富士《ふじ》。……ごめんな、羽衣《うい》」

二人に向かって、治《おさむ》は頭を下げた。

『大丈夫だよ。神様の手にかかれば、私達は何回でも生まれ変われるもの』

「……もうほっぽり出して逃げたりしないよ」

『当たり前だろ。この償いは、超絶可愛《かわい》い羽衣《うい》を作ることでしか果たせないからな』

『すっごーく格好いい富士《ふじ》くんと一緒に並べてね』

頭の中の存在に尻を叩《たた》かれるなど、他人が聞いたらきっとドン引きするに違いない。

『そして、私達のお母さんを、とびっきりの笑顔にしてあげてね、神様』

だけど、それでも。治《おさむ》は人形と会話をしながら、人形を生み出していくのだ。

エプロンを掛け、マスクで口を覆う。両手にゴム手袋をはめ、パチンと裾を弾《はじ》いた。

その格好が、人の形を創作する者の神御衣《かむみそ》。

「約束するよ。俺史上最高のフィギュアを作ってやる」

治《おさむ》は迷いのない誓いを宣し、まずは半身が潰れた羽衣《うい》を作り治し始めた。

☽

控えめに扉を開ける音が聞こえたのは、それから一五分ほどが経過した頃だった。

「――来てくれたか、院長」

手に持っていたものを机に置き、治《おさむ》は立ち上がって後ろを向く。

二人の視線が重なった瞬間、「……え？」と困惑を帯びた声が聞こえた。

「どうして……またその格好をしているの？」

「そりゃもちろん、フィギュアを作ってるからだよ。羽衣《うい》と富士《ふじ》のな」

マスクを外し、答える。月子《つきこ》がさらに目を見開いた。

「だ、だめだよ。そんなことをしたら、黒松《くろまつ》くんがまたつらい思いをしちゃうよ」

「……院長、最初にその誤解を解いておきたい」

月子《つきこ》の勘違いを正すため、治《おさむ》は心情を明らかにする。

「俺が人形作りを拒んでいたのは、人形を作ること自体を苦痛に感じるからってわけじゃないんだ。だから、俺に人形作りを頼んだことを院長が悪く思う必要は全くない」

「……嘘《うそ》だよ。黒松《くろまつ》くんがあんな声を出すなんて、つらくないわけがないじゃない」

「確かにあのとき、俺はパニックを起こした。院長を傷付けてしまったからな」

「……私を、傷付けた？」

「俺が馬鹿なことをしたせいで、羽衣《うい》を潰してしまった。それで怖くなって、逃げ出したんだ。目の前であんなことをされて、悲しい気持ちになったよな。……本当にごめんなさい」

深々と頭を下げ、己の愚行を詫《わ》びる。それを見た月子《つきこ》は苦しそうに首を振った。

「……違うよ。私が、嫌がってた黒松《くろまつ》くんに無理やり……」

「無理やりじゃない。俺が自分から『羽衣《うい》と富士《ふじ》を作らせてくれ』って頼んだんだろ」

ファミレスでの押し問答は、治《おさむ》自ら手を挙げることで決着したのだ。

「……どうして黒松《くろまつ》くんは、一人で全てを背負おうとするの？　私が余計なことを頼んできたせいでこんなことになったんだって、私を責めて当然なのに」

「それはこっちの台詞《せりふ》だよ。院長は俺のこと、馬鹿だ謝れって怒鳴ってもいいんだ」

「……そんなことを言ったら、黒松《くろまつ》くんに余計につらい思いをさせるだけじゃない」

「だから感情を押し殺して、大人を演じて、何もなかったことにして終わらせるのか？」

治《おさむ》は顔を上げ、再び月子《つきこ》を見据える。

「前にも言ったな。院長はもっと、怒っていい。年相応の感情をぶつけていいんだ」

「……そんなの、余計に状況が悪くなるだけだよ」

「良くなることも、ないだろ」

お互いが非を自分に向け続ける限り、治《おさむ》と月子《つきこ》の関係はギクシャクし続けてしまうだろう。

「どうしても怒れないのなら、それでもいい。院長は優しいからな。だけどせめて、俺を庇《かば》わないでいてくれ。俺に、責任を果たさせてほしい」

「……黒松《くろまつ》くんは、私のことを責めてくれるの？」

「無理だ。院長は何も悪くないから」

「……私も同じだよ。黒松《くろまつ》くんのことを悪いなんて思えない」

「そしたらもう、お互いが責任を果たし合うことでしか前に進めないんじゃないか」

きっといまの月子《つきこ》は、教室で塞ぎ込んでいた治《おさむ》と近しい心境なのだろう。

自分が許せなくて、誅罰《ちゆうばつ》を求めている。ならば、今度は治《おさむ》が月子《つきこ》に手を差し伸べる番だ。

「俺の責任は、院長に謝って、もう一度人形を作ることだ。院長のはなんだ？」

「……黒松《くろまつ》くんに謝って、人形作りの依頼を取り下げること」

「違うだろ。院長の責任は、俺の人形作りを最後まで見届けることだよ」

混乱したように、月子《つきこ》は眉を下げた。

「依頼が完遂されたのか。出来は満足いくものなのか。その目でしっかり確かめて、最後に『ありがとう』って言う。それが、俺に頼みごとをした院長がするべきことなんだ」

お礼に最高の笑顔が混じっていたら、請け負った者としてこれ以上嬉《うれ》しいことはない。

「……私の事情を黒松《くろまつ》くんに押し付けるのは間違っていたんだよ」

「まあ、正しくはなかったかもしれないな。俺は医者でもなんでもないんだから」

人間が肉に見えるというタチの悪い難病。その治療法を人形に見出《みいだ》した突飛な発想を、治《おさむ》はいまだに理解しきれないし、自分なんかに期待しすぎだと思うけれど。

「それでも――院長は、俺に賭けてくれたんだろ？」

「……賭け？」

「医学書のどこにも書いてない、成功の保証も何もない荒療治だ。そんな思い付きの治療法に賭けるくらい、院長は思い詰めていたんだ」

　そうでなければ、医者の卵はとっくに自分で病を克服し、思い描く青春を謳歌《おうか》できたはず。

「だったら俺も、俺の可能性に賭けてみるよ。俺なら院長の病気を治せるかもしれないって」

　自信も確証もない。ただ、悩める少女の希望になりたいと思った。

　誰も知り得ない、暗闇で満ちた彼女の裏側まで、眩《まばゆ》い光で照らしてあげたいと思った。

　治《おさむ》は足を動かして月子《つきこ》との距離を詰め、真正面から対峙《たいじ》する。

「お願いだ、院長。俺にもう一度チャンスをくれ。お前の子供を、俺に作らせてくれ」

　同情でも哀れみでもない。月子《つきこ》の春を青く塗るために、治《おさむ》は懇願する。

　鋭い眼差《まなざ》しで彼女の両目を見やれば、それは逃れるように下を向いてしまって。

「目を逸《そ》らさないで。俺を見て、もう一回『青春がしたい』って言ってくれ」

　月子《つきこ》は俯《うつむ》いたまま「……これ以上、迷惑はかけられないよ」と声を絞り出す。

「私の青春は、勉強の虫であるべきなんだよ。だから小説だってあんなことになったんだ」

「それが院長の運命なら、悔しくて仕方がないよな。……だったら、俺が変えてやるさ」

　作家としての不運も、青春への枷《かせ》も、まとめて全部この手に担《にな》ってしまえばいい。

　大人びた少女が抱く年相応な願いを、諦めさせてなるものか。

　月子《つきこ》が求めてくれるのなら、治《おさむ》は覚悟を持って救いの手を伸ばす。

「さあ、ほら。三日前みたいに、無茶苦茶なことを言ってくれ」

「……人形を作ってもらっても、私は何も変われないかもしれない」

「今更かよ。そんなの、俺は最初からずっと思ってるよ」

思わず苦笑してしまう。学校一の優等生は、ようやく己の理論の穴に気付いたようだ。

「でもまあ、人形がダメだったとしても……別の賭けをすればいいだけさ」

「……どういう意味？」

「病気があるから青春できないんじゃなくて、青春しながら病気を治していこうぜってことだ」

掲げていた前提を覆《くつがえ》すような提案が、伏せていた月子《つきこ》の視線を上げさせた。

「人間がお肉に見えるから、人付き合いは大変だし、恋愛感情なんて抱けないのかもしれない。だけど、全く青春ができてないってわけでもないだろ。俺とセレーネと一緒に昼飯を食ったの、青春してる感じがしたって言ってたよな」

「それは……」

「少なくとも、今日の院長は、勉強の虫ではなかったんじゃないか？」

人形作りを見学したのも、セレーネとの交流も、月子《つきこ》の日常ではあり得ない出来事だったに違いない。休日の学校。日頃近づかない美術室。そこには、青春の欠片《かけら》が煌《きら》めいていた。

「俺も少し前まで、院長のことを同じ人間だと認識できていなかったのかもしれない」

「……その通りだよ。私は、普通じゃないから……」

「けれど、よくわかった。院長は、俺とも他のヤツらとも大して変わらないよ」

「……え？」

「普通に望みを持ってるし、普通に悩みを抱えてるし、普通に創作をする。もちろん普通じゃねーだろって思うこともあったけど……院長のそんな面も知れて、俺は嬉《うれ》しかった」

誰も深くは知り得なかった女の子が、治《おさむ》を必要としてくれたのだ。

他人に必要とされれば、応えたいと思う。それが治《おさむ》の行動原理だった。

「だからさ、院長も望んでいいんだよ。勉強の虫じゃない、みんなと同じ青春を」

月子《つきこ》は今日、過《あやま》ちを犯したと思っているのかもしれない。治《おさむ》だってそう思った。

けれど、きっと皆失敗して、その度に反省して——また新たな青春を歩んでいくのだ。

粘土をこねて、何度だって作り治して、理想の人の形を生み出していけるように。

「院長のおかげで、俺にもすっげぇいいことが起きてるんだぜ」

「……どんなことが？」

「メッセージアプリを開いてみろよ」

唐突に促され、月子《つきこ》は訝《いぶか》しみながらもスマホを取り出す。

「こう言ったらなんだけど、院長、いままで家族以外に連絡先を知ってるヤツはいたか？」

その問いかけには「……ううん」と予想通りの否定が返ってきた。

「でも、いまは違うだろ。黒松治《くろまつおさむ》ってヤツが、お友達一覧に載ってるはずだ」

月子《つきこ》の目が大きくなった。お友達登録をしなければ、メッセージを送ることはできない。

「院長が人形を作ってほしいって願ったから、俺達は繋《つな》がれたんだ」

「……おともだち……」

「まあ、そんなのはアプリの機能名でしかないかもしれないけど……切っ掛けにはなるだろ」

たとえ顔は認識できていなくとも、文字列が二人の新しい関係を表してくれている。

「院長が望めば、そこにセレーネだって加わっていくんだ」

今日ハグを交わした少女達は、言葉で友となることを誓い合った。

「これから俺は、院長が気兼ねなく素の自分を見せることができる存在でありたい。大人であろうとすることなく、年相応に話し合える相手になりたい」

去年治《おさむ》がセレーネと築いた関係が、はぐれ者二人の学校生活を破綻から守ってくれた。同じように、月子《つきこ》と結ぶこの縁が彼女に救いをもたらして——否《いな》、治《おさむ》が救うのだ。

「だから、俺は人形を作る。作りたいんだ！　院長と、俺の青春のために！」

ゴム手袋をはめた手で拳を握り、エプロン越しに胸を叩《たた》く。月子《つきこ》に、あるいは美術室におわす芸術の神に向かって、粘土をこねて生きていく理由を言い放ってみせた。

「俺にお前の青春を託してくれ！　もう一度、俺の観者になってくれ！　俺の創作に価値を見《み》出《いだ》してくれたのなら、いつか必ず俺がお前の病気を治してやる‼」

根拠などない。必要もない。治《おさむ》は医者などではないのだから。

突き動かされる感情は昔から一つ。誰かの喜ぶ顔のために、この腕を振るいたいと思うのだ。

「…………どうして黒松《くろまつ》くんは、そんなに優しい人でいられるの？」

いつの間にか視線を重ね合わせていた月子《つきこ》が、瞳を揺らめかせながら呟《つぶや》いた。

「もっと優しい、神様みたいな女の子が、俺の周りにはたくさんいるからかな」

過度な優しさには、ときに罪悪感を抱いてしまうと治《おさむ》は体感してきたけれど。

人が人のために生きたいと願うのも、人の優しさが掻《か》き立《た》てるものだと信じたかった。

「……訊《き》いてもいい？　……治療費は、高いのかな」

「残念ながら、俺の治療費は安くないぞ。フィギュアを作るのは、結構かかるからな」

「……そう言われると、なんだか無性に安心してきちゃうな」

「だけど部費割ってのもある。いまならクズ部長の絶叫と引き換えに一〇割引でどうだい？」

「……あはは、やっぱり黒松《くろまつ》くんは優しいや」

治《おさむ》の申し出に、月子《つきこ》は微笑《ほほえ》み交《ま》じりの突っ込みを返した。

「……私は、青春を望んでもいいのかな。小説に託したような初恋を、夢見てもいいのかな」

「恋人がほしいってのは、一〇代の人間なら年相応の願いなんじゃねーか」

「黒松《くろまつ》くんもそう思ってるの？」

問われた一〇代の男子は「……ノーコメントだ」とはぐらかす。月子《つきこ》がくすりと笑っていた。

「……私の病気は厄介だから、かなり難儀すると思いますぜ？」

「承知の上だよ。どんなに長くかかっても、一緒に頑張ろう、院長」

勇気を分け与えるように、治《おさむ》は開いた手を月子《つきこ》に向かって伸ばしていく。

ゴム手袋を見つめながら、月子《つきこ》は若干赤みが差した頬を緩ませて、「うん」と頷《うなず》いてみせた。

「それじゃあ……改めてお願いします。――私の子供を作ってよ、黒松《くろまつ》くん」

「ああ、喜んで」

沈んでいた月が再び天へと返り咲き、透き通るような光でエーゲ海の水面《みなも》を照らし出す。

美しさで満《み》ち溢《あふ》れたその輝きには、きっと真珠も憧れを抱く。

第五章　フィギュアのお医者さん

右手に握るスパチュラを忙《せわ》しなく操りながら、治《おさむ》は迫り来る刻限と戦っていた。

月子《つきこ》を説得してからは、席を立つことなく一心不乱に指を動かし続けている。

その集中力は、四月上旬なのにもかかわらず額に玉のような汗を発生させていた。

「……黒松《くろまつ》くん、少し休憩しない？　汗が出てるよ」

「そんな暇はない。今日中に原型を終わらせるには、もう休んでなんかいられないんだ」

「無理に今日終わらせようとしなくても、私は大丈夫だから」

「いや、今日羽衣《うい》と富士《ふじ》に会わせてやる。院長のために、絶対やり遂げるって決めたんだ」

「……じゃあ、せめて……」

月子《つきこ》はハンカチを取り出し、身を寄せてそっと治《おさむ》の顔に当てていく。

「……頑張って、黒松《くろまつ》くん」

声援に頷《うなず》き、治《おさむ》は人形作りに邁進《まいしん》する。滲《にじ》み出《で》る汗は、その都度月子《つきこ》が拭ってくれた。

羽衣《うい》の脚部や胴体は大半が潰れてしまっていて、痛々しさに顔が歪《ゆが》んだ。

だが、フィギュアの命ともいえる顔が無傷だったのは幸いだった。再度一から、徹底的に可《か》愛《わい》く、美しく、一〇代の少女の色香を感じさせるように、粘土で人の形を生み出していく。

（お前は女体を作るのが得意なんだろ、エロス大魔神）

自らを鼓舞するように、蔑称を自分に投げつけた。

（ほんと気持ち悪いヤツになったよ。一〇年前のお前が見たら咽《む》び泣《な》くだろうな）

人形で合戦ごっこに夢中になっていた子供は、全く違う道を歩むことになってしまった。

（だけど、それで誰かが喜んでくれるのなら……とことんそんなお前でいろよ）

女性美を表現することは、人類が歴史の中で行い続けてきたこと。古代ギリシャの人々だって虫になって創作していたこと。ならば治《おさむ》とて、胸を張って生み出していけばいい。

より可《か》愛《わい》く、より華やかに、より耽《たん》美《び》に。美少女フィギュアとは、そういうものだ。遍《あまね》く観者だって間違いなく、そんな偶像に喉を唸《うな》らせるのだから。

もちろん、羽《う》衣《い》のみに注力し、富《ふ》士《じ》をおざなりな出来で妥協することは許されない。

おそらく富《ふ》士《じ》には、月《つき》子《こ》が思う理想の男性像を少なからず投影させているはずなのだから。

羽《う》衣《い》と富《ふ》士《じ》が二人で過ごす青春。月《つき》子《こ》が思い描く恋物語。それを、三次元の世界に顕現させてみせること。それが、常人には成すことができない、治《おさむ》に託された使命。

己の矜《きょう》持《じ》にかけて、決して質を疎《おろそ》かにすることなく、かつ可能な限り手早く。かぐやのイラストに見劣りしない、セレーネが塗るのに相《ふ》応《さわ》しい最高傑作を目指して。

月子《つきこ》の笑顔のために、治《おさむ》は持てる力の全てをスパチュラに込めていった。

そして――――時計の針が一七時半を示した。

「……よし！　ひとまず二人の身体《からだ》はできたぞ！」

部活動終了を告げる鐘が響く中、出来栄《できば》えを確かめるように人形を丸板に立たせる。

潰れていた羽衣《うい》の身体《からだ》は再び作り治され、細身ながらも女性的な魅力をほのかに醸《かも》し出《だ》す少女の肢体が見事に粘土で表現されていた。

羽衣《うい》の身体《からだ》がある程度仕上がったあとは、同時進行で富士《ふじ》にも再度手を加えた。

同じ台座の上に二人を立たせてやれば、愛《いと》しい人と身体《からだ》を寄せ合う男女の姿が出来上がる。

『うわー！　羽衣《うい》、めちゃくちゃ可愛《かわい》いよ！　最高に綺麗《きれい》だ！』

『そ、そんな。富士《ふじ》くんも、すっごく格好いいよ』

『喜ぶのは早いだろ。二人ともまだ裸の状態なんだから』

冷静に諭すと、羽衣《うい》も富士《ふじ》も赤面し、気まずそうにお互いから目を逸《そ》らす。

『すぐに服を作って着せてやるから、辛抱して……』

「もう時間だよ、黒松《くろまつ》くん」

人形との会話を遮るように聞こえてきた声に、治《おさむ》ははっと我に返った。

「チャイムが聞こえたでしょ？　もう後片付けをして、下校しないと」

「じゅ、一八時まではできるだろ。あと少し、服を作ればひとまず形になるんだ」

構わず作業を続行しようとしたが、真面目な優等生は首を横に振る。

「私のせいで黒松《くろまつ》くんに校則違反をさせちゃったら申し訳ないよ」

「そんなの気にしねーよ。校則なんかより、院長の子供を作るほうが大事だ」

「……もしも一八時までに終わらなかったら、どうするの？」

「当然居残って作業を続けるさ。院長はファミレスにでも行って待っててくれ」

美術室の明かりを消して巡回の教師の目を欺く。あるいは、準備室の棚の陰に隠れてでも人形作りを続ける所存だ。完全下校時刻など、知ったことか。

「……そこまでしてくれるなんて、ありがとう。でも、もう十分だから」

「全然十分じゃねーだろ。お礼なら人形が出来上がってから言ってくれ」

「……どうしても今日中に終わらせるつもりなの？」

質問に答えるように、羽衣《うい》の制服を造形し始める。月子《つきこ》の顔に複雑そうな色が浮かんだ。

「……わかった。黒松《くろまつ》くんが納得するまで作業を続けて」

「任せろ。必ず二人を作り上げるから……」

「でも場所だけは変えようよ。続きは、私の家でしよう」

「……え？」思わず耳を疑った。視線でもう一度言えと圧をかける。

「このあと私の家に行って、そこで完成するまで作業をしたらどうかなって」

再度折衷案を言ってのけた同級生の女子に、驚愕《きょうがく》と呆《あき》れが混じったような感情を抱いた。

「いや……それはまずいだろ」

「どうして？　これなら校則違反にはならないから安心だよ？」

深い溜息《ためいき》をつきながら、「校則違反以上の問題だろ。俺、男だぞ」と突っ込む。

一人暮らしの女の子が、周囲に誰もいない状況で男を家に上げるなど、もってのほかだ。

「別に黒松《くろまつ》くんは何もしたりしないでしょ。人形を作るだけなんだから」

「し、しないけど、世の中には暗黙のルールってもんが……」

「じゃあ学校のルールも守らないとね」

常識を常識で上書きする。真面目な優等生が説き伏せるように口端を上げた。

「……でも、だからって院長の家に行くなんて……」

「お願いだよ。学校に居残るくらいなら、家《うち》に来て」

「……人形を作ったりしたら、部屋がかなり汚れるぞ」

「掃除も私がするから気にしないで。せっかくだから、今夜二人を枕元に並べながら寝たいな！」

まるでおもちゃをねだる子供のようなことまで言い出され、治《おさむ》は逡巡《しゅんじゅん》する。

(院長が大人びない言動をしてくれるのは、歓迎すべきことなんだろうけど……)

「……もしかして黒松《くろまつ》くん、セレーネに遠慮してるの？」

「なっ⁉　な、なんで急にセレーネが出てくるんだよ⁉」

藪《やぶ》から棒《ぼう》にそんなことを問われ、ぎょっとして慌てふためいた。

「セレーネに内緒で私の家に行ったりしたら悪いなって思ってるんじゃないの？」

「そ、そんなわけないだろ！　俺とあいつは、その、そういうんじゃないんだから！」

「なら、古和《こわ》さん？」

「それこそ関係ない！」

妙な邪推をされてしまい、治《おさむ》は髪をがりがりと掻《か》く。

「……ああもう、わかったよ。校則は守る。院長の家の机を貸してくれ」

ついに折れた治《おさむ》に、月子《つきこ》は「ありがとう」と満足そうな微笑《ほほえ》みを浮かべた。

その笑顔から、治《おさむ》はつい目を背けてしまう。

月子《つきこ》の家を訪れるという事実が、頬と心臓を少しずつ刺激し始めてしまって。

思い返してみれば、子供の頃に初めて古和《こわ》家を訪ねたときも同じような心持ちになった。

そのときと何も変わらない。初々《ういうい》しくも新鮮な欲求が治《おさむ》の中には確かにあって。

月の欠片《かけら》をもっとたくさん集めたくて、治《おさむ》は手を伸ばしていく。

青春は、少年を欲張りにさせる。

「──今上《いまがみ》、医院……？」

月子《つきこ》に先導されるがままに電車に乗り、駅を出て数分歩いた末に辿《たど》り着《つ》いた建物。

その入口付近に掲げられた看板を読み上げながら、治《おさむ》は眉をひそめていた。

「院長の家の病院って、今上《いまがみ》総合病院じゃなかったか？」

既知の情報を問いただす。いま目の前にある建物は、どこの街中にもあるような普遍的な診療所にしか見えなかった。

そもそも、なぜこんなところに来たのか。月子《つきこ》の家に行くという話ではなかったのか。

「ここはね、私のお祖父《じい》さんの診療所兼自宅だった場所だよ。そこにいま私が住んでるんだ」

それを聞いて腑《ふ》に落ちた。一人暮らしというからにはアパートやマンションなどを想像していたが、そこまでの巣立ちには至らなかったようだ。月子《つきこ》の親としても、高校生の娘をなるべく目の届くところに住まわせたいということなのだろう。

「お父さんに院長の座を譲ったあと、ここに移って診療所を開いたんだよ」

「親父《おやじ》さんだけじゃなくて、祖父《じい》さんも医者なんだな」

「ひいお祖父《じい》さんもその前も、大昔からみんなお医者さんだよ。今上《いまがみ》家ってそういう家系だから」

「うわ、すっげぇな。ほんとに医者の子供って医者になるよな。世襲制かってくらい」

遺伝的なアドバンテージや経済力など理由は様々類推できるが、一族揃《そろ》ってドクターというのはよく聞く話だ。月子《つきこ》もまたその道を歩んでいくことになるのだろう。

「でも、一人暮らしってことは、祖父《じい》さんはもう……」

「うん、亡《な》くなってる。事故で、お祖母《ばあ》さんと一緒にね。だからここはもう閉院してるんだ」

祖父母が健在な治《おさむ》からすると切ない気持ちになった。「……お気の毒に」と哀悼の意を表す。

「どう？　医院のほうから入ってみる？　手術室とかもあるよ」

「い、いや、いいよ別に。できれば一生関わりたくないし」

「そう。じゃあ、家のほうはこっちだから」

建物の裏に回ると、【今上《いまがみ》】の表札が掛けられた門塀《もんぺい》があった。表から見れば一目で医療機関とわかる佇《たたず》まいだったのに、こちらからはただの一般住宅にしか見えない。

門扉《もんぴ》を開いて玄関の扉の鍵を開けた月子《つきこ》に続き、治《おさむ》は今上《いまがみ》家の敷居を跨《また》いだ。

「……お邪魔します」「いらっしゃいませ。スリッパをどうぞ」

置かれたものに足を通すと、まずリビングへと案内された。テーブルやソファ、テレビなどが置かれたその部屋は、治《おさむ》の家よりも広い。可愛《かわい》いインテリアの数々で彩《いろど》られていたり、床に物が散らかっていたりすることもなく、シンプルで月子《つきこ》らしい生活空間だと思った。

「ここで一人暮らしできるのなら快適だろうな」

「そうだね。好きなように過ごしてるよ」

「院長はなんで親に一人暮らしがしたいって言ったんだ？」

大いなる自由を手に入れることができる反面、身の回りのことは全て自分でやらなければならなくなる。治《おさむ》が両者を天秤《てんびん》にかけたら、まだ実家から出る選択はしない。

「んん……青春したかったから、かな？」

「……さすがに青春と一人暮らしは関係なくねーか」

高校生の大半は親と同居しているだろと突っ込むと、月子《つきこ》はごまかすように笑みを返した。

「私の部屋は二階だけど、汚れちゃうんだったら、作業は一階の客間でもいいかな」

「遊びに来たわけじゃないんだから、それで頼む」

「じゃあ、遊びに来たときは入れてあげるね」

本当にこの少女は、さらりととんでもないことを言う。

「あ、ああ」と返しながら、果たしてそんな未来が訪れるのだろうかと、治《おさむ》は頬を掻《か》いた。

リビングを出て連れていかれたのは八畳の和室だった。

旅館のようなレイアウトで、部屋の中央に座卓と座椅子が置かれている。

「……畳はちょっと気が引けるな。粘土カスとか結構飛び散るぞ」

「お客さんなんて来ないし、畳ももう何年も張り替えてないから気にしなくていいよ」

家主がそう言うので、治《おさむ》は心苦しくも座椅子に座り、抱えてきた段ボール箱を座卓に置いた。

その中身は、厳重に梱包《こんぽう》した上で慎重に運んできた羽衣《うい》と富士《ふじ》で。

慎重に箱から取り出すと、二人とも無傷であり、ほっと胸を撫《な》で下《お》ろした。

その他美術室から拝借してきた道具を並べ、最後にマスクとゴム手袋、エプロンを――

「……あれ？　エプロン忘れてきた？」

スクールバッグを探る手が、忘れ物に気付いてしまった。

美術部の必需品を忘れるとはなんたる失態。作業に影響はないが、制服が汚れてしまう。

「白衣ならあるけど、使う？」

すると、月子《つきこ》が代替品の貸与を申し出てくれた。

「ああ、ここ病院だもんな。そしたら悪い、貸してもらえるか」

厚意に甘えると、月子《つきこ》は一度和室を離れ、一着の白衣を持って戻ってきた。

手渡されたものに袖を通し、前をボタンでとめていく。

「……ふふっ」急に笑いが混じった吐息を漏らした月子《つきこ》に、治《おさむ》は首を傾《かし》げた。

「なんだよ。何がおかしいんだ、院長？」

「美術室にいたときから思ってたんだけどね。黒松《くろまつ》くん、なんだかお医者さんみたいだなって」

「お医者さん？」

「だって、マスクして、ゴム手袋して、人の形をしたものに向かって手を動かすなんてさ」

人形作りでは当たり前の格好を医者に見立てられ、治《おさむ》はきょとんと瞬《まばた》きを繰り返す。

「手術着と手術帽を着たら、もう外科のお医者さんにしか見えないよ！」

ドラマなどで見た、外科医の着衣を思い浮かべてみた。

「黒松《くろまつ》くん、人形に刃物使ったりしてたでしょ？　あれとか、メスみたいだった！」

メス。治《おさむ》でも知っている、人体を切開するのに用いられる手術道具。

「……デザインナイフをメスに見立てるようなヤツ、院長の他にはいないだろうな」

「そうかな。医療従事者だったら結構連想しちゃうと思うけど」

「院長の病気を治してやるとは言ったけど、結局俺がやってるのは人の形を作ることだけだよ」

日夜人の命を救う医者のように、大それたことができるわけではないのだ。

治《おさむ》は腰を下ろして人形作りを再開する。残る作業は二人に着せる服を造形すること。

薄く延ばした粘土を胴体に巻き付けるようにして、中秋《ちゆうしゆう》高校《こうこう》の制服を作っていく。

「ねえ、羽衣《うい》にパンツははかせてくれた？」

スカートを造形していると、月子《つきこ》に指摘され、思い出した治《おさむ》は「あ……」と声を漏らした。

羽衣《うい》の身体《からだ》を作り治していた際、急いでいたので、その作業は後回しにしていた。

現状裸の彼女には、まず着せてやらなければならないものがある。……しかし、

「……原作者の目の前でやるようなことじゃないと思うんだが……」

「そういうところまでしっかりと作るものなんでしょ？　フィギュアって」

確かめるように問われ、観念する。たとえ月子《つきこ》の子供であっても、羽衣《うい》が恥じらおうと、富《ふ》士《じ》に怒られようと、それはときとして避けることのできない工程なのだから。

治《おさむ》は人形に魂を吹き込む者の責任として、美少女の下腹部を覆う三角形を刻み込んだ。

『……神様、これ、誰のを参考にしたの？』

ジト目を向けてきた羽衣《うい》に猛烈な羞恥を覚え、そのまま下を向いて手を動かし続ける。

指の股にスパチュラを一本ずつ挟み、器用に持ち替えながら、青春の衣を作り上げていく。

「黒松《くろまつ》くんがずっと使ってる細長いヤツって、よく見たらそれぞれ形が違うんだね」

「ああ、どういう感じにしたいかで使い分けてる」

先端が尖《とが》っていたり、鈎《かぎ》のようになっていたり、平べったくなっていたりと、形状は様々だ。

「一本一本に名前が付いてるの？」

「いや、総じて全部がスパチュラだよ」

「スパチュラ？」訊《き》き返《かえ》した月子《つきこ》が目を丸くした。「その道具、スパチュラっていうの？」

「そうだけど、それが何か？」

「スパチュラ……ってことは……」

月子《つきこ》はぶつぶつと呟《つぶや》いたあと、突然にかっと口角を上げた。

「黒松《くろまつ》くん！　私もスパチュラ持ってるよ！」

「え？」

「見せてあげる！　ちょっと取ってくるね！」

彼女らしからぬ興奮を帯びたような口調で言い残し、ばたばたと和室を出ていく。

「持ってるって……院長はフィギュアなんか作らないだろ」

意味がわからず、治《おさむ》は首を捻《ひね》る。暫《しばら》くして、アタッシェケースを持って月子《つきこ》が帰ってきた。

「なんだよそのケースは」

「お祖父《じい》さんが使ってた、携帯用の手術器具セットだよ！」

「……え？　手術？」

「そう。ほら！」

ケースを机に置き、治《おさむ》に向けて開く。そこには銀色に輝く様々な道具が収められていた。

一目でメスとわかるものや、ピンセット、妙な形状をしたハサミのようなものなど、医療ドキュメンタリーの中でしか見たことがなかった道具を目の当《ま》たりにして、治《おさむ》は唖然《あぜん》とする。

「それでね、これ見て！　これが私のスパチュラ！」

月子《つきこ》はケースの中から一つの道具を握り、治《おさむ》に見せる。

三〇センチほどの薄く細長いそれは、一見するとアイスの棒のようにも思えた。

「それ、スパチュラって名前の道具なのか？」

「そうなんだけど、呼び方はちょっと違うんだ。これは、スパーテル」

「スパーテル？」

「手術器具はドイツ語で呼ぶことが多いんだよ。英語だと、スパチュラ。ヘラって意味」

妙に楽しそうに説明してくれる月子《つきこ》だったが、手術道具に疎《うと》い治《おさむ》にはいまいちピンとこない。

「だから、黒松《くろまつ》くんがますますお医者さんに見えてきちゃうな！」

「またその話か……」

「嬉《うれ》しいなぁ。黒松《くろまつ》くんが使ってる道具の名前が、スパチュラだなんて」

「院長の喜びのツボがよくわからん」

「医者の娘としては凄《すご》く嬉《うれ》しいの。なんだか胸がドキドキするんだ」

医者の息子ではない男には全く理解ができず、憮然《ぶぜん》として溜息《ためいき》をつくだけだった。

「――黒松《くろまつ》くんは、フィギュアのお医者さんなのかも」

ケースを閉じた月子《つきこ》が、ふとそんなことを口にした。

「あのなぁ……格好が医者に似てるのはわかったけど、俺はフィギュアの怪我《けが》を治したり、命を救ったりしてるわけじゃないぞ。あえて言うなら、命を宿しているんだ」

「そうだね。だから私は、お医者さんってたとえがぴったりだと思う」

理屈がまるで理解できず、治《おさむ》は眉根を寄せる。萩《はぎ》の人形を治したことでも言っているのか。

「怪我《けが》や病気を治すだけじゃなくて、命を生み出すお医者さんもいるんだよ」

「はあ？　そんなの聞いたこともないぞ」

「黒松《くろまつ》くんも、私も、誰もがお世話になったはずだよ。――産婦人科のお医者さんに、さ」

その答えを聞かされた瞬間、月から雷光で打たれたかのような衝撃が走った。

男である治《おさむ》には縁遠く、一生かかることのない診療科。思いもよらない発想だった。

「ね？　フィギュアのお医者さんって言えるでしょ？」

「……まあ、そういう言い方もできるのかもしれないな」

あえて『フィギュアを作る人』と言わない理由は見つからなかったが。

「フィギュアを生み出すことも、治すこともできる。凄《すご》い凄《すご》い黒松《くろまつ》くんにはぴったりだよ」

「その程度のこと、できるヤツなんて世界中にごまんといるけどな」

「いいじゃない。お医者さんだって世界中にごまんといるんだから。私にとっては、黒松《くろまつ》くんが世界で一番のフィギュア作りの達人——ううん、神様だよ」

セレーネが治《おさむ》に向ける常套句《じょうとうく》を、ついに月子《つきこ》までもが口にした。

到底身の丈には合わない評価をもらって、謙遜するのが当然だった。

でも、他ならぬ月子《つきこ》にそんなことを言ってもらえたら、嬉《うれ》しくないわけがなかった。

だから治《おさむ》は、この世の頂点に上り詰めたような錯覚に陥った。

『望月《もちづき》の歌』の如《ごと》く、自分のことを神様と思ったとしても許される。そんな独尊的な感情が全身に満ちていって。彼女のために、そんな自分であり続けたいという熱情に支配された。

「黒松《くろまつ》くんがお医者さんを自称してくれたら……将来の私と同じになれるでしょ」

将来の月子《つきこ》がなるものといえば、当然、医者で。

治《おさむ》も同じ看板を掲げられるのなら。確かにそれは、凄《すご》く嬉《うれ》しい。胸がドキドキする。

何か共通項が見つかっただけで、彼女と一つになれたような幸福感が広がっていく。

たとえ相手にするものが、人間と人形、少しばかり違っていたとしても。

「……そしたら、医者として、羽衣《うい》と富士《ふじ》をしっかりと誕生させてあげないとな」

「うん、お願い。二人とも私の大切な子供で……もう、黒松《くろまつ》くんの子供でもあるんだから」

慈愛の眼差《まなざ》しを人形に向ける月子《つきこ》が、本物の母親のように重なる。ひょっとしたら、治《おさむ》も同様の視線を送っているのかもしれない。なぜなら、既にこんな思いを抱いてしまっていて。

(俺の作った子供が、世界で一番可愛《かわい》いだろ!)

創作者として、その感情は誰にも否定できるものではなかった。

☽

原型を作り終えたとき、いつも不安に思うことが二つあった。

果たしてこの出来で、依頼者は満足してくれるのだろうか。

このあとの着色は、うまく塗れるのだろうか。

だが、今回は後者を気にする必要はない。頼れる色神が手を貸してくれる。

そして前者も、治《おさむ》の心に乱れは一切なかった。

「——俺のベストを尽くしたフィギュアだ。院長、検《あらた》めてくれ」

台座の上で幸せそうに身体《からだ》を密着させる羽衣《うい》と富士《ふじ》を、隣で正座する月子《つきこ》に示す。

小説を読んで打ち震えた感動と、持ち得る技術の全てを注《つ》ぎ込んで作り上げた一品。

恋心を抱くことができなかった少女は、魔法のマフラーのおかげで刹那の恋を知り、やがて永遠の恋心を共有するパートナーと巡り合うことができた。

その物語を小説で表現したのが月子《つきこ》。対して治《おさむ》は、人形で表現してみせた。

恋は刹那か永遠か。そんなの決まっている。永遠なのだ、と。

「……凄《すご》いよ、黒松《くろまつ》くん。羽衣《うい》と富士《ふじ》が……私の目の前にいるよ」

二人の誕生を見届けた月子《つきこ》の声が、僅かに上ずっている。

そっと台座を持ち上げ、我が子をその手の中に抱く。

「生まれてきてくれてありがとう、羽衣《うい》、富士《ふじ》」

安らかで、幸福に満ちた笑みを浮かべながら、月子《つきこ》は愛情が詰まった感謝を露《あら》わにした。

（そうだ、その顔なんだ。それを見るために俺は――）

治《おさむ》の胸に、熱く迸《ほとばし》るものが一斉に流れ込んでくる。人形作りなど、万人に誇れるような技能では決してないだろう。それでも、治《おさむ》には他人を幸せにできる力が確かにあるのだ。

神様のように、何かを創り出すことができるのだ。

「黒松《くろまつ》くん……本当に、本当にありがとう」

つられるようにマスクの下で微笑《ほほえ》んでいると、月子《つきこ》が治《おさむ》にもお礼を述べた。

『ありがとう、神様』『ありがとな、神様！』

頭の中には羽衣《うい》と富士《ふじ》の感謝の声も響いてくる。さらに治《おさむ》の頬が緩んだ。

「満足してもらえたなら俺も嬉《うれ》しいよ。院長、人形の外見ならいまでもわかるんだな」

「わかるよ！　羽衣《うい》は凄《すご》く可愛《かわい》いし、富士《ふじ》は凄《すご》く格好いい。私達の子供は、最高に素敵だよ」

そんな言い回しを堂々と言われると、無性に気恥ずかしさを覚えてしまう。

「セ、セレーネが色を付けたら、セレーネの子供にもなるだろ」

「そうだね。それと、古和《こわ》さんの子供でもあるよね」

確かに、人形のモチーフとなったのはかぐやのイラストだ。

月子《つきこ》が生み出し、かぐやが描き起こし、治《おさむ》が作り上げ、セレーネが塗り上げる。

人形作りの全ての工程を終えて羽衣《うい》と富士《ふじ》が完全となったとき、四人の子供が生まれたと表現しても間違いではない、のかもしれない。

「羽衣《うい》と富士《ふじ》が、本の中から飛び出てきてくれたんだ」

「ああ、そうだな」

「これからずっと、二人は私の側《そば》にいてくれるんだよね」

「もちろんだ。もう一人暮らしとは言えないかもな」

それはただの粘土の塊ではない。人の形をした物体でもない。れっきとした天野《あまの》羽衣《うい》と御門《みかど》富士《ふじ》そのものに他ならない。治《おさむ》が魂を吹き込んだ二人は、人間のように立派に生きているのだ。

「二人と一緒なら、今夜は絶対にいい夢が見れるよ」

「……一応言っておくけど、パテが完全硬化するのは真夜中くらいになるから……寝てる間に壊したりしないでくれよ？」

「私、そんなに寝相悪くないよ」

真顔で抗議してきた月子《つきこ》がなんだかおかしくて、治《おさむ》は肩で笑ってしまった。

「そしたら、明日は存分に家族と過ごしてもらって、週明けにまた学校に持ってきてくれ。セレーネと彩色の相談をして、あいつが塗り終えたら完成だ」

「わかった。……でも、私はこのままでも十分素敵だと思うけどな」

「そう言ってもらえたら原型師冥利《みょうり》に尽きるけど、色が付いたフィギュアはまるで別物だぞ」

「げんけーし？」

首を傾《かし》げた月子《つきこ》を見て、はっとする。無意識に出てきた単語に、治《おさむ》自身が驚いていた。

「……フィギュアのお医者さん冥利《みょうり》に尽きる、の言い間違いかな」

即興で訂正すると、「あはは、早速使ってくれるんだね」と月子《つきこ》が嬉《うれ》しそうに言った。

「じゃあ……そろそろお暇《いとま》するよ」

白衣を脱ぎ、道具と身に着けていたものをバッグに片付けて、治《おさむ》は立ち上がった。

客間を出て、玄関でローファーに足を通す。扉を開いて外に出ると、辺りはもうすっかり暗くなっていた。スマホで時刻を確かめると、一九時半を過ぎている。

「——見て、黒松《くろまつ》くん。今日の月は、凄《すご》くはっきり見えるよ」

促されて首を反らせると、雲に遮られることなく輝きを放っている上弦過ぎの月が浮かぶ。

「あんなに綺麗《きれい》に光っていると、なんだかお月見がしたくなってこない？」

「……いや、月見をするなら満月だろ」

「だったら、次の満月っていつかな？」

そんな知識は持ち合わせていないので、手元の便利な端末で月齢カレンダーを検索する。

「来週の金曜だな」

「金曜日かぁ。……ねえ、人形の塗装って、その日までに終わるかな？」

「セレーネ次第だから俺にはなんとも言えないけど、なんでだ？」

「完成したら、私からのお礼を兼ねて、みんなでお月見したいなって思ってさ」

「え？　みんなでって……」

「私と黒松《くろまつ》くんとセレーネと、できれば古和《こわ》さんも。みんなで私の家に来て、満月を見るの」

それは、再び治《おさむ》を家に招きたいとの願いであり。しかも今度は他の女子二人も一緒にという。

治《おさむ》は驚きつつも、一方で淡々と聞き入れている自分に気付いた。月子《つきこ》が思い付きで突拍子もないことを言い出すのは、わりとよくあることなのだと経験してきたから。

「……まあ、いいんじゃねーか。そういうの、青春って感じがするよ」

その単語を返してやれば、月子《つきこ》の顔がぱあっと輝いた気がした。

「お月見の件も含めて、金曜までに終わらせてくれってセレーネに伝えとくよ」

「ありがとう！　じゃあ古和《こわ》さんには私が話すね」

「……いや……かぐやにも俺が言っとくよ。席、隣だし」

治《おさむ》は首を振り、自ら伝言を引き受けた。いまなら少しだけ、勇気が出せそうな気がしたから。

幼馴染《おさななじみ》から届いたメッセージを思い返し、治《おさむ》はスマホを握り締めた。

「それじゃ、また月曜にな、院長」

「うん。今日は本当にありがとう、黒松《くろまつ》くん。おやすみなさい」

手を振り合って別れを告げ、治《おさむ》は月子《つきこ》の家を後にした。

最寄り駅までの道を一人静かに歩いていると、ふと指や腕に疲労感を覚え始めた。

無理もない。今日一日で人形を三体も作ったのだ。指を回してマッサージを施していく。

(……懐《なつ》かしいな、こんなことしながら帰るのも)

中学時代の部活帰りを思い出し、治《おさむ》はふっと鼻を膨らませた。

天上から月明かりが指を照らす。よく頑張ったなと褒めてくれるように。

(――この光を存分に浴びたら、今夜は俺もよく眠れそうだ)

もう一度見上げた今宵《こよい》の月は、確かに昨日のものよりも綺麗《きれい》に見えた。

☽

月曜日の朝。登校してきたかぐやに、治《おさむ》は土曜日の出来事を詫《わ》びた。

「あたしが変な勘違いをしちゃったせいでしょ。治《おさむ》は悪くないから」

彼女の中に怒りがないことを再確認し、安堵《あんど》する。そのまま月子《つきこ》の希望を伝えたのだが、

「あー……ごめん、金曜はもうナダレちゃんの配信告知出しちゃってるんだ」

かぐやは申し訳なさそうな表情になって手を合わせた。

「ファンのみんなを悲しませられないからなー。院長と仲良くなれるチャンスなのに残念だけど、また今度誘ってって言っといて」

バーチャルアイドルの矜持《きょうじ》に、治《おさむ》はやむなく「……わかった」と理解を示す。

「とりあえず、院長のお礼の気持ちだけ伝えておく」

「もう直接『ありがとう』って言われたっての。それより、治《おさむ》……あの子、ちゃんと作り治してあげたんだよね？」

ぐっと顔を近づけられ、かぐやらしからぬ真剣な表情と声音で問われる。

反射的に身が竦《すく》んだが、それでも治《おさむ》は頷《うなず》き、自分が行ったことを肯定した。

「そっか！　頑張ったじゃん！」

途端にかぐやが破顔する。至近距離で目にした弾《はじ》けるような笑顔に、拍動が大きくなる。

「じゃ、あたしからも改めて！　あたしのイラストをフィギュア化してくれて、ありがとね！」

「……わけも話さずに描かせて、すまなかった」

「何言ってんの、引ったくり犯を捕まえるよりずっと素敵な理由だったじゃん！」

にんまりと頬を緩めるこの幼馴染《おさななじみ》はやはり優しすぎて、気が咎《とが》めずにはいられなかった。

「院長も、萩《はぎ》っちも、あたしも、治《おさむ》がフィギュアを作ったら、みんなが幸せになれるんだよ」

「……お前も……なのか？」

「信じられなかったら、これからも作り続けてみたら？　フィギュアの神様」

ぽんっと治《おさむ》の肩を一叩《ひとたた》きして、かぐやは自席に戻って一時間目の準備を始めた。

かぐやが離れると、ひそひそ声が耳に入ってくる。大方、エロス大魔神が朝から発情してるとかそんな話だろう。二年一組の住人は、週が明けても何も変わっていない。

治《おさむ》を蔑み、かぐやと盛り上がり、月子《つきこ》に畏敬の念を抱く。いつも通りの一日を過ごしていく。

今朝、月子《つきこ》がロッカーに収めた箱の中に、治《おさむ》が作った人形が入っていることなんて。

彼らは、知る由《よし》もない。


放課後になり、教室が閑散としてから、治《おさむ》は自分の席で医学書を読む月子《つきこ》に声をかけた。

「そろそろ美術室に行くか」という呼びかけに、月子《つきこ》はロッカーから人形入りの箱を取り出し、治《おさむ》に託す。そのまま教室を出て、二人一緒に廊下を歩いていく。

美術室に着き、入室すると、月子《つきこ》に気付いた葛《くず》が怪訝《けげん》そうな顔をした。

「あー、彼女はゲストです。俺の創作に必要なんで、気にしないでください、クズ部長」

治《おさむ》は追及を断ち切るように机を窓際《まどぎわ》にくっつけ、月子《つきこ》と共に椅子に腰を下ろす。

そのとき、両手一杯に塗料を抱えたセレーネが準備室から現れ、駆け寄ってきた。

「来たな、弟者《おとじゃ》。月子《つきこ》の子供、連れてきたんだろうな？」

うずうずと身体《からだ》を揺らすセレーネ。治《おさむ》は箱を机に置き、中の原型を披露した。

セレーネは「おおお」と感嘆の声を漏らし、緑眼を煌《きら》めかせて覗《のぞ》き込《こ》む。

「凄《すご》い凄《すご》い。早く塗りたい。やはり弟者《おとじゃ》は、神様だ」

最高の賛辞を贈ってくれる相棒に、熱情が迸《ほとばし》る。この子の着色欲求をとことん煽《あお》るようなものが造形できたのなら、あのとき再び立ち上がることができて本当によかったと思った。

「じゃあ早速色を決めていこう。院長、頼む」

スケッチブックを開き、羽衣《うい》と富士《ふじ》の簡単なイラストを描いて原作者に渡す。

「でも私、彩色の知識とか全然ないから、細かい色合いはセレーネにお任せしてもいい？」

「エンダクシ。本の絵とは違う感じにすればいいのだろう」

「読んでくれたの？」

「当然だ。エゴーとて日本文学くらい嗜《たしな》める。なかなかに面白かったぞ」

「あ、ありがとう。……えへへ、セレーネにも読まれちゃった。恥ずかしいなぁ」

頰に手を当てて首を振る月子《つきこ》。その羞恥の仕草をもっと見せてほしいと治《おさむ》は切願した。

「……月子《つきこ》は、ああいうアガーピ《αγάπη》が理想なのか」

「あがーぴ？」

「……恋愛」やけに小さな声で、セレーネはぼそりと訳した。「羽衣《うい》みたいな恋がしたいのか」

「そうだね……魔法のマフラーでも落ちてこないと、私は恋愛なんてできなさそうだから」

若干自嘲するように微笑《ほほえ》みつつ、月子《つきこ》は答える。あの小説は月子《つきこ》の理想の青春を書き連ねたもの。やはり、恋愛感情を阻害する病の解決を魔法のアイテムに託していたのだ。

「どうしよう黒松《くろまつ》くん。セレーネにも言ったほうがいいのかな」

「それは院長が決めることだろ。自分のことなんだから」

「……そうだよね。……じゃあ、もう少しだけ仲良くなれてからにする」

「なんだ、俺にはあっさり打ち明けたのに」

「黒松《くろまつ》くんは、私のお医者さんになってくれると思ったから」

相変わらずの理論。そこまで信頼されると、もはや嬉《うれ》しく思えた。

「？　なんの話だ？　弟者《おとじゃ》、月子《つきこ》はどこか悪いのか？」

「ダメだよ、セレーネ。お医者さんには守秘義務があるんだから」

「弟者《おとじゃ》は別に医者では……」

「そしたら、セレーネの好きな人を教えてくれたら話すよ」

「は⁉　な、何を言ってりゅのだ月子《つきこ》⁉」

予想もしていなかった交換条件を持ちかけられたセレーネは声を裏返らせてしまう。

「いいじゃない、教えてよ！」

「し、知らんっ！　エゴーは色神であるゆえ、愛を向けるのは創作のみである！」

マイペースな彼女が、普段からは想像もできない焦《あせ》りの色を見せ、頬を真っ赤に塗っていた。

「あれ？　でもお前、バレンタインチョコを本命に渡せたって……」

「余計なことを言うなばか!!」

エアブラシを銃のように構えられ、さすがにそれは洒落《しゃれ》にならないと逃げ出す治《おさむ》だった。

すったもんだがありつつも、色指定が完了し、セレーネはスケッチブックと人形を見比べた。

「ふむ……こんな感じか」

「うん、お願い。羽衣《うい》と富士《ふじ》を、セレーネの子供にもしてあげて」

「任せろ。──では弟者《おとじゃ》、切ってくれ」

「……切る？」

「塗装するときに隅々まで塗るために、人形をいくつかのパーツに分割するんだよ」

説明を聞き、月子《つきこ》は「……そうなんだ」と眉尻を下げた。その表情に哀愁を感じ取った治《おさむ》ははっとする。せっかく形になった子供をバラバラにされるのは、ショックに決まっている。

「……院長はここまでだ。あとは俺とセレーネに任せて、完成を待っててくれ」

「……ううん、私も最後まで……」

「患者の家族は手術にまで立ち会ったりしないだろ。医者を信じて、待つだけだ」

医者でもない男が、フィギュアの専門医であるかのようにデザインナイフを掲げた。

「安心しろ。ちゃんと元通りになるから」

「……わかった。あとはお願いします、フィギュアのお医者さん」

我が子を治《おさむ》とセレーネに託し、月子《つきこ》は葛《くず》に一礼して美術室を後にした。

「……フィギュアのお医者さん？」

「な、なんでもねーよ！　ほら、やるぞ！」

訝《いぶか》しむセレーネを振り払うように、治《おさむ》は装備を整えて作業を開始する。

人形を温めてパテを軟らかくしてから、薄刃のナイフを沿わせて切っていく。

この行為は治《おさむ》も毎回心苦しさを感じる。手足や頭を切断しなければならないのだから。

このときばかりは人形に麻酔をかけ、絶対に会話をしないように強く意識した。

分割を終えると、次の工程へ。切断面に接合のための凹凸を作るのだ。パーツ同士の位置がずれたりぐらついたりしないように、バチッとピタッとはまるダボを造形していく。

「いつも思うが、フィギュアを一つ作るのは大変なんだな。本当に凄《すご》いぞ、弟者《おとじゃ》」

モンスターや建造物を生み出すのとはまた違う治《おさむ》の技量に、セレーネは釘付《くぎづ》けになっていた。

「感心してないで手伝ってくれ。お前も表面処理くらいできるようになれよ」

「……なんだと？　エゴーに肉体労働をさせる気か？」

治《おさむ》の隣に居座ったのが運の尽きだった。しかし不満そうな声とは裏腹に、セレーネは微笑《ほほえ》みながらヤスリを手に取り、しゃこしゃことパーツの表面を磨き始める。

「ピュグマリオーンもアスクレーピオスも、エゴー達にはかなわんな」

恒例のよくわからないたとえを受け流して、治《おさむ》は黙々とダボを作っていった。

人形を完璧に元通りに組み立てられる凹凸を作り終えると、治《おさむ》もヤスリがけに移行する。

「――ところで、お月見とやらの件だが」

「ああ、メッセージで送ったとおりだ。だから、金曜までに塗り終えてほしい」

「エゴーは期限を決めるのは好きではない。弟者《おとじゃ》の人形だ、ゆっくり楽しみたい。しが、しが」

「そう言わず、院長の想《おも》いを汲《く》んでくれよ」

「……まあ、エゴーは月子《つきこ》の友達だからな。月子《つきこ》のためなら、やってやろう」

信念を曲げてくれたセレーネに、治《おさむ》は月子《つきこ》の分まで感謝の礼をした。

「お月見もいいがな、弟者《おとじゃ》。エゴーとの約束も忘れるなよ」

「ホワイトデーだろ。わかってるよ。そしたら、土曜にでも一緒に買いに行くか？」

「……え？」ヤスる手を止めて、セレーネは治《おさむ》を凝視した。

「一緒にって、エゴーとか？」

「当然だろ。もちろん、他に予定とかあるのなら無理には……」「行く、絶対行く」

間髪を入れずに乗ってきたセレーネに、治《おさむ》は少々面食らってしまった。

「さすれば、色神の本気を見せてやろう」

粉塵《ふんじん》を撒《ま》き散《ち》らすようにヤスリがけに勤《いそ》しむ色神の横で、治《おさむ》は手慣れた様子でパーツの表面を均《なら》していく。あとを託す彩色師が気持ちよく塗装できるように、原型師ができる最後の仕事だ。

結局、月曜日の作業は表面処理で終わってしまった。今夜の二人の右手は重いだろう。

けれど、その独特の疲労感は、二人が自分だけの青春を生きている証《あかし》。


セレーネの塗装作業は翌日から順調に進んでいった。

エアブラシや筆を用いて、単色の原型に美しい彩《いろど》りを施していく。

尾花《おばな》によると、セレーネは塗料の乾燥時間を無駄にしないために、朝や昼休みにも美術室で作業に没頭していたそうだ。まさに美術の虫だと治《おさむ》は感服した。

しかし、そんな彼女の手が少しだけ止まってしまった出来事もあって。

「……おい、弟者《おとじゃ》。なんだこれは」と突き付けてきたのは、羽衣《うい》の下半身パーツ。

「何って、そりゃ、人形でもはいてなきゃ問題だろ」

「……エゴーに、ここも塗れと？」

「……人形作りには避けられないこともあるんだ。すまんが、割り切ってくれ」

いくらセレーネが相手でも、さすがに背徳感を覚え、治《おさむ》は頭を下げた。

「……なぜこんなにリアルに作ってあるのだ」

「か、軽く皺《しわ》を入れただけだろ！　それも服なんだから、皺《しわ》ができるのは当然だ！」

世の中にはもっと細かくてエッチな造形がなされた美少女フィギュアがあることを治《おさむ》は知っているが、そんなことをセレーネが知るわけもなく。ジト目を向けられ、気まずさで赤面する。

そして、月子《つきこ》の色指定にその部分の指定がないことが発覚し、治《おさむ》の一存で簡素な白一色が羽《う》衣《い》のイメージだと力説したが、「……エロース大魔神」と返されてしまった。

「……まあ、これも芸術だ。弟者《おとじゃ》の腕と、エゴーも運命を共にしてやる」

そう言ってぺたぺたと陰影をつけ始めた相棒の優しさに、治《おさむ》は泣きそうになった。


着色作業が進むにつれ、治《おさむ》は興奮にも似た感情を抱くようになっていた。

色がなかった原型に、色彩豊かな化粧が施されていく。

それは、中学時代に自身の手で塗装していたものとは次元が違う、圧倒的な美的センス。

横から見ているだけで尊敬の念が湧き上がってくる。探し求めていた色を見つけ出したときに彼女が呟《つぶや》く「エヴリカ」の一言が、耳に心地よく響いていった。

(シンナー臭のする青春が、こいつは楽しくて仕方ないんだろうな)

美しい顔を防毒マスクで覆い、美術の虫となって生きる少女が、どこまでも煌《きら》めいて見えた。

だから、治《おさむ》も同じように思ったのだ。セレーネは、神様みたいだ、と。

そして——金曜日の放課後を迎えた。

「院長、なんとか今日中に仕上がりそうだよ」

放課後の教室で月子《つきこ》に朗報を伝えると、安心したような笑みが返ってくる。

「セレーネのヤツ、ギリギリまで質を上げたいみたいだから、完全下校時刻ちょい前くらいに美術室に来てくれるか。今日の戸締まりは俺とセレーネでするって言っておくから」

一八時に学校を出れば校則違反ではない。月子《つきこ》の了承を得、治《おさむ》は美術部へと向かった。

五日連続で部活に顔を見せた幽霊部員は、今日も窓際《まどぎわ》で筆を操るセレーネの隣に着席する。

「調子はいかがですか、色神様？」

「すこぶる快調。かわいい羽衣《うい》をさらにかわいくしてやろう」

「そいつは頼もしい。その調子で富士《ふじ》も格好よくしてくれよ」

「……だったら、今日もそこに座っていろ」

ハーフ女子の意味不明な発言はスルーし、治《おさむ》は最後の仕上げを温かく見守った。

筆先が人形の目元をなぞり、最も重要な瞳を描き出していく。数ミリズレてしまえば大惨事となる難手術のような作業を、セレーネはやすやすとこなしてみせた。

「羽衣《うい》も富士《ふじ》も、超可愛《ちょうかわい》いよな」「うむ、エゴーもそう思う」

創作者は、きっと皆親バカだ。生み出した子供の前で、ふひひっと笑い合った。

仕上げの塗装は滞りなく進んでいき——やがて、部活動終了を知らせる鐘が鳴った。

計画通り戸締まりを申し出ると、葛《くず》は承服できない様子だったが、「あとは二人でごゆっくり！」と理解を示した尾花《おばな》に引きずられて、他の部員達と共に帰っていった。

着色を終えた羽衣《うい》と富士《ふじ》と共に、月子《つきこ》を待つ。ついに完成した二人を見たとき、月子《つきこ》は一体どんな顔をしてくれるのだろうかと、治《おさむ》はわくわくが抑え切れなかった。

「……なあ、弟者《おとじゃ》。これで完成でいいのか？」

「ん？　ああ、これ以上ない出来栄《できば》えになったと思うぞ。ありがとな、セレーネ」

「……エゴーには、まだ何か物足りないような気がするのだが」

言われて人形を見返してみたが、文句のつけどころなどない。他人に贈る作品なので、さすがのセレーネもナーバスになっているのだと思い、「自信を持て」と励ましてやった。

数分ののち、緊張の面持ちで美術室の扉を開けた少女を手招き、机を示す。

「よう、院長。ほら、見てみなよ」

引き寄せられるかのように歩み寄った月子《つきこ》が、この世に生まれ出た我が子を見つめた。

「――羽衣《うい》、富士《ふじ》」

そっと名前を呼びかけた。当然、人形が返事をしたりするわけがない。

でも、治《おさむ》にはわかっている。信じている。月子《つきこ》の耳にも間違いなく聞こえているはずだ。

『初めまして、お母さん』と挨拶する羽衣《うい》の声が。

『俺達を生んでくれてありがとう、母さん』と感謝する富士《ふじ》の声が。

セレーネも言っていたではないか。女子とは皆、人形やぬいぐるみと喋《しゃべ》れる生き物であると。

だからきっと、月子《つきこ》もいま、話しているはずなのだ。

自分だけの世界の中で、羽衣《うい》と、富士《ふじ》と、親子の会話を交わしている。

「…………ありがとう、黒松《くろまつ》くん。ありがとう、セレーネ。ありがとう、古和《こわ》さん。私、凄《すご》く、すっごく嬉《うれ》しいよ。私の子供を作ってくれて、本当に、本当にありがとう」

「……セレーネを褒めてやってくれ。俺の塗りじゃ、その出来にはならなかった」

「出来がいいのは、弟者《おとじゃ》の腕。エゴーはただ塗っただけ」

謙遜し合ったが、既に理解している。キャラを生み出す人が、元絵を描く人が、原型を作る人が、色を塗る人が、皆神様のように凄《すご》いから、最高のフィギュアを作り出せるのだ、と。

（フィギュアって……チームで作ったほうがずっといいものができるんだな）

ふと、気付きを得る。全てを一人でこなしていた中学時代との差は歴然だった。

「もっとじっくり堪能《たんのう》してもらいたいところだけど、続きはまたあとでにしよう」

時計の針が一八時に近づいていることを示すと、月子《つきこ》が首肯する。このあとは月子《つきこ》の家で打ち上げを兼ねたお月見をすることになっている。人形を箱にしまおうと、治《おさむ》は手を伸ばし、

「――待て、弟者《おとじゃ》」と、セレーネに手首を掴《つか》まれて制止された。

「やはり、エゴーは足りないと思う」

「足りないって何がだよ。院長は満足してるんだから、これで完成でいいだろ」

念のため視線で月子《つきこ》に問いかけると、同意の頷《うなず》きが返ってくる。

「月子《つきこ》、これはエゴーの考えだが……パーツを一つ付け加えたら、もっと良くならないか？」

「パーツ？　……って、どんなの？」

「……マフラーだ」

アドリブ的に提案され、治《おさむ》と月子《つきこ》は驚いて顔を見合わせた。

「マフラーの力が二人を結び付けたのだろう。ならば、人形にも巻くべきではないか？」

「ええと……ごめんね、セレーネには言ってなかったんだけど……」

月子《つきこ》は人形のコンセプトを説明する。出版の見通しが立たない二巻のラストシーンなのだと。

「だから、もうマフラーは必要ないんだよ。羽衣《うい》と富士《ふじ》はこれからずっと想《おも》い合《あ》ってるから」

「だがマフラーが重要なアイテムなのは間違いないだろう。二人も思い入れがあるはずだ」

確かに魔法のマフラーは小説を象徴するシンボルだ。

たとえ物語上の役目を終えたとしても、フィギュアという形で羽衣《うい》と富士《ふじ》の恋路を表現するためには、セレーネの主張も一理あるかもしれないと治《おさむ》は感じた。

「マフラーが重要なアイテムだってのは、俺もそうだと思う。ものは試しで、ちょっと作らせてもらえないか？　マフラーなら着脱式にできるし、気に入らなかったら外せばいい」

「……でも、あと五分で完全下校時刻だよ」

「あ、そうか……それはさすがに無理だな」

校則違反を犯してまでの作業など、月子《つきこ》は望まないだろう。また月子《つきこ》の家の机を貸してもらうという手もあるが、お月見の時間を割いてしまうことになる。

「――お月見とは、月子《つきこ》の家でなければできないことか？」

「え？」

「学校からでも月は見える。ここに居残ってマフラーを作り、そののち屋上に出て夜空を見上げれば……欠けたることもなしと思へば」

ダブルピースを掲げるセレーネに、唖然《あぜん》とする治《おさむ》と月子《つきこ》。

「そ、そんなことだめだよ。見つかったら、三人とも怒られちゃうよ」

人形作りをするだけなら治《おさむ》とセレーネの悪行で済むが、お月見のために月子《つきこ》も学校に居残れば、優等生が校則を破ることになる。治《おさむ》はセレーネの暴走を戒めようとした。

「いつも何かにとらわれていては、息苦しくはならないか、月子《つきこ》」

しかし、放たれたその一言に胸を貫かれたかのように、身体《からだ》が硬直した。

「いい言葉を教えてやろう。エレフセリア・イ・サナトス《Ελευθερία ή θάνατος》――エラダの民の生き様である」

「……どういう意味？」

「『自由か死か』。ゆえに、エゴーは自由に生きる」

日頃マイペースを貫く少女が、ギリシャの標語を盾にして校則違反を正当化する。

どう考えても滑稽極まりないその理論を、治《おさむ》も、月子《つきこ》も、否定することはできなかった。

「……やっぱり俺も、やらせてほしい」

「黒松《くろまつ》くんまで……」

「それにさ、こんなことを言ったら院長は怒るかもしれないけど……みんなで少しだけ不真面目なことをするっていうのも、なんだか——それもまた青春って感じがしてこないか？」

魔法の単語を口にした瞬間、月子《つきこ》の表情が変わった。

きっと治《おさむ》もセレーネに感化されてしまったのだろう。真面目な女の子と一緒に不真面目なことをする。あまりにも蠱惑的《こわくてき》なその誘惑から、もはや逃げられそうにない。

いつだったか、下着姿の彼女に抱き締めてと希《こいねが》われたときのように。

全く道理の立たない治《おさむ》の理屈が、優等生を闇の道へと説得にかかる。

月子《つきこ》の瞳が揺れ動き、理性と欲求の間で、白と黒、どちらの自分を選ぶのか葛藤する。

治《おさむ》とセレーネがハイタッチを交わしたのは、完全下校時刻を告げる鐘が響いたときだった。

「…………えんだくし」

☽

教員室に鍵を返却した治《おさむ》は、下校を装《よそお》って美術室へと戻った。部屋の明かりが消され、カーテンも閉めた暗闇の中、月子《つきこ》が照らす懐中電灯の光だけを頼りに作業机に座る。

「よし、そのまま照らしててくれ」

ゴム手袋をはめ、粘土を用意する。早急に作業を終わらせるため、使用するのは樹脂粘土。マフラーを造形し、オーブンで焼き固め、セレーネに塗装してもらう計画だ。

「校則違反者に加担する気分はどうだ？」

「……罪悪感よりも、見つかったらどうしようって気持ちのほうが強いかな」

「安心しろ月子《つきこ》。美術室に近づく者あらば、エゴーが『パンドーラ』と思念を送る」

扉付近にはセレーネを監視役として配置し、巡回教師への対策としている。

「急に予定を変えさせて悪かったな。家に俺達を呼ぶ準備とか色々してたんだろ？」

「うん。でもそれは、きっとまたの機会があるって信じてるから。……それに」

治《おさむ》の耳元に囁《ささや》きかけるように、月子《つきこ》が続けた。

「学校に居残るなんて悪いことなのに——なんだか私、いまとってもドキドキしてるんだ」

暗闇の中、彼女がどんな表情でそんなことを言ったのか、治《おさむ》にはわからない。けれど、なんとなくイメージを浮かべることができた。何かに期待を抱くような、可愛《かわい》らしい微笑《ほほえ》みを。

「どうしよう黒松《くろまつ》くん。これって、青春性不整脈かな？」

「……それ、俺も罹患者《りかんしゃ》だな。昔から、人形を作るときはいつも胸が高鳴るんだ」

秘めたる事実を伝えてやれば、「じゃあ一緒だね」と楽しそうな声が返ってくる。そんな病気など存在しないとわかっていても、月子《つきこ》が青春を感じてくれることは至福だった。

俺にお前の青春を託してくれ──その言葉の重みと責任を、治《おさむ》は重々承知している。

「そしたら……院長も一緒に粘土をこねてみるか？」

「え？」

「マフラーの原型、院長が作ってみたらどうだ？」

月子《つきこ》ともっと同じときを共有したくて、ふと思い付いたことをそのまま口に出していた。

「……そんなの無理だよ」

「マフラーなんだから、粘土を薄く延ばして長方形を作るだけだ。難しいことはない」

「む、難しいよ。私、粘土なんてほとんど触ったことないし……」

「もちろん細部は俺が手を加えるよ。なあ、やってみないか？」

戸惑う月子《つきこ》に畳みかけていると、背後からも「それはいいな」と援護射撃が届く。

「月子《つきこ》は羽衣《うい》と富士《ふじ》のマナ《ひゃくい》だ。母親として、その身をもって我が子の誕生に関われ」

セレーネにまで促されて、逃げ場を失っていく原作者。

「粘土なんだから、うまくできるまでいくらでも作り治せるんだ。院長、俺達と一緒にフィギュアを作ってみようぜ？」

懐中電灯に向かって笑いかけてやる。ややあって、暗闇の中で月子《つきこ》が頷《うなず》いた気配がした。

お互いの場所を入れ替え、エプロンを着けた月子《つきこ》が作業机に座り、治《おさむ》がライトで照らす。

（院長がゴム手袋をしてると、なんだか妙な雰囲気があるな……）

将来の月子《つきこ》の姿を垣間見《かいまみ》た気がして、治《おさむ》は思わず見入ってしまった。

「これを延ばしていけばいいんだよね」

粘土に指を沈ませていく月子《つきこ》を、光を当てながら優しく見守る。

「……粘土って、こんな感触なんだ」

「ものによって結構違うけどな。気持ち悪いか？」

「ううん、ちょっと楽しいよ」

これまで治《おさむ》がやってきたことを楽しいと評され、治《おさむ》の心に温かいものが溢《あふ》れた。

早々に感触に慣れたのか、月子《つきこ》は滑らかな手つきで粘土を薄く延ばしていく。

余計な部分はデザインナイフでカットして、包帯のようなものを造形した。

「おお、いいんじゃねーか。さすが医者の娘、器用だな」

「そ、そんなことないよ。全然下手で恥ずかしいから、早く黒松《くろまつ》くんが仕上げてよ」

懐中電灯を奪って立ち上がってしまった月子《つきこ》に代わり、治《おさむ》が再び椅子に座る。そして、ただの素人《しろうと》には真似《まね》できない指先の技術で、細長い粘土をマフラーへと変貌させた。

「……やっぱり凄《すご》いなぁ、黒松《くろまつ》くんは」

魅了されたような声に軽くお辞儀を返し、マフラーを羽衣《うい》と富士《ふじ》の首元に巻いていく。

（……これは確かに、あったほうがよかったのかもしれない）

形をキープさせたままマフラーを外し、アルミホイルを被《かぶ》せてオーブンへ。

二〇分後、焼成したものの表面を手早くヤスリがけし、あとをセレーネに託した。

代わって治《おさむ》が廊下を警戒する中、セレーネは筆で丁寧に塗り上げていく。

着色後は塗料の乾燥を待たなければならないが、準備室から持ち出した食器用乾燥機を使って時短を図った。「塗り急ぐのはエゴーは好きではない」と不承不承ではあったが。

幸いにして巡回教師が美術室の扉に手をかけることはなく、時刻が一九時半に近づいた頃。

「──乾いたぞ、弟者《おとじゃ》」

塗装完了の報を聞き、治《おさむ》は二人の元へ歩み寄って机を覗《のぞ》き込《こ》んだ。

「……へえ、本だとピンクだったけど、白にしたのか」

「正確には薄青で陰影を付けている。二人の青春を表現したつもりだ」

明かりが限られる中、見事な彩色の腕を振るってくれた色神に、治《おさむ》は心からの拍手を送った。

「では月子《つきこ》、巻いてやってくれ」

セレーネから手渡されたマフラーを、月子《つきこ》はゆっくりと人形の頭上から通していく。

「……あ……」

月子《つきこ》の吐息が漏れ出たのと同時に、治《おさむ》も口の中で「おお」と呟《つぶや》いていた。

「そっか……魔法のマフラーはもう必要ないけど……だからこそ、二人でこうやって……」

一本のロングマフラーを共有する羽衣《うい》と富士《ふじ》。想《おも》いを確かめ合うように身体《からだ》を寄せ合っていた二人が、相合マフラーの効果でより密着しているように感じられた。

人形を見た全ての者が確信するに違いない。この二人の恋は、間違いなく永遠のものだ、と。

「うむ、やはりマフラーが欠けていたな」

「俺もこっちのほうが羽衣《うい》と富士《ふじ》らしいと思う」

セレーネと治《おさむ》が所感を述べる。創作者として、揺るぎない自信と誇りを持って。

「……羽衣《うい》と富士《ふじ》も、絶対そう言ってるよ」

治《おさむ》は脳内の羽衣《うい》と富士《ふじ》にそうなのかと確かめようとした――が、やめた。

生み出したこの子達は、もう月子《つきこ》のものだ。寂しいが、子離れのときを迎えている。

人形を作るのは、誰かの喜ぶ顔のため。苦心して愛《いと》しい子供を作り上げ、望みが叶《かな》った依頼者の笑顔を拝むことができたあとは……治《おさむ》の元から去っていくものなのだ。

――ぐすっ、と小さく鼻をすする音が聞こえた。

月子《つきこ》はハンカチを取り出し、鼻を押さえる。瞬《まばた》きの回数が多くなり、やがて長いまつ毛に沿うように、うっすらと光るものが滲《にじ》み出《で》てきた。

「……よかったな、月子《つきこ》」と、歩み寄ったセレーネが月子《つきこ》を抱き締めた。

背中をぽんぽんと叩《たた》かれた月子《つきこ》は「うん」と頷《うなず》き、セレーネを抱き締め返す。

お互いの身体《からだ》を重ね、心を重ね合う少女二人を、治《おさむ》は静かに見守っていた。

抱擁が解けてから、改めて依頼者に作品の出来栄《できば》えを尋ねる。

「……最高のフィギュアだよ。私には勿体《もったい》ないくらい」

まだ若干鼻をすすりながらも、月子《つきこ》は素直な想《おも》いを吐露してくれた。

「ありがとう、黒松《くろまつ》くん、セレーネ。素敵で可愛《かわい》い、私の大切な子供が――今日、生まれたよ」

（――ああ……これが院長の、最高の笑顔なのか）

高嶺《たかね》の花が満開に咲いたスマイルが、治《おさむ》を夢心地にさせた。

その表情は、月子《つきこ》を幸福に導けたのだという、確たる証拠。

つられて口角が上がっていく。いままでに経験したことのないほどの大きな達成感と高揚感。

この身に持ち合わせた小さな才芸が他人を幸せにできたのだと、治《おさむ》自身も幸福で満たされた。

暗闇の中でも満月のように光り輝く、その最高の笑顔が、何よりの見返りだから。

「これでついに完成、だな。……そしたら、早いとこお月見といこうか」

使った道具を準備室へと押し込み、身支度を整えて三人で美術室を出る。教師と鉢合わせしないように細心の注意を払いながら廊下を進み、屋上への階段を上っていく。

その途中、胸元に我が子を抱いた月子《つきこ》が「――ねえ、黒松《くろまつ》くん」と小声で呼びかけた。

「一回だけでいいから、『術式終了』って言ってみてくれないかな」

「？　なんだそりゃ？」

「いいから！　ねえ、お願い。言ってみて」

期待を瞳に込めてねだってくる月子《つきこ》に、治《おさむ》は訝《いぶか》しみながらも応えてやる。

「——術式終了」

「……うん！　お疲れ様、黒松《くろまつ》くん！」

頬の紅を濃くしながら満足そうに労《ねぎら》う少女の心境は、治《おさむ》には到底理解できそうになかった。

○

空がすっかり夜の支配下となったこの時間、屋上の扉を開いた先に人の姿は存在しなかった。

まるで、人類が知り得ない月の裏側。この空間が、三人のためだけにあるようだった。

「わあ……！　凄《すご》い、綺麗《きれい》な満月だ……！」

月子《つきこ》は引き寄せられたかのように屋上を歩いていく。その足取りが妙に軽やかに見えて、そのまま遥《はる》か天へと舞い上がっていってしまうのではないかとさえ感じられた。

「ほら、二人とも！　こっちこっち！」と手招く様は、もはや学校中が尊敬する高嶺《たかね》の花とは別人で。セレーネと顔を見合わせ、吹き出すように苦笑しながら月子《つきこ》の隣に並び立つ。

「確かに、綺麗《きれい》だな」「日本の月もまたよし」

中秋の名月というわけでもないのに、不思議と見入ってしまう。一切の欠けがない真ん丸なお月様には、人間の心に趣を授けてくれる説明できない力があるのだろう。

何よりも、同級生の女の子と一緒に月を見上げるという行為が、治《おさむ》には神秘的な経験だった。

横目に見やれば、嬉《うれ》しそうに笑う月子《つきこ》と、楽しそうに微笑《ほほえ》むセレーネがいる。

美しい相貌を月光に照らされた二人を目にして、思わず胸がときめいた。

彼女達のためだったら、自分はなんだってできる。そんな幻想すら抱いてしまう。

（そうだ、かぐやにも……）

治《おさむ》はスマホを取り出し、最高画質で撮影する。幼馴染《おさななじみ》に宛てて、その写真を送信した。

「弟者《おとじゃ》、エゴーも撮ってほしい。……一緒にどうだ、月子《つきこ》？」

「うん。撮ろう、セレーネ！」

リクエストを受け、月を背景にして仲良さげに腕を組む少女二人の撮影係を務める。

「……どうかな、黒松《くろまつ》くん。私、青春してるかな？　できてるのかな？」

間違いなく青い夜だと断言してやれば、月子《つきこ》は満ち足りたようにセレーネと笑い合っていた。

しばらくその場で月を見上げたのち、三人は屋上のベンチに腰を下ろした。

「こんなに綺麗《きれい》な満月の日に生まれるなんて、羽衣《うい》と富士《ふじ》も幸せだろうなぁ」

飽きることなく天を見つめ続ける月子《つきこ》の指が、抱えた人形の頭をそっと撫《な》でる。

「モチーフらしくていいんじゃねーか」

「あ、気付いてたんだ」

「御門富士《みかどふじ》はともかく、天野羽衣《あまのうい》はそのまんまだろ。誰だってわかる」

「さすが、歴史が得意なだけあるね」

「……なんで知ってるんだ？」と、治《おさむ》は首を傾《かし》げた。

「私、これまでのテストは一応全科目満点で学年一位なんだけど……一科目だけ、日本史だけはいつも同点一位だったんだよ」

その事実がそのまま説明となった。確かにそこからなら得意分野が明らかになってしまう。

「だから、先生に訊《き》いてみたんだ。日本史で満点を取ったもう一人は誰ですかって。そしたら……」

「……まあ、運がよかっただけだよ」

「それを聞いてから私、ずっと気になってたんだ。黒松《くろまつ》くんって男の子は、一体どんな人なんだろうなって。きっと、凄《すご》い人なんだろうなって」

「……評判くらいは院長も聞いてただろ」

クラスは別でも、エロス大魔神という治《おさむ》の悪評は耳に入っていただろう。

「評判や噂《うわさ》なんて当てにならないよ。自分でしっかり確かめないと、誤診《ヽヽ》しちゃうから」

「……で、実際大した人間じゃないってわかっただろ」

「うん、よくわかった。黒松《くろまつ》くんは、私が想像していたのよりも何倍も凄《すご》い人なんだって」

見上げていた月から視線を外し、月子《つきこ》は尊敬の眼差《まなざ》しで治《おさむ》を見つめた。

「テストなんて正解を書けば誰でも点が取れるけど、黒松《くろまつ》くんは誰にも真似《まね》できないもう一つの特技を持ってる。本当に凄《すご》い人だよ」

「……買《か》い被《かぶ》りすぎだって」

「それと、とても謙虚で、優しい人。他人のために、自分を犠牲にできる人」

人物像をするすると紐解《ひもと》かれていき、治《おさむ》の全身がこそばゆくなる。

「弟者《おとじゃ》が凄《すご》いのはエゴーも知っている。一年間近くで見てきたからな」

マウントを取るように大きな胸を張るセレーネを、「いいなぁ」と羨む月子《つきこ》。

「月子《つきこ》も、これからもっと弟者《おとじゃ》を知っていけばいい」

「うん、そうだよね。いまよりもっとたくさん、黒松《くろまつ》くんのことを知りたいよ」

年号、方程式、英単語、それらよりも遥《はる》かに無益な情報を学校一の優等生が欲《ほっ》していて。

「だから……私は黒松《くろまつ》くんに訊《き》きたいことがあるんだ。きっと、セレーネも」

セレーネが察したように頷《うなず》くと、月子《つきこ》は意を決して治《おさむ》の中へと踏み込んだ。

「黒松《くろまつ》くんは、どうして——人形を作りたくないと思うようになったの？」

仲が徐々に深まってきたいまだからこそ、相手の裏面にまで光を当てたいと二人は願ったのだ。

自分達ならあなたに寄り添える、あなたの添え木になれるのだからと伝えたくて。

「中学のときのトラブルとやらが原因なのだろう。いい加減、話したらどうだ」

「……言ったら、絶対引くよ」

「この医者の娘を、引かせてみせてよ」

まるで挑発するみたいに、月子《つきこ》が顎をしゃくった。彼女のそんな仕草はきっと誰も見たことがない。いま自分に初めて見せたに違いない。そう思った途端、治《おさむ》は一気に気が楽になった。

「……俺が人形作りをやめたのは……人形で人を傷付けてしまったからだ」

封じていた記憶の扉を、治《おさむ》はついに開け放っていく。

「────……そうか。そんなことがあったのか」

「……確かに、それは人形作りをやめようって考えても仕方ないかもしれないけど……」

「後悔しなかった日はなかったよ。……だけど」

治《おさむ》の目が月子《つきこ》を捉える。いま彼女の手の中には、久々に生み出した我が子がいて。

「もう一度人形を作ったことを、かぐやは『ありがとう』って言ってくれた。萩《はぎ》も、萩《はぎ》の妹も、セレーネも、院長も、みんな笑顔になってくれた。……だから、俺はいま──凄《すご》く幸せだ」

「……うん、うん。黒松《くろまつ》くんは頑張ったよ。偉かったよ」

ぽんぽん、と月子《つきこ》の細い指が肩を叩《たた》く。

「黒松《くろまつ》くんは人形を作っていいんだ。自分だけの青春を、好きなことをして生きていっていいんだ。これから何体だって、凄《すご》いフィギュアを作ってもいいんですぜ？」

「弟者《おとじゃ》は人を傷付けてしまったかもしれないが、いまはどうだ？　立派にやり直せた証《あかし》だ」

笑いかけてくれる月子《つきこ》とセレーネが、満月よりも美しい天上人のように思えた。

(俺がもう一度粘土を人の形にこねたのは……正しかったんだ)

「悩みがあれば、これからはすぐに打ち明けろ。一緒に乗り越えて、共に月を見るために」

日頃の残念な言動はどこへやら。未熟な弟に向ける姉の優しさが、とてもありがたかった。

「――さて。悪いが月子《つきこ》、エゴーはそろそろ帰るぞ。あまり遅くなると家族が心配するのだ」

「あ、そうだね。もう二〇時になるし……この辺でお開きにしようか」

ベンチから立ち上がったセレーネに続き、月子《つきこ》も腰を上げようとした。しかし、

「いや、月子《つきこ》はもう少し弟者《おとじゃ》と月見をしていけ。せっかくの校則違反だ。存分に味わえ」

両肩を摑《つか》まれてベンチに押し戻され、月子《つきこ》は小首を傾《かし》げる。

「……エゴーは明日、弟者《おとじゃ》と二人で買い物に行くのだ」

月子《つきこ》の耳元に顔を寄せ、セレーネは治《おさむ》には聞こえない声量で囁《ささや》く。

「だから、その……エゴーばかりだと、悪いだろう。今日は月子《つきこ》が弟者《おとじゃ》と二人でいろ」

暫《しばら》く目を瞬《しばたた》かせた月子《つきこ》は、その意図に気付くと、微笑《ほほえ》んで「ありがとう」と返した。

「セレーネは友達思いだね、黒松《くろまつ》くん」

「よ、余計なことは言わなくていい！　ではな、月子《つきこ》、弟者《おとじゃ》。タ《Ta》・レメ《λέμε》」

スクールバッグを担《かつ》いで慌ただしく屋上を去っていくセレーネを、治《おさむ》はぽかんと見送った。

「じゃあ……あとちょっとだけ一緒にいてもらってもいいかな？」

乞うてくる月子《つきこ》に頷《うなず》き、二人きりになったベンチで、また月を見上げた。

「羽衣《うい》と富士《ふじ》が生まれて、黒松《くろまつ》くんとセレーネとお月見ができて……最高に幸せな夜だなぁ」

しみじみと呟《つぶや》かれ、その横顔をこっそり眺めれば、治《おさむ》も満足感で満たされていく。

「院長を幸せにできたのなら、俺も……虫になった甲斐《かい》があったよ」

「ふふ、格好いいね、黒松《くろまつ》くん」

「人の形をしたお肉が格好いいのか？」

「生き方が格好いいんだよ」

「……なら、少しくらいは見た目も格好いいと思ってもらいたいもんだな」

治《おさむ》は腰を上げ、月子《つきこ》の前に立ち塞がるように両腕を広げた。

「人形は完成したぞ。それで、院長の狙い通り、お肉病は治ったのか？」

月子《つきこ》が人形に期待したもの。病を治す特効薬となり得たのかを、身を晒《さら》して問いただす。

治《おさむ》の身体《からだ》で月光が遮られ、月子《つきこ》に濃い影がかかった。

「……治って、ほしかったよ。黒松《くろまつ》くん達が一生懸命凄《すご》いフィギュアを作ってくれたんだから。

……でも、やっぱり私は……」

「いいんだよ。言っただろ？　人形の次は、別の賭けをするだけさ」

共に青春を過ごしながら病を快方へ向かわせていこうと、心を一つにしたではないか。

「とりあえず、院長も俺に話してみないか。どうして人間がお肉に見えるようになったのか」

「……聞いてもらったところで、これぱかりは……」

「はあーっ、わかってないなぁ院長。――俺に、格好をつけさせろって言ってんだよ」

顔をぐっと近づけ、目の前の美少女に向かって、年相応の男子らしい動機を告白した。

「俺はフィギュアのお医者さんで、院長のお医者さんでもあるんだろ？　病人なら、俺を頼れ」

「……聞いたらきっと、気分が悪くなっちゃうよ」

「他人の身体《からだ》の状態のことで、医者が気持ち悪いとか思うわけないだろ」

医者などでは決してない男が、精一杯医者を気取って笑ってみせた。

「……黒松《くろまつ》くん、本物の医師免許を取る気はない？」

「日本史の成績だけで取れるなら考えてもいいかもな」

「……あはは、それはちょっと難しいね」

真面目に突っ込んでくれた月子《つきこ》の顔にも、小さな笑みが戻った。

心を整えるように数回深呼吸をしてから、少女は人知れず抱えていた事情を語り始める。

「……きっと信じられないと思うけど……私、無免許医なの」

「………………え？　むめ……は⁉」

「――ってのは冗談だけど」

「……おい！」

初めて月子《つきこ》に怒りが湧いた。冗談を言い合える仲にはなりたいが、それはいまではない。

「でもね、それに近いことはしてるんだよ。黒松《くろまつ》くん、器械出しって知ってる？」

「まったくわからん」

「簡単に言えば、お医者さんが『メス』って言ったらメスを渡す人」

映像でしか見たことがない手術室の様子を、脳内でなんとか思い浮かべてみる。

「私、お父さんの手術にスタッフとして参加してるんだよ」

「……冗談は二度は通じねーぞ」

「これは本当の話。月に大体二、三回くらいかな」

「いやいや……そんなことできないだろ。だって院長、まだ高校生じゃないか」

「それどころか小学五年生のときからやってるんだよ」

きっとこれも冗談だ。理解を拒もうとする治《おさむ》に、月子《つきこ》は真剣な顔のまま続ける。

「お父さんを手伝いながら、将来に向けて学ぶ。それが私の日常なの」

「な……なんでそんなことやってんだよ。ていうか、そんなの許されるはずがないだろ！」

「厳密に考えたらダメだと思うよ。でも、それが今上《いまがみ》家流の英才教育だから」

英才教育の解釈を完全にはき違えているとしか思えない現実に、唖然《あぜん》とする。

「親の医術を間近で見学させることで、子供も優秀な医師へと育て上げていく。大昔から代々受け継がれてきた、今上《いまがみ》家の伝統。だからみんな、例外なくお医者さんになるんだよ」

「そ、そんなバカな話があるか！　第一、いまは法律とかがあるだろ！」

「関係ないよ。法律ができる前からのしきたりだから。司法機関もそれがわかってるから、今《いま》上《がみ》から捕まった人はいないんだ。この国の医療は今上《いまがみ》が引っ張ってきたからね」

「……と、特権階級ってことかよ……」

淡々と語る月子《つきこ》の口調が、せっかく近づけたと思った彼女を遠い存在へと引き離していく。

「……じゃあ、人間がお肉に見えるようになったのって……」

「人はみんな血と肉と骨と脂でできている。脳裏に焼き付くくらい、よくわかったよ」

幼い頃から壮絶な日常を過ごしてきた結果、彼女の目は異常をきたすようになってしまった。

「人の内臓や筋肉なんかが常に透けて見えるようになったら、黒松《くろまつ》くんはどう思う？」

想像し、思わず吐き気を催した。けれど、医者を名乗った者として、唾ごと呑《の》み込《こ》んだ。

「気分を悪くしちゃってごめんね。これが私の病気の原因なんだ」

「……とても信じられないけど……事実、なんだろうな」

「そして、今上《いまがみ》の家に生まれた以上はどうしようもないこともわかったよね」

「……確かに、そんな家庭環境じゃどうしようもない病気かもしれない」

「うん、しょうがないよね。でも、少しだけスッキリしたよ。話を聞いてくれてありがとう」

礼を言いながら月子《つきこ》が微笑《ほほえ》む。不変の運命を受け入れて、全てを諦めているかのように。

全く年相応でないその笑い方が、治《おさむ》には我慢ならなかった。

そのとき、夜風が吹きつけ、頬に何かが張り付いた感触がした。指で掬《すく》い取《と》ったそれは、仲間の大半が緑葉に舞台を譲っていく中、強情にも全力で咲き続けていた、桜の花びらだった。

「………なあ、院長。桜色って、何色だと思う？」

脈絡のない質問を投げかけられ、月子《つきこ》は「え？」と一瞬フリーズする。

「俺はずっとピンクだと思ってた。それが当たり前だと思い込んでた。けど、この前よく見てみたら、ほとんど白に近かった。だから思ったんだよ。桜の花は、本当は白いのに、人間達の期待に応えようとしてピンクを演じてるんじゃないかって」

随分とメルヘンティックなたとえ話だ。月子《つきこ》が真顔になっている。

それでも、この話を彼女に伝えたいと思う確かな熱意があった。

「院長も同じなんじゃないか？　運命とか伝統とかって言ってるけど、親やご先祖様の期待に応えようとしてるだけで、本当はもう英才教育なんて受けたくないんじゃないか？」

「そんな、ことは……」

「あるはずだぞ。だって、ことあるごとに言ってたじゃないか」

勉強の虫だけじゃない、きらっきらな青い日々を過ごしたい、と。

「名医になるための勉強がどれほど重要なのか、俺には想像もつかないけど……こんな若いうちから、院長のたった一度の青春をつぎ込んででもしないといけないことなのか？」

「……私は、今上《いまがみ》家の血を引く者だから……」

「知らねーよそんなん。伝統とかカビの生えたものじゃなくて、院長の頭で判断しろよ」

月子《つきこ》は人間だ。家系図は操り人形の糸ではない。人間は、自分の意図で動けるのだ。

幾百年の伝統が、いまを生きる女の子の青い春に勝るようなことはあってはならない。

操り人形を演じているのなら、フィギュアのお医者さんが治してやらなければ。

お前は本当は人形じゃないんだよって。とびっきり可愛《かわい》い、人間の女の子なんだよって。

「理想の青春に憧れてるだけじゃ何も変わらない。望んでいる毎日を、本気で過ごしたいと願うのなら――そんな伝統、もうエンガチョしていいだろ」

「エンガチョ……」

「院長、お前はまだ医者じゃない。医者であろうとする必要もない。俺と同じ、どこにでもいる高校生でいていいんだ。年相応の青春を、好きなことをして生きていっていいんだ」

さっき月子《つきこ》が言ったこと。それが最も、振り返ったときに後悔しない、青春の過ごし方。

「院長は、いま何をするのが一番楽しいんだ？　教えてくれよ」

「……小説を書くこと」

「創作活動か。いいな、俺も楽しいと思う」

「それから、黒松《くろまつ》くんの人形作りを見るのも楽しい。黒松《くろまつ》くんやセレーネとお喋《しゃべ》りするのも楽しい。三人でお月見した今夜が、すっごくすっごく楽しかった」

「その楽しいことに、もっとたくさん時間を費やしてみようぜ？　俺と、セレーネと一緒に」

たとえ人として正しく認識されていなくとも、隣で月を見上げることはできるのだから。

月光を浴びながら、治《おさむ》は月子《つきこ》に手を伸ばす。

「院長は頑張った。偉かった。だから、もう終わりにしよう」

終わらせることができるおまじないを、まだ大人にはなりきれない二人は忘れていない。

「俺が、お前を助けてやるから」

誘《いざな》われるようにして月子《つきこ》が両手の親指と人差し指をくっつけ、円形を作る。

——俺の手刀は、メスよりもデザインナイフよりも切れる。

治《おさむ》は、月子《つきこ》を苛《さいな》み続《つづ》ける縁《えにし》に向かって、一心に腕を振るった。

「——切った！」

一刀両断。縁《えん》が千代《ちよ》切《き》った。

「これでもう、医者の娘を演じられなくなったな」

「……本当に、いいのかな」

「いいんだって。もし親が何か言ってきたとしたら、『お父さんが臭いから一緒にいたくない』とか適当なこと言って逃げればいいんだよ」

「……あはは、黒松《くろまつ》くん、自分の娘にそんなこと言われたらどう思う？」

絶望の表情を浮かべた治《おさむ》に、月子《つきこ》はくすくすと肩を揺らす。

「……どうなるかはわからないけど……一度、両親と率直に話し合ってみるよ」

「ああ、そうしろ。それでも伝統がーとか言われたら、そんときはボイコットだ」

「……そうだね。私はまだ医師ではないけど、もう作家ではあるんだから、作家の仕事を優先するのは当然だ、とでも言っておくよ」

「いいな！　その意気だ！」

　医者の娘としての自分以外のことを優先する。それが何よりの変化だった。

「院長がもう医者の娘じゃないのなら、この際呼び方も変えないとな」

「呼び方？」

「いままで周りに流されて何となしに《院長》って呼んできたけど……よく考えたらおかしなあだ名だろ。だって、院長はまだ医者じゃないんだから」

　今更の突っ込みを入れた治《おさむ》に、当人も「それ、私もずっと思ってた」と同意を示した。

「だから俺は、これからは院長のことを……月子《つきこ》って呼ぶことにする」

　治《おさむ》の宣言を聞き、月子《つきこ》は息を呑《の》んだ。そして、待ち望んでいたように白い歯を見せて、

「ありがとう！　じゃあ私も、黒松《くろまつ》くんのことを弟者《おとじゃ》って呼ぶね」

「え？　いや、それはちょっと……」

「冗談だよ。治《おさむ》くん、でどうかな？」

　名前で呼ばれる気恥ずかしさとこそばゆさを感じながらも、治《おさむ》は了承する。

「ふふ、やっと男女間の遠慮を乗り越えられたね」

　楽しい時間を共有し合い、悩みがあれば打ち明け合える。

　そんなかけがえのない関係になれたのであれば、遠慮など、必要ない。

「……治《おさむ》くんは、本当に私のお医者さんだね。いままでの私を、どんどん変えてくれる」

「大したことはまだ何もできてねーよ。結局、人形を作っても月子《つきこ》の病気は治せなかったしな」

人形を作ることで月子《つきこ》の病が完治すれば、それが最高の結末ではあったのだが。

「でも、この人形のおかげでわかるようになったこともあるよ」

「え？　何か効果があったのか？」

驚く治《おさむ》に、月子《つきこ》は手元に抱えたものを差し出す。

「羽衣《うい》の顔って、私の顔に似せて作ってくれたんだよね？　だから、羽衣《うい》の顔を見ていたら、なんとなく自分の顔がイメージできるじゃない」

合点《がてん》がいった。月子《つきこ》は人形の顔のことは認識できる。それが自分に似ているのだとわかれば、別次元の自分と対面するような感じで想像力を働かせることができたのだろう。

「まあ、ラノベのキャラとして大分デフォルメしてるから、瓜二《うりふた》つってわけじゃないけどな」

「それでも、イメージできただけでも大きな一歩だよ。ありがとう、治《おさむ》くん」

感謝を伝える月子《つきこ》に、治《おさむ》も会釈《えしゃく》を返して——

次の瞬間、脳に稲妻が走った。

いままで考えもしなかった、治《おさむ》にしか為《な》しえない治療計画が浮かび上がる。

「月子《つきこ》、もしも俺が、俺の人形を作ったら……俺の顔もイメージできるようにならないか？」

「できるはずだ！　そして、人形を通して俺の姿形を認識できるじゃないか！」

月子《つきこ》が目を見開いた。彼女も気付いたのだ。治《おさむ》の人形がもたらしてくれる可能性を。

「……確かに、それなら治《おさむ》くんのことがわかるようになるかもしれない」

「俺だけじゃない！　セレーネの人形も作れば、あいつのこともわかるようになる！　そうして俺達と一緒に青春を過ごしながら、少しずつ本物の俺達のことを認識できるようになればいい！　そうなったら、もう完治だ！　きっと他の人間達のこともわかるようになる！」

半端《はんぱ》な出来の人形では決して成立しない理論。それでも、治《おさむ》が本気で創作に向き合えば。

「月子《つきこ》の考えは間違いじゃなかった！　フィギュアは月子《つきこ》の病気を治してくれるんだ！」

「……フィギュアが、私のお医者さん……」

「そのためにも、俺もこれからもっと腕を磨いて、最高の人形を何体でも作ってやるよ！」

かつて精巧な人形を作った結果、治《おさむ》は人を傷付けてしまった。

しかし、今度は精巧な人形を作って、人を救ってやりたいと願う。

創作に打ち込む動機はずっと変わらない。誰かの喜ぶ顔のためなのだ。

「……私の病気を治してくれるのは、フィギュアじゃないよ。――フィギュアの、神様だよ」

呆《ほう》けたような顔から一転、うっとりとした眼差《まなざ》しでこちらを見る月子《つきこ》に、治《おさむ》ははにかみ笑いを返した。

「え……？」

「医者の娘じゃなくなって、病気も治すことができたら、もう月子《つきこ》を苦しめるものはないな」

「うん。ずっと夢見てた、きらっきらで素敵な青い春が送れるんだ」

「そしたら、月子《つきこ》は青春をなんの虫になって過ごしたいんだ？」

「そんなの、治《おさむ》くんはもう知ってるでしょ」

「絶賛恋人募集中なんだよな」

「言い方！」

「冗談だよ」

舌を出しながら、頭を掻《か》いた。こんなふざけた言動を女子相手にするなんて、先週までは考えられなかった。でもいまは、そんな冗談を言い合える関係が、心地よい。

「……月子《つきこ》、俺に人形作りを依頼してくれて、ありがとな」

「私こそ。羽衣《うい》と富士《ふじ》を作ってくれたことだけじゃなくて、もっと自由な、年相応な私でいていいんだって教えてくれて、本当にありがとう。もしもまた私が大人を演じようとしたら……止めてね、治《おさむ》くん」

「ああ。俺とセレーネで『シガ、シガ』って言ってやるよ」

「しがしが？」

「落ち着けとか、ゆっくりいこうって意味らしい」

「へえー、セレーネらしい言葉だね」

——急いでもいい自分にはなれないぞ。しが、しが。ゆっくり、大きくなれよ。

満月の裏側から、そんな月の女神の囁き声《ささやごえ》が聞こえてきたような気がした。

「真珠だってできるまでに年単位の時間がかかるんだ。ゆっくり歩いて、たまには月でも見上げながら、のんびり自由な俺達だけの高校時代を過ごしていこうぜ」

治《おさむ》はベンチへと戻り、顔を天空へと向けた。つられて月子《つきこ》の視線も上がる。

どこまでも広がる闇夜の中で、煌々《こうこう》と光り輝く望月《もちづき》に、欠けのない望みを託した。

「……何回見ても、綺麗《きれい》なお月様だなぁ。あそこまで手を伸ばして、触れてみたくなるよ」

すうっと月子《つきこ》が右手を上げる。負けじと治《おさむ》も左手を掲げ、二人で月に手を伸ばす。

遥《はる》か遠い衛星に触れることは叶《かな》わない。だから治《おさむ》は、代わりに月子《つきこ》の手に触れた。

瞬間、どちらからともなく二人の指が絡《から》まっていく。手のひらに相手の体温を感じていく。

腕を下ろしたあとも、それは一つに繋《つな》がり続《つづ》けていた。

「——ねえ、治《おさむ》くん。月の色って、何色だと思う？」

先程の問いかけを踏襲するような質問に、治《おさむ》は小学生のときの図工の時間を思い返す。

お月様の絵を描きましょうという課題に、子供達は皆画用紙を黄色で塗りたくった。

……いや、皆ではなかった。金色に塗ったヤツがいた。銀色もいた。茶色も、赤紫も、白もいた。十人十色。実に色とりどりの月の絵が、図工室の壁に貼られることになった。

——月の色って、何色だろう？

「……改めて考えてみると、わからないな」

「私もわからない。だから、人それぞれ、そのときどきの答えがあっていいんじゃないかな」

「だったら、いま俺達の上に浮かんでる月は、月子《つきこ》には何色に見えるんだ？」

「んん……多分、治《おさむ》くんが感じてるのと同じ色だと思うよ」

「ほう。なら、せーので同時に言ってみるか」

「いいねそれ！　青春って感じがする！」

「月子《つきこ》はそればっかりだな」

半分ネタバレを食らったような気分になったが、彼女らしいと内心で微笑《ほほえ》んだ。

万に一つも答えが違ったりしてしまわないように、月子《つきこ》の手をぎゅっと握り締める。

と、肩に何かが乗っかる感触がした。首を向けると、月子《つきこ》の頭頂部が見える。

その瞬間、二人の間に一切の隙間がなくなった。

異性の身体《からだ》から香る青春の匂いが、治《おさむ》をくらくらさせる。

それでも、これからこの子のことをしっかり支えていこうと。

手を取り合ってお互いの青春を治していこうと、治《おさむ》は決意に真鍮線《しんちゆうせん》を打ち込んだ。

「じゃあいくぞ。せぇーのっ――」

青い春夜に月影が交わり、一つの影法師となる。

エピローグ　人形という名の青春ライン

「大量豊作。エゴーは満足」

「俺の財布は地獄だよ……」

池袋《いけぶくろ》の喫茶店でセレーネと向き合いながら、治《おさむ》は青くなっている。

約束していた通り、遅くなったホワイトデーの贈り物として、二人で買い物に来ていた。

「やはり弟者《おとじゃ》はエゴーにあまあま。そこがいい」

しかし、他人の喜ぶ顔を見ると、こちらも嬉《うれ》しく思える。それが治《おさむ》の本質なのだ。

「プリも撮った。パパスに見せたら、喜んでくれるか、弟者《おとじゃ》への憎悪《ぞうお》に燃えるか、果たして」

二人のスマホには、ドヤ顔と真顔でダブルピースをする男女の写真が追加されている。

「――それで、弟者《おとじゃ》。大事な話とはなんだ」

「ああ、うん。まあ……そんな大それた話でもないんだけどさ」

気恥ずかしさに頬を掻《か》きつつも、治《おさむ》はいままでの自分との決別を宣言する。

「羽衣《うい》と富士《ふじ》は作り終わったけど……今後も、美術部には真面目に出ることにするから」

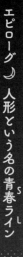

「それから、月子《つきこ》って一人暮らしだから、週末に月子《つきこ》の家に集まって、各々《おのおの》好きな創作活動をしないかってさ。他にも、遊んだり、だべったり、楽しく過ごそうって」

「青春の香りを感じるぞ」

「それが目的だからな。どうだセレーネ、来てくれるか？」

「行かぬ理由はない。……さすれば、弟者《おとじゃ》はそこで何を作る？」

「もちろん、人形——フィギュアだよ」

青春を何かの虫になるのなら、治《おさむ》にとって、それはただ一つしかない。

「やっと、神様になる気になったんだな」と、セレーネは満足そうに口元を綻ばせた。

「そうだな。俺の周りには神様がたくさんいるから、置いていかれないようにしないと」

「色神は置いていったりしない。しが、しが、ゆっくり一緒に歩いていく」

「……ほんと優しいヤツだよなぁ、色神様ってのは」

安らぎを得たように肩をすくめると、「もっとホメーロス」と安定のドヤ顔が返ってくる。

「……セレーネのおかげで、俺はまた戻ってこれたよ。……ありがとう」

「エゴーはただ塗りたかっただけ。弟者《おとじゃ》の色は、弟者《おとじゃ》自身が決めること」

「そしたら、これからも俺のフィギュアに色を付けてほしい。ずっと、隣にいてくれ」

「ん……エゴーも、弟者《おとじゃ》が作ったもの、たくさん塗りたい」

「……おおお」

こくんと頷《うなず》いてくれた相棒に、最大級の感謝を示した。

「——で、だ。ここからが本題なんだけど」

一度前置きを挟む。これから言うことは、常識的に考えて同級生の女子に頼むようなことではない。けれど、よりよい創作のために、そして月子《つきこ》の治療薬とするために頼み込む。

「セレーネ、俺が美少女フィギュアを作るときの、モデルをやってくれないか」

「……なんだと？」

瞬間、目を大きく見開いて固まるセレーネ。やがてその頬が真っ赤に染まっていき、

「……げ、芸術のために脱げ、ということか……」

「い、いや、そんなこと言わねーって！　その、女の子らしい服装とか、メイド服みたいなオタク好みの格好をして、ポーズをとってもらいたいってことだよ」

人形は立体を表現する。ポーズ資料集だけでは賄えない、女の子のリアルが必要なのだ。

「……で、でも……は、恥ずかしい……」

「頼むよ。俺はもっといいフィギュアが作れるようになりたいんだ」

「……断ったら、月子《つきこ》に頼むのか？」

「あ、月子《つきこ》にはもう了承してもらってる」

「……え？」

「二つ返事でいいよって。まあ、あいつはちょっと人と違うところが……」

「やる」

先程までの躊躇《ためら》いから一転、セレーネは食い気味にそう答えた。

「月子《つきこ》と一緒なら問題ない。水着だろうがランジェリーだろうが、やってやる」

「だ、だからそこまで露出は求めないって……」

「負けてられるか。エゴーの身体《からだ》のほうが月子《つきこ》よりフィギュア映えするはずだ」

マウント少女の発奮に、治《おさむ》は思わず悩ましくなってしまい。誘惑から逃れようと首を振る。

「と、とにかく、俺はこれから本気で創作に向き合うから。改めてよろしくな、セレーネ」

「エンダクシ。これからずっと、弟者《おとじゃ》の創作をたくさん見せてくれるんだな」

「ああ！　なんだって作ってやるさ！」

——俺の青春は、人形作りの虫なんだから！

何一つ恥じることなく、治《おさむ》は自分が大好きで夢中になれることを公言する。

「……エゴーも、月子《つきこ》も、古和《こわ》さんも、みんな知っているぞ。何かを生み出そうとしている弟《おと》者《じゃ》は、本物の神様——カオスよりもゼウスよりも凄《すご》くて、偉くて、格好いいって」

熱を帯びた緑の眼差《まなざ》しで、心を奪われたような笑みを浮かべながら呟《つぶや》かれた少女の想《おも》いは、次はどんなフィギュアを作ろうかと考えを巡らせ始めた少年の耳に届くことはなかった。

——セ《Σ'》・アガポ《αγαπώ》。

青春に欠けていたものを見つけることができたのならば。
好きなことを胸を張って好きだと言えたのならば。
何かの虫であることを決意したのならば、きっと。
誰もが皆、神様になれる。
うつし世で唯一、たった一人だけの、治虫へと。

了

あとがき

初めまして。芝宮青十《しばみやあおと》と申します。

私は、物語に触れるときに、「キャラクターを好きになりたい」という思いが一番強いタイプです。

この世にはいない別次元の存在が、物語が終わったあともずっと頭の中に残り続けてくれたら、そのキャラと友情や愛情を育んだに等しい、貴重で素敵な体験だと思います。

フィギュアとは、創作の中にしかいない存在を、この世に顕現させてくれるものです。

物語の世界から自分達の世界に飛び出てきてほしいという願いを叶《かな》えてくれるものです。

そんな魔法のアイテムを生み出す高校生の青春ラブコメが、本作となっております。

謝辞です。

担当編集の鈴木《すずき》様、田端《たばた》様。あまりにも拙すぎた私の応募作に手を挙げていただき、また、辛抱強く改稿作業にお付き合いいただき、本当にありがとうございました。私の頭の中にしかなかった創作を本という形あるものにする、そんな夢を叶《かな》えることができたのは、お二人のおかげです。これからもご指導ご鞭撻《べんたつ》のほど、何卒《なにとぞ》よろしくお願い申し上げます。

第三〇回電撃小説大賞にて、本作に可能性を見いだしてくださった電撃メディアワークス編集部の皆様、選考委員奨励賞という身に余る栄誉を与えてくださった選考委員の皆様にも、厚く御礼《おれい》申し上げます。恩返しができるように、一生懸命励んでまいります。

素敵なイラストを付けてくださった万冬《まふゆ》しま先生。こんなにも可愛《かわい》らしい女の子の絵を描かれるイラストレーター様にご担当いただけるなんて、私はなんて幸せ者なのだろうと喜びで満《み》ち溢《あふ》れました。ご多忙の中、治《おさむ》に、月子《つきこ》に、かぐやに、セレーネに命を吹き込んでいただき、本当にありがとうございました。

そして何より、この本を手に取ってくださった皆様に、心より感謝を申し上げます。

誰か一人でも「このキャラが好き」と思っていただけたのなら。

いま何かに熱中するあなたが、より一層虫になる原動力となれたのなら。

この物語を紡《つむ》いでよかったと、報われる思いです。

これからも『美少女《びしょうじょ》フィギュアのお医者《いしゃ》さんは青春《せいしゅん》を治《なお》せるか』と芝宮青十《しばみやあおと》を応援していただけると大変嬉《うれ》しく存じます。

幸運に恵まれることができましたら、本作の続きで。

あるいは、いつか別の物語で皆様と再会できる日が来ることを願っております。

本書に対するご意見、ご感想をお寄せください。

ファンレターあて先
〒 102-8177　東京都千代田区富士見 2-13-3
電撃文庫編集部
「芝宮青十先生」係
「万冬しま先生」係

本書は、第30回電撃小説大賞で《選考委員奨励賞》を受賞した『フィギュアのお医者さん』を加筆・修正したものです。

電撃文庫

美少女《びしょうじょ》フィギュアのお医者《いしゃ》さんは青春《せいしゅん》を治《なお》せるか

芝宮青十《しばみやあおと》

2024年6月10日　初版発行

発行者　山下直久
発行　株式会社KADOKAWA
〒102-8177　東京都千代田区富士見2-13-3
0570-002-301（ナビダイヤル）
装丁者　荻窪裕司（META＋MANIERA）
印刷　株式会社暁印刷
製本　株式会社暁印刷

ISBN978-4-04-915528-0　C0193　Printed in Japan

電撃文庫　https://dengekibunko.jp/